books

kookbooks • Reihe *Prosa* • herausgegeben von Daniela Seel • Band 2

Jan Brandt (Hg.)

Doppelpass

Geschichten aus dem geteilten Fußballdeutschland

Es spielen für die DDR Volker H. Altwasser,
Matthias Biskupek, Thomas Brussig, Andreas Gläser,
Falko Hennig, Karsten Krampitz, Erich Loest, Steffen Popp,
Tom Schulz, Frank Willmann, Gernot Wolfram

Alle Beiträge zu diesem Band sind Originalbeiträge. Allein Thomas Brussigs »Leben bis Männer« erschien bereits im S. Fischer Verlag, Frankfurt am Main 2001, Gerhard Henschels »Leergefegt« ist ein Auszug aus seinem »Kindheitsroman«, Hoffmann & Campe Verlag, Hamburg 2004, und Erich Loests »Rotes Elfenbein« ist ein Kapitel aus dem gleichnamigen Roman, der erstmals unter dem Pseudonym Hans Walldorf 1975 im Mitteldeutschen Verlag, Halle, veröffentlicht wurde. Das Zitat von Donald Barthelme, das Tom Schulz' Text »Der Sozialismus vor dem Siegeszug« voransteht, ist der Erzählung »Der Kapitalismus auf dem Siegeszug« entnommen, die 1986 in dem Band »Am Boden zerstört« bei Klett-Cotta, Stuttgart, erschien. Und die ebenfalls bei Schulz aufgeführte »Erklärung einiger Begriffe« stammt aus dem Buch »Fußball-Weltmeisterschaft 1974 – Rückblick und Vorschau«, Bloch Industry Advertising, Grünwald 1973. Die O-Töne von Heribert Faßbender und Heinz-Florian Oertel am Anfang und Ende von Jochen Schimmangs Interview »Das Dritte Auge« sind aus dem Buch »90 Minuten Klassenkampf« von Thomas Blees, Fischer-Taschenbuch-Verlag, Frankfurt am Main 1999.

1. Auflage 2004

Gestaltung: Andreas Töpfer, Berlin **DDR**
Gesetzt aus der Bembo & der Kookone
Druck & Bindung: Steinmeier, Nördlingen **BRD**
Printed in Germany
ISBN 3-937445-09-9

DDR

1_

Rotes Elfenbein *Seite 9*

Erich Loest, geboren 1926 in Mittweida (Sachsen). Er wurde 1944 zum Kriegsdienst einberufen und als Werwolf ausgebildet. Nach Kriegsende arbeitete er in der Landwirtschaft und in den Leuna-Werken. Von 1947 bis 1950 war er Volontär bei der *Leipziger Volkszeitung*. Ab 1950 veröffentlichte er mehrere Bücher, darunter die Romane »Jungen, die übrig bleiben« und »Die Westmark fällt weiter« und die Erzählbände »Liebesgeschichten« und »Sportgeschichten«. Von 1955 bis 1956 studierte er am Literaturinstitut Johannes R. Becher in Leipzig. 1957 wurde er wegen Kritik am DDR-Regime aus der SED ausgeschlossen und zu siebeneinhalb Jahren Haft in Bautzen verurteilt. Nach seiner Entlassung schrieb er den Fußballroman »Der elfte Mann« (1969) und unter dem Pseudonym Hans Walldorf erschienen mehrere Kriminalromane, u.a. »Der Mörder saß im Wembley-Stadion« (1967) und »Rotes Elfenbein« (1975). Anfang der Achtzigerjahre siedelte er in den Westen über, lebte zunächst in Osnabrück, später in Bonn-Bad Godesberg. Nach der Wende zog er zurück nach Leipzig und verfasste den Bestseller »Nikolaikirche« (1995).

2_

1974 *Seite 25*

Andreas Gläser, geboren 1965 in Berlin-Prenzlauer Berg. Er ist seit 1978 Fan des Berliner FC Dynamo und spielte ein Jahr bei der kleinen BVB – bei der Betriebssportgemeinschaft Berliner Verkehrsbetriebe. In den Achtzigerjahren machte er eine Lehre als Tiefbaufacharbeiter, reiste im Juni 1989 in den Westen aus, kehrte aber nach der Wende zurück. Er ist Ex-Autor für das Fanzine *Zonenzombie* und Mitbegründer der Berliner Lesebühne »Chaussee der Enthusiasten«. 2002 veröffentlichte er den Erzählband »Der BFC war schuld am Mauerbau«. 2003 erschien das Hörbuch »Zonenschläger«. (www.baufresse.de)

3_

Gelzenbein Beckenbauru *Seite 33*

Matthias Biskupek, geboren 1950 in Chemnitz. Wegen Kurzsichtigkeit wurde er immer als Letzter in Schulsport-Fußballmannschaften gewählt. Er machte eine Lehre als Maschinenbauer und studierte Kybernetik an der Technischen Hochschule Magdeburg. Von 1973 bis 1976 war er Systemanalytiker, später Regieassistent und Dramaturg. Seit 1981 hat er eine monatliche Kolumne im Satiremagazin *Eulenspiegel*. Er veröffentlichte zahlreiche Romane, Erzählbände, Sach- und Künstlerbücher, darunter 1991 »Wir Beuteldeutschen«, 1993 »Karl Valentin – eine Bildbiografie«, 1996 »Der Quotensachse«, 2003 »Was heißt eigentlich ›DDR‹? – Böhmische Dörfer in Deutsch & Geschichte« und 2004 den Geschichtenband »Horrido Genossen«. Matthias Biskupek lebt in Rudolstadt und Berlin. (www.matthias-biskupek.de)

4_

Reisekader *Seite 45*

Frank Willmann, geboren 1963 in Weimar, reiste 1984 nach Westberlin aus. Von 1970 bis 1981 war er Mittelstürmer bei Motor Weimar, wechselte dann zu Traktor Kromsdorf und Empor Weimar und spielt seit 2003 bei Cosmic Kalaschnikow. Er veröffentlichte Gedichte, Romane und Sachbücher, darunter »BFC Dynamo – Der Meisterklub« (mit Jörn Luther 2003) und 2004 »Fußball-Land DDR – Anstoß, Abpfiff, Aus«. Frank Willmann lebt als freier Autor in Berlin.

5_

Nichts passiert *Seite 53*

Falko Hennig, geboren 1969 in Berlin. Er machte eine Lehre als Schriftsetzer, arbeitete als Pförtner, Lagerarbeiter und Statist und holte sein Abitur an der Abendschule nach. Seit 1995 tritt er in der Reformbühne »Heim & Welt« auf, und seit 2000 organisiert er unter dem Titel »Radio Hochsee« Themenabende in Berlin. 1996 gründete er die »Charles-Bukowski-Gesellschaft«. Er arbeitete an den Büchern »Alkor«, »Echolot« und »Ortslinien« von Walter Kempowski mit, veröffentlichte 1999 den Roman »Alles nur geklaut«, 2002 »Trabanten«. Das Kurzhörspielbuch »Radio Hochsee« erschien 2004. Falko Hennig lebt als Autor und Übersetzer in Berlin. (www.falko-hennig.de)

DDR

Tom Schulz, geboren 1970 in der Oberlausitz, aufgewachsen in Berlin. In früher Jugend war er Mittelstürmer bei Turbine Großröhrsdorf. Bis 2001 arbeitete er in der Baubranche. Er veröffentlichte Lyrik und Prosa in Zeitungen, Zeitschriften und Anthologien. 1997 erschien sein Gedichtband »Städte, geräumt«, 2001 »Trauer über Tunis« und 2004 »Abends im Lidl«. Tom Schulz lebt in Berlin.

Gernot Wolfram, geboren 1975 in Zittau (Sachsen), reiste 1988 mit seinen Eltern in den Westen aus. Er hat in Tübingen Geschichte und Rhetorik und in Berlin Kommunikationswissenschaft und Germanistik studiert. 1995 erhielt er den Landespreis für deutsche Sprache und Literatur Baden-Württemberg, 2002 den Walter-Serner-Preis. 2003 erschien der Erzählband »Der Fremdländer«. Gernot Wolfram lebt in Berlin.

Steffen Popp, geboren 1978 in Greifswald, aufgewachsen in Dresden, lebt seit 2001 in Berlin. Er studierte Philosophie und Literatur in Dresden und Berlin und einige Zeit am Deutschen Literaturinstitut in Leipzig. Seine Gedichte und Erzählungen erschienen in den Anthologien »Vom Fisch bespuckt« (herausgegeben von Katja Lange-Müller 2002) und »Lyrik von JETZT« (herausgegeben von Björn Kuhligk und Jan Wagner 2003). 2004 erschien sein Lyrikdebüt »Wie Alpen«.

Volker H. Altwasser, geboren 1969 in Greifswald, lebt in Leipzig. Er arbeitete als Heizer, Elektriker, Montagearbeiter und Bürokaufmann, bevor er den 2003 erschienenen Roman »Wie ich vom Ausschneiden loskam« schrieb.

Thomas Brussig, geboren 1965 in Berlin. Er studierte Soziologie und Dramaturgie und debütierte 1991 mit dem Roman »Wasserfarben«. 1995 erschien sein in mehrere Sprachen übersetzter Roman »Helden wie wir«. Sein dritter Roman »Am kürzeren Ende der Sonnenallee« aus dem Jahr 1999 wurde von Leander Haußmann verfilmt. 2001 erschien die Buchfassung des Theaterstückes »Leben bis Männer«. Thomas Brussig lebt in Berlin. (www.thomasbrussig.de)

Karsten Krampitz, geboren 1969 in Rüdersdorf bei Berlin. Er war mehrere Jahre Redakteur bei der *Straßenzeitung* und schreibt für verschiedene Tageszeitungen. 1996 erschien der Erzählband »Rattenherz«, 2000 der Roman »Affentöter« und 2002 »Der Kaiser vom Knochenberg«. 2004 erhielt er das Alfred-Döblin-Stipendium. Karsten Krampitz lebt in Berlin.

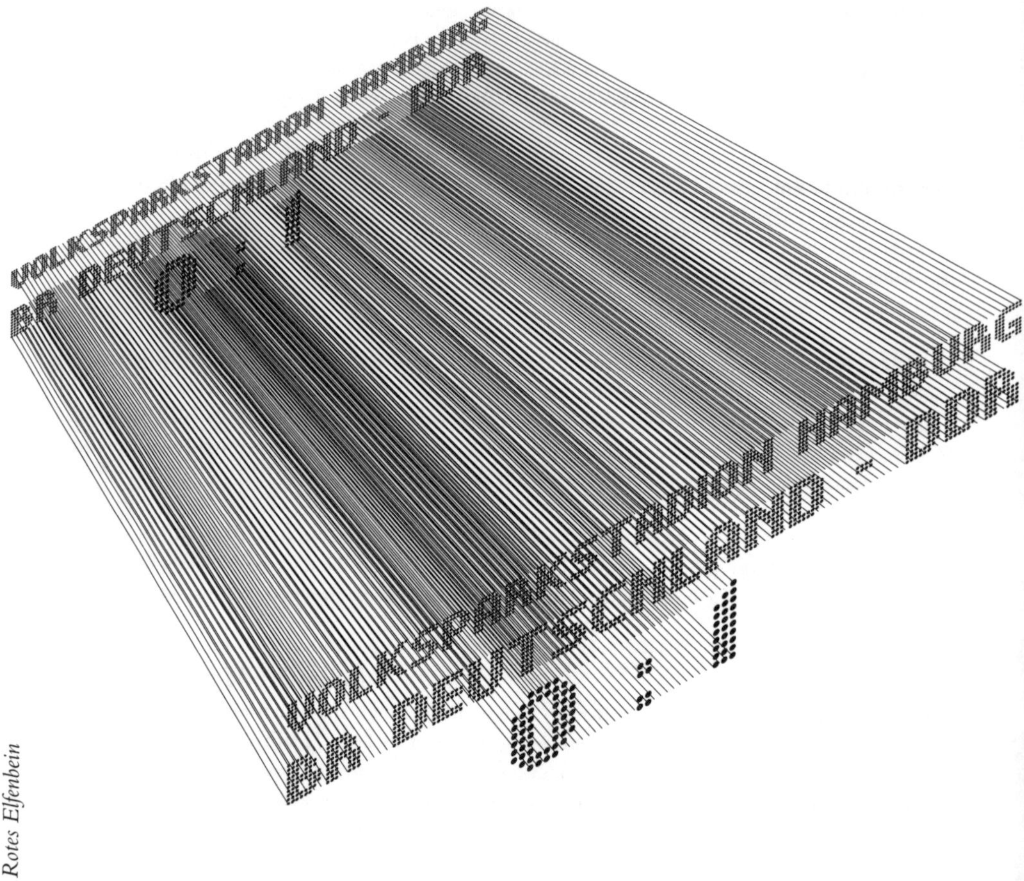
VOLKSPARKSTADION HAMBURG
BR DEUTSCHLAND - DDR
0 : 1

Erich Loest

Rotes Elfenbein

1

Das Wetter in Hamburg an diesem 22. Juni war überraschend freundlich und warm, allenfalls würde es ein Gewitter geben. Varney rief sofort die Nummer an, die ihm die Münchner Kriminalpolizei gegeben hatte, eine freundliche Dame bat ihn, ein bestimmtes Zimmer aufzusuchen. Dort stellte sich ihm ein schmächtiger, etwa vierzigjähriger Mann mit leiser Stimme vor: »Kommissar Pinke.«

»Erfreut«, sagte Varney, und Pinke versicherte höflich, er freue sich auch. Von einem Handelsmann namens Kröcker sprach Varney und vom Afrikaner Matatenka und von einem Container und einem Dutzend Jagdgewehren, und Pinke hörte mit dem aufgeweckten Blick eines freundlichen Huhns zu. Im Telefonbuch blätterte Pinke und zeigte auf einem Stadtplan, wo Kröckers Büro und wo dessen Wohnung lagen, er fragte Varney, ob er Kröcker um ein Gespräch bitten sollte, er fragte überhaupt bei jedem der nächsten Schritte, ob sein Londoner Kollege damit einverstanden wäre, und immer zeigte sich Varney einverstanden, denn Pinke schlug nichts vor, was nicht ernüchternd vernünftig gewesen wäre. Vergleiche zwischen Banninger und Pinke stellte Varney an und hätte gerne von einem Kenner deutscher Mentalitäten bestätigt gehabt, dass Banninger dem entsprach, was man sich unter einem Bilderbuchbajuwaren vorstellte, und Pinke war gewiss der Typ des kühlen Norddeutschen, der so schwer aus der Ruhe zu bringen ist und mit dem sich der Engländer so rasch einigen kann. »Herr Kröcker«, sagte Pinke, nachdem er den Hörer aufgelegt hatte, »erwartet uns in einer halben Stunde in seinem Büro. Er scheint zu den Leuten alter Schule zu gehören, für die der Sonnabend noch längst nicht heilig ist.«

»Wie wir«, ergänzte Varney, und Pinke nickte.

In diesem Büro schien seit hundert Jahren nichts verändert worden zu sein, der Kronleuchter war aus Bronze, das Modell eines Segelschiffes gilbte kanonengespickt und altersbrüchig auf einer Vitrine. Herr Kröcker war um die sechzig und trug einen für diese Jahreszeit viel zu warmen braunen Anzug mit hochgeknöpfter Weste und schien es unter seiner und seiner Firma Würde zu betrachten, mit den Herren der Hamburger und Londoner Kriminalpolizei auch nur ein Wort mehr als nötig zu sprechen. Dies waren seine Aussagen: Er besaß eine Jagd in der Lüneburger Heide, Herr Matatenka hatte in seinem Auftrag zwölf Jagdgewehre gekauft, zwei wollte er selber behalten, die anderen nahm Herr Matatenka mit in seine heiße Heimat, großkalibrige Waffen für die Großwildjagd, nicht geeignet für heimische Rebhühner und Karnickel. Herr Matatenka war im Hotel »Stadt Bremen« abgestiegen, und für heute Abend hatte ihm Herr Kröcker eine Karte für das Fußballspiel zwischen den Mannschaften der beiden deutschen Staaten geschenkt. Der Container B 21-18? Da griff Kröcker zu einem Glöckchen und schellte, wie schon sein Großvater geschellt haben mochte; eine Sekretärin, die durchaus von dieser Welt war, trat ein und nahm einen Auftrag entgegen und ging und kam wieder und gelobte, im Container 21-18, von Liverpool nach Hamburg unterwegs gewesen, befänden sich zwei Musikautomaten der Art, wie man sie in Gaststätten aufstellte und in denen schlaue Greifer infolge Münzeinwurfs und etlicher Elektronik Single-Platten unter einen Saphir legten und laute oder leise Weisen verströmten. »Diese Automaten«, sagte Varney, »möchten wir uns anschauen.« Herr Kröcker versicherte mit einer Handbewegung, dem stünde auch an einem Samstag nichts im Weg. Papiere legte Kröcker mit kühler Miene vor, aus denen zu ersehen war, dass diese Maschinen in Coventry gebaut worden waren, eine Musikalienhandlung in Westberlin hatte sie erworben, nun sorgten die Firmen Lovelock und Kröcker für den Transport. Kröcker fügte hinzu: »Natürlich hat Herr Matatenka damit nicht das Geringste zu tun.«

Pinke und Varney blickten Kröcker unverwandt an, und Varney wunderte sich, dass aus Kröckers Haut nicht der Schweiß brach; er selbst hätte es in dem braunen Wollstoff keine Minute ausgehalten. »Sie vermuten«, fragte Pinke, »dass Herr Matatenka im Hotel ist?«

»Er wollte noch einmal zu meiner Jagdhütte, ich habe ihm die Schlüssel überlassen. Vielleicht ist er heute Morgen hinausgefahren, zum Spiel am Abend wird er gewiss rechtzeitig zurück sein wollen.«

Pinke fragte, wo die Jagdhütte läge, Kröcker und er beugten sich über eine Karte, Kröcker zeigte auf den Ort Wietzendorf in der Lüneburger Heide und beschrieb, wie man dorthin kam und wie man fahren musste, wollte man von Wietzendorf aus die Jagdhütte erreichen. Pinke fragte: »Verfügt Herr Matatenka über einen Wagen?«

Das wusste Kröcker nicht.

»Gibt es in Ihrer Hütte Telefon?«

»Gott sei Dank nicht.«

Varney sagte: »Wollen wir uns nun mal den Container anschauen?«

Während der Fahrt zum Hafen erläuterte Pinke unaufdringlich, was es rechts und links zu sehen gab, den Turm des Michel, abgebrannt dann und dann, einmal mitsamt dem armen Türmer. Mit keinem Wort erwähnte Pinke die Wunden, die von britischen Bombern dieser Stadt geschlagen worden waren, doch gedachte er der Beatles, denn hier hatten sie ihre Laufbahn begonnen. Kröcker hatte es von sich gewiesen, im Wagen der Kriminalpolizei Platz zu nehmen, er ließ sich im eigenen Mercedes vorweg kutschieren. Varney sah ihn immer durch die Frontscheibe, Kröcker saß wie ein Denkmal der beleidigten Unschuld in die Polster gelehnt. »Diese Männer gehören zu unserer Stadt«, erläuterte Pinke. »Wenn ich den geringsten Formfehler begehe, ist eine Meldung beim Senat fällig, und der Rüffel fällt äußerst unzart aus. Aber wie auch immer: Ohne sie wäre Hamburg ganz anders.«

An einem lang gestreckten Kai hielten die beiden Wagen, drei Männer stiegen aus, Kröcker ließ eine Halle aufschließen, ein Arbeiter in einem Overall hob mit einem Aufzug drei Container beiseite, bis er an den Container B 21-18 herankam; den bugsierte er in den Mittelgang und löste Plomben und entriegelte die Seitenwand; aus Holzwolle und Ölpapier schälte er zwei Verschläge heraus und öffnete auch sie. Varney und Pinke blickten auf Nickel und Glas und poliertes Holz, Kröcker wischte höchst eigenhändig mit einem Lappen den Staub von der Schräge der kostbaren Maschine, hinter der die Titelkärtchen eingesteckt werden konnten. »Vielen Dank, Herr Kröcker«, sagte Pinke. Varney verneigte sich und fügte hinzu, man käme vielleicht noch einmal wieder, wenn man mit Herrn Matatenka gesprochen hätte, den traf man hoffentlich im Hotel an. »Oder bei diesem Spiel«, mutmaßte Kröcker, und stärker denn je war aus jedem Wort die Überlegenheit des Untadeligen herauszuspüren, der keine Polizei der Welt zu fürchten brauchte. »Wenn ich mich recht erinnere, hat Herr Matatenka einen Platz in Block F.«

»Nochmals verbindlichsten Dank«, sagte Pinke. Dann traten die beiden Kriminalisten aus der Halle und setzten sich in den Wagen und sprachen kein Wort, und der Fahrer war ein so guter Fahrer, dass er minutenlang nicht fragte, wohin er die Herren bringen sollte. »Was essen?«, fragte Pinke schließlich, und Varney antwortete: »Auch. Aber erst wollen wir versuchen, Herrn Matatenka im Hotel anzutreffen.« Varney rekapitulierte, wie er auf diesen Container gekommen war. Die Ermittlungskette ging davon aus, dass der Makler Canet aus Brüssel, über den man kaum etwas wusste, Oakins beauftragt hatte, Pitta Pinn zu beschatten, nach einem Neger hatte Canet gefragt und nach Containern aus Tansania, die bei der Firma Lovelock in Liverpool zu finden sein sollten. Oakins hatte die Nummer eines Behälters herausgefunden, doch nun enthielt er keine spektakuläre Fracht aus Tansania, sondern zwei harmlose Musikautomaten, die von England über Hamburg nach Westberlin reisten. Ein Schlag ins Wasser zweifellos.

Langsam rollte der Wagen den Kai entlang, im Rückspiegel sah Varney, wie Kröcker aus der Halle trat. Varney fragte: »Erhoffen Sie sich etwas von diesem Jagdhaus?«

»Drei Örtlichkeiten gibt es, mit denen Matatenka im Zusammenhang steht, das Hotel ›Stadt Bremen‹, das Volksparkstadion und schließlich Kröckers Hütte.«

Im Hotel »Stadt Bremen« erlebten Varney und Pinke eine Enttäuschung. Herr Matatenka habe gezahlt, erfuhren sie, den Schlüssel abgegeben und das Hotel verlassen, nur einen Koffer habe er abgestellt, den wollte er in den nächsten Tagen holen. Varney schaute auf die Uhr, jetzt war es bereits nach zwei, das Spiel BRD gegen DDR begann neunzehn Uhr dreißig, es war möglich, während dieser Zeit hundert Kilometer nach Süden zu jagen, auch die letzte Strecke über Feldwege, in Kröckers Jagdhaus nachzuschauen und zurückzukehren, wenn man Matatenka nicht antraf, aber es erschien nicht sonderlich sinnvoll. Varney sagte: »Essen wir erst mal.«

Einige Stunden schlugen die beiden Kriminalisten tot, indem sie zu Mittag aßen und das Alsterbecken umrundeten und Kaffee tranken, dabei unterhielten sie sich über Kriminalfälle, auch über Fußball. Von Jagdwaffen war die Rede und von dem speziellen Problem der Verbrechensbekämpfung in einer Hafenstadt, von der Davidswache in St. Pauli und einem Geistesgestörten, der die Eisenbahn des niederdeutschen Raums jahrelang mit Bombenanschlägen bedroht hatte. Varney erzählte, in welch ehrenvoller Eigenschaft er in die Bundesrepublik gekommen war und wie ihm die Göttin der Kriminalisten einen kleinen Privatdetektiv und ein zukünftiges Mordopfer über den Weg geführt hatte, und etliche Sorgfalt verwendete er auf die Schilderung des Präsidenten Mumford und seiner Ansicht über die Schamanenrolle des modernen Libero. Als es sechzehn Uhr war, sagte er: »Ich bin überzeugt, Mister Präsident würde sich die Haare raufen, wüsste er, dass ich eben friedlich Kaffee trinke; eigentlich sollte ich mir in Frankfurt anschauen, wie Schotten und Jugoslawen um alles oder nichts kämpfen. Immerhin vertritt mich dabei meine Frau.«

Auch Pinke war durchaus von dieser Welt. In Berlin entschiede sich, so fügte er an, ob das Spiel BRD – DDR am Abend ein Spiel auf Biegen und Brechen für die DDR-Mannschaft würde; wenn Chile gegen Australien hoch gewann, war für die DDR vermutlich alles aus, denn gegen die Bundesrepublik hatten die WM-Neulinge aus der DDR natürlich keine Siegeschance. »Wird ein Krampfspiel«, sagte er. »Unsere individuelle Technik gegen kollektiven Kampfgeist. Wir werden's den Brüdern von drüben schon zeigen.«

Einen Imbiss ließen sich Pinke und Varney noch servieren; beim Zahlen erfuhren sie vom Kellner, dass sich Australien und Chile im Berliner Olympiastadion bei strömendem Gewitterregen torlos getrennt hatten, das hieß, dass nun Chile auf keinen Fall zur DDR aufschließen konnte, also durften die Mannschaften der Trainer Buschner und Schön am Abend frisch und frei aufspielen. Brasilien hatte gegen Zaire drei Tore schießen müssen, um weiterzukommen, und mit aller Mühe hatten Brasiliens Stürmer diese drei Tore zuwege gebracht. 1:1 hieß es beim Treffen Jugoslawien gegen die Schotten im Frankfurter Waldstadion, also mussten die Schotten eines einzigen Tores wegen die Koffer packen und nach Hause fahren. Varney dachte: Zwei deutsche Mannschaften unter den letzten acht und keine britische – stand die Fußballwelt auf dem Kopf? Er hätte jetzt gern Mister Präsident für ein Viertelstündchen neben sich gehabt. Pinke sagte: »Es wird Zeit fürs mächtige Spektakel.«

Die Straßen in Richtung auf das Volksparkstadion waren verstopft, das Polizeiaufgebot konnte sich mit dem messen, was Varney von Auftritten seiner Königin kannte. Prominenz aus Bonn hatte sich scharenweise angesagt, Bundeskanzler Schmidt hätte ohne weiteres in der Halbzeitpause eine Kabinettssitzung abhalten können; zwei Männer mit dem Namen Kohl saßen auf den Tribünen, Botschafter Kohl aus der DDR und CDU-Vorsitzender Kohl, ein Journalist hatte diese Spitznamen erfunden: Rotkohl und Schwarzkohl. In langen Ketten säumten Uniformierte den Straßenrand, hinter ihnen drängten sich Menschenmassen mit Fahnen und Transparenten. Sie alle hatten keine Karte für das spektakuläre Spiel bekommen, nun wollten sie wenigstens auf der Straße einen Zipfel vom Geschehen erhaschen. Halbwüchsige, die gewöhnt waren, den Spielern von Bayern München einen gehässigen Empfang zu bereiten und stupid hundertmal hintereinander zu grölen: »Nieder mit dem Bayernpack!«, jubelten jetzt den Helden zu, die von der Isar kamen und mit den anderen Helden vom Rhein und den gegnerischen Helden aus Jena, Dresden und Magdeburg in die Arena stiegen. »Kein guter Tag für Ermittlungen«, argwöhnte Varney. Und Pinke fügte hinzu: »Ich wollte, wir wären drin.«

Fast einen Kilometer vom Stadion entfernt mussten sie den Wagen abstellen, der Menschenstrom spülte sie auf die Eingänge zu. Varney sah drei Afrikaner – war Matatenka darunter? Die Männer des Einlassdienstes hoben die Brauen: Kriminalpolizei? Wenn nun jeder Kriminalpolizist, der dienstfrei hatte, sich kraft seines Ausweises Eintritt ins Stadion verschaffte? Pinke erklärte, bat, drohte, Varney und er wurden zu einem Büro geleitet und saßen dort einem rotgesichtigen Herrn gegenüber, der sich offensichtlich für den Dreh- und Angelpunkt der Weltmeisterschaft hielt, ihm gegenüber schlug Pinke einen so entschlossenen Ton an, wie Varney ihn ihm nie zugetraut hätte: Ein Mordfall, Scotland Yards prominentester Kommissar war eigens aufs Festland geeilt, ein Verdächtiger saß in Block F, würde nach dem Spiel in der Masse untertauchen; wie kam man an ihn heran? Keine Festnahme, nein, nur fragen musste man ihn, man würde ihm sogar das Vergnügen gönnen, sich das Spiel bis zum Ende anzuschauen. Da brandeten Beifall und Jubelschrei durch Mauern und Türen, draußen machten sechzigtausend menschliche Wesen ihrer hochgestauten Erwartung stimmgewaltig Luft, da rötete sich der Fußballverwalter, der vielleicht sogar ein Präsident war wie Mumford, noch stärker, denn er wollte natürlich hinaus und sich erregen und jauchzen und verdammen, denn da draußen ging es eben, so war er überzeugt, um Ungeheures. Er murmelte: »Es gibt nicht einen einzigen freien Platz.«

»Natürlich nicht«, sagte Pinke mild. »Aber Sie führen uns bitte trotzdem zum Block F.«

Ein neuer Schrei von draußen, da wischte sich der hochrote Mann mit dem Taschentuch übers Gesicht; Varney ahnte, was in ihm vorging: Die Sechzigtausend jubelten ihn weich. Ein ansteigendes Brummen, das in ein Heulen überging und rasch in enttäuschtes Seufzen umkippte, da murmelte der Mann endlich: »Kommen Sie bitte mit.«

Als Varney und Pinke das menschenvolle Oval vor sich sahen, wies der Zeiger der Stadionuhr auf die dreizehnte Minute, an der Anzeigetafel war noch kein Tor vermerkt. »Hier entlang«, sagte der Mann, der gewiss ein Präsident war oder zumindest ein Stellvertreter oder ein Schatzmeister. Über dem Block F blieben Varney und Pinke stehen, da stieß eben Beckenbauer nach vorn und versuchte sich mit Cullmann im Doppelpass, in die Mitte hinein auf Müller sollte gespielt werden, aber Müller wurde abgeblockt von zwei, drei DDR-Spielern, dann schlenzte Irmscher zu Sparwasser, Hoffmann stürmte los, und Vogts musste nach dem Ball grätschen und ihn ins Aus stoßen, um nicht überlaufen zu werden.

Pinke fragte: »Der da?« In der sechsten Reihe von oben saß ein Neger; als einmal der Ball weit über Croys Tor hinausflog, wendete dieser Mann den Kopf, Varney sah ihn im Profil, es konnte der fröhliche Afrikaner sein, der in Bad Wiessee ein Gamsbärtchen getragen hatte, er musste es nicht sein. Varney sagte: »Warten wir die Pause ab.« Und er fügte hinzu: »Wie tippen Sie?«

»Drei zu null für uns.« Da gerade Lauck den bundesdeutschen Spielmacher Overath erfolgreich störte, Hoeneß ins Leere lief und Sparwasser zusammen mit Weise und sogar Bransch bis vor Maiers Tor vorstießen, verbesserte sich der Hamburger Kommissar: »Drei zu eins.« Varney dachte: Und wenn es nicht Matatenka ist?

Wenn wir doch noch in dieses Jagdhaus fahren müssen, womöglich heute Nacht? Und wenn Kröcker die Nummer auf dem Container geändert hat? Und er dachte auch: Boston wird blass werden vor Verständnislosigkeit, wenn ich ihm sage, dass ich an diesem Tag im Volksparkstadion war und kaum auf das Spiel geachtet, sondern mich durch den Fall Pitta Pinn für fast alles um mich habe blind machen lassen. Also zog Varney den Blick ab von dem vermeintlichen Matatenka und sah zu, wie die bundesdeutschen Mittelfeldakteure stupid die einzige Sturmspitze suchten, Müller von Bayern München, genannt »Bomber der Nation«, der in zwei Weltmeisterschaftsspielen bislang nur ein Tor erzielt hatte und in diesem Spiel bisher noch nicht zum Schuss gekommen war. Auf Mumfords profunde Vorträge über die Wiedergeburt der Außenstürmer besann er sich und dachte: Wo sind sie? Ob das Schöns Konzept war: ein einziger Stürmer und fünf Mann im Mittelfeld? Das da war jedenfalls kein Spiel auf ein Tor, die DDR-Spieler spielten respektlos mit, Kreische knallte nach einer Flanke von Lauck frei stehend über das Tor, und wenig später verzog Lauck, nachdem er den günstiger postierten Sparwasser übersehen hatte. Pinke war ehrlich genug zu murmeln: »So hab ich mir das nicht vorgestellt.«

Halbzeitpfiff, da klangen Beifall und Missfallensbekundungen durcheinander, Schiedsrichter Ruiz aus Uruguay führte die zweiundzwanzig Recken vom Platz, Zuschauer drängten die Treppe hinauf und verschwanden in Toiletten und stellten sich an Zigaretten- und Getränkeständen an; der Mann, der Matatenka sein konnte, blieb auf seinem Platz und blätterte im Programm. Pinke ging zu ihm hin und setzte sich auf den jetzt leeren Platz daneben und wehrte den Protest seines anderen Nachbarn ab: Er ginge gleich wieder. Dem Afrikaner zeigte er seine Marke und fragte, ob er Herrn Matatenka aus Tansania vor sich hätte, und als der Mann nickte, sagte Pinke sein Sprüchlein auf, dass man Herrn Matatenka in einer Angelegenheit zu sprechen wünschte, die die Hamburger Kriminalpolizei interessierte. Und Pinke fügte hinzu, was er nicht nötig gehabt hätte und weswegen er sich später Vorwürfe machte: »Es ist wegen Fräulein Pinn.« Und als Matatenka erschrocken fragte, ob es gleich sein müsste oder ob er das Spiel zu Ende anschauen dürfte, antwortete Pinke, selbstverständlich habe die Befragung so lange Zeit, man würde gemeinsam das Stadion verlassen. Da kehrte der Mann zurück, auf dessen Platz Pinke saß, und Pinke entschuldigte sich auf seine behutsame, freundliche Art; er räumte das Feld und ging hinauf zu Varney und nickte ihm zu. »Unser Glück«, sagte Varney. »Der Häuptling mit dem roten Gesicht hätte uns sonst wegen Trickbetrügerei angezeigt.«

Die zweite Halbzeit brachte das gleiche temposcharfe, offene, abwechslungsreiche und faire Spiel wie die erste, und Varney dachte: Wie gut, dass ich Engländer bin und ohne Prestigegedanken zuschauen kann. Wenn Schöns Mannen gewinnen, besagt das nicht, dass der Kapitalismus besser ist als der Sozialismus, und wenn Buschners Elf gewinnt, folgert daraus nicht das Gegenteil. Aber es gibt ja wohl wirklich nichts, was zwischen Rhein und Oder frei wäre von Politik, nicht die Qualität von Suppenwürfeln oder der Preis von Strumpfhosen oder die Schussstärke eines Fußballerbeins; es ist leicht, von London aus den Moralisten zu spielen.

Die DDR-Schlachtenbummler schwenkten ihre Fahnen und sangen: »O, wo bleibt das Eins-zu-Null?«, und Varney fragte Pinke: Wollen Sie Ihren Tipp vielleicht ändern?» Sprechchöre forderten den Einsatz von Netzer, an der Seitenlinie machte sich Höttges fertig, auch Netzer streifte den Trainingsanzug ab. Zwanzig Minuten vor Schluss stand es noch 0:0, und es konnte nicht die Rede davon sein, dass die eine Mannschaft der anderen in irgendeiner Hinsicht überlegen war, nicht im Kampfgeist, nicht in der Technik, und Weise und Hoffmann und Wätzlich erwiesen sich ebenso als Individualisten wie Breitner und Cullmann und Flohe. Da liefen Höttges und Netzer aufs Feld für Schwarzenbeck und Overath, Hamann kam für Irmscher herein, und in der achtundsiebzigsten Minute war die Sensation perfekt: Croy schlug ab, Hamann hieb den Ball weit vor, Sparwasser erlief sich ihn, umspielte zwei Verteidiger und knallte ihn über den sich werfenden Maier unter die Latte. Die DDR führte, und es änderte nichts am Ergebnis, dass nun Beckenbauer seine

Mannschaftskameraden hektisch nach vorn trieb, jetzt kam Müller endlich einmal zum Schuss, traf aber nur die Latte, und beim Abpfiff sagte Varney zu Pinke: »Trösten Sie sich mit uns.«

Unten umdrängten Fotografen den lachenden Sparwasser, die DDR-Kolonie sang: »So ein Tag, so wunderschön wie heute«, ein Showmaster erfand den Slogan: »Die bundesdeutschen Fußballer kochen auch nur mit Sparwasser«, und die Journalisten notierten: Sieger der WM-Gruppe 1 ist die DDR vor der Bundesrepublik, wer hätte das gedacht!

Eingezwängt im Menschenstrom stieg unterdessen Matatenka die Treppe herauf, seine Augen suchten Pinke. Als Pinke Varney vorstellte, hob Matatenka staunend die Brauen. Von da an, während sie aus dem Stadion geschoben wurden, unterhielten sie sich englisch: Wohin sie gingen, wie lange das Gespräch dauern würde, eine Stunde, vielleicht zwei. Miss Pinn, ja, die kannte Matatenka, in Bad Wiessee war er zuletzt mit ihr zusammen gewesen. Ja, Herr Kröcker hatte Matatenka dankenswerterweise die Karte für das eben zu Ende gegangene Spiel abgelassen – ein wahrhaft königlicher Dienst für einen Geschäftsfreund. Hatte Herr Matatenka einen Wagen dabei? Wo stand er? Diese Frage war noch nicht beantwortet, da zeigte Matatenka über Köpfe hinweg: Dort ginge ein Freund, dem wollte er schnell ein paar Worte sagen, einen Moment, bitte! Und Matatenka zwängte sich seitlich fort; ehe Pinke und Varney reagierten, hatte er Raum gewonnen und rannte los. Ehe die Kriminalisten nachstürzen konnten, stoppte ein Auto zwischen ihnen, Varney sah, wie Matatenka geduckt an der Häuserwand entlanglief, dort war anscheinend mehr Platz als in der Straßenmitte. »Bleiben Sie stehen!«, schrie Pinke, da drehten sich einige Leute vor ihm verwundert um und blieben tatsächlich stehen und hinderten Varney und Pinke am Vorwärtskommen, und als sich die beiden Kriminalisten endlich zur Straßenecke durchgezwängt, fast durchgeboxt hatten, war von Matatenka nichts mehr zu sehen. Varney keuchte stärker vor Ärger als vom schnellen Laufen. »Was jetzt?«

»Ich stelle jemanden neben Matatenkas Koffer.« Pinke schaute sich um, sah eine Telefonzelle und ging auf sie zu und quengelte eine Frau heraus, die gerade sprach, und teilte seiner Dienststelle mit, was geschehen war, und bat, einen Mann ins Hotel »Stadt Bremen« zu schicken und Herrn Matatenka, sollte er seinen Koffer abholen wollen, vorläufig festnehmen zu lassen. Und Pinke führe jetzt seinen englischen Gast in die Lüneburger Heide zur Jagdhütte des Herrn Kröcker in der Nähe von Wietzendorf, und jemand sollte vor Kröckers Stadtwohnung Acht geben, ob Herr Matatenka vielleicht dort auftauchte. Eine kurze Personenbeschreibung fügte Pinke noch an und schloss mit dem höflichen Satz: »Ich hoffe, ihr nehmt bis heute Abend nicht mehr als fünfzig Neger fest.«

Nach einigen Umwegen kamen Varney und Pinke an ihren Wagen heran, eine halbe Stunde später konnten sie endlich abfahren. »Irgendetwas müssen wir ja tun«, murmelte Pinke. Er und Varney waren zu lange in ihrem Handwerk, als dass sie sich Mutmaßungen hingegeben hätten, warum Matatenka geflüchtet sein konnte; die Skala der Möglichkeiten reichte vom Mord an Miss Pinn bis hin zu der Tatsache, dass Matatenka seinen Wagen falsch geparkt hatte. Varney stellte sich den Afrikaner im Hotel »Queen Tschand Bibi« am Blackfriars-Bahnhof vor, in dem vor allem Touristen aus ehemaligen Commonwealthländern abstiegen, also auch aus Tansania; Matatenka stand hinter Pitta Pinn und schlug ihr mit einem schweren, runden Gegenstand den Schädel ein. Man würde den Waffenhändler Blechschmidt fragen müssen, wann Matatenka bei ihm gewesen war und wann nicht. Nett waren alle diese Geschäftsleute zu ihrem afrikanischen Partner, der eine vermittelte ihm einen Pensionsaufenthalt in Bad Wiessee, der andere überließ ihm die Schlüssel zur Jagdhütte und eine hoch begehrte Karte zu einem spektakulären Fußballmatch. Waren sie auffällig nett?

Der Verkehr auf der Autobahn in Richtung Hannover ballte sich und lockerte sich erst hinter der Abzweigung nach Bremen. Dreimal gerieten Varney und Pinke in einen Stau, erst kurz bevor sie die Autobahn verließen, bekamen sie freie Fahrt. Varney sagte: »Sieht die Fußballwirklichkeit seit heute Abend anders aus?«

»Fußball war so ungefähr die letzte Sportart, in der wir besser waren als die Brüder und Schwestern von drüben, und da sie die populärste ist, waren andere Niederlagen einigermaßen zu verschmerzen.«

»Nun hat man dem großen Kind sein Lieblingsspiel kaputtgemacht?«

»Zumindest fehlt der Wunderpuppe nun ein Bein.«

DDR *24* **Andreas Gläser** *1974*

Andreas Gläser **2**

1974

Und es war Sommer, das neunte Mal im Leben. Désirée zählte die gleiche Anzahl an Jahren, wir gingen gemeinsam in die dritte Klasse, denn bisher war niemand von uns aufgrund überschüssiger Intelligenz vorgestuft worden. Sie sagte, wir könnten heiraten, falls ich niemals sitzen bliebe; dann werde sie von ihrem Opa sogar einen Zirkus erben. Und wenn ich mit ihr auf dem Falkplatz schön einige Kunststückchen üben würde, hätte ich auch eine Chance auf ihre Manege. Zirkus, Manege? Plötzlich war es mir recht, nach Hause zu müssen, weil ohnehin Kaffeeklatsch angesagt war. »Wir kriegn gleich Westbesuch«, sagte ich und verschwand.

Wie kam Désirée darauf, dass ich einmal sitzen bleiben könnte? Im Sommer vierundsiebzig stand mir die Übergabe eines meiner besten Zeugnisse bevor. Ich würde nur von Frau Donner eine Vier in Schönschrift bekommen, womit die sich wiederum unglaubwürdig machte, weil ich eine Zwei in Zeichnen hatte. Also, was wollten diese Jungfrauen von mir?

Jedenfalls zog ich es in der Schule und auf dem Falkplatz vor, mich über unseren Besuch weitestgehend auszuschweigen, denn wenn die Geschenke zu schwach ausfielen, passte das zu meiner Vier in Schönschrift. Tante Vera und Onkel Paul hatten sich angesagt. Wir waren nicht mit ihnen verwandt, nur befreundet, weil meine Mutter mit Vera vor dem Mauerbau oft im Kino gewesen war, während mein Vater wenig später als Grenzsoldat aufpasste, dass solche Ausflüge nicht mehr vorkamen. Die Tochter von Vera und Paul sollte mir als so genannte Patentante etwas Konsumterror garantieren, aber Marlies war wie ihre Eltern eher arm. Scheiße. Falls jemand aus meiner Klasse von der anstehenden Pleite erfahren würde, müsste ich meinen auf dem Schulhof ergaunerten Matchbox-Transporter als Geschenk präsentieren.

Es war sowieso ein unglaublicher Widerspruch: Unsere Parteileute behaupteten ständig, dass sich mit dem Untergang des Nazireiches die Chance geboten hätte, eine bessere Gesellschaft aufzubauen, die natürlich in der DDR genutzt werde. Andererseits produzierten unsere volkseigenen Betriebe nur schlechte Kopien vom Schmutz und Schund des Klassenfeindes. Ich war mit dem ganzen Tamtam der Jungpioniere einverstanden, meinetwegen auch mit der Mauer, doch warum erinnerten mich die Arbeiter und Bauern mit ihren traurigen Plagiaten dauernd daran, dass der eigentliche Zauber im Westen stattfand?

Während ich das Geplänkel mit Désirée vorläufig beendete, inszenierten die Jungs meiner Klasse eine wilde Version des am Abend anstehenden Fußballspiels. In Hamburg sollte die Bundesrepublik Deutschland auf die Deutsche Demokratische Republik treffen. Micha, Frank, Jörg, und wie sie alle hießen, wollten Netzer, Breitner oder Beckenbauer sein. Und das nicht nur am Wochenende, wenn sich unsere Lehrerinnen nicht als Erziehungsberechtigte aufspielen konnten. Am an der Mauer gelegenen Falkplatz hörte ein Grenzpolizist ihre lautstarken Forderungen mit, aber er schaltete ebenso wie ich auf Durchzug, wenn so ein unpoppiger Name wie Beckenbauer fiel. Mussten wir solche Leute als Klassenfeinde ernst nehmen? War es im Fußball anders als in der Musik? Wenn ein Künstlername nichts taugte, war doch sowieso die ganze Karriere verbaut, oder? Ich hatte für die Balltreterei meiner Kumpels weder Zeit noch Lust.

Im Vorfeld dieses Westbesuchs gab es unter meiner Ostberliner Verwandtschaft keine Grabenkämpfe, wer diese Exoten bewirten durfte. Vera und Paul standen als Freunde unserer Verwandten nicht so hoch im Kurs. Aber immerhin kamen sie aus dem Bezirk mit dem besten Namen jenseits der Mauer, aus dem Wedding, und das auch noch pünktlich. Sie beschenkten mich mit einer billigen Matchbox-Attrappe, einem biederen Hemd und einer Stange Kaugummikugeln, bei der nicht einmal Donald-Duck-Bilder dabei waren. Meine Danksagung fiel bewusst leise aus, wurde aber von meiner Mutter euphorisch übertönt: »So ein gutes Oberhemd! Sag Danke!«

Vera lenkte vom Thema ab, indem sie über den im Jahr zuvor erhöhten Zwangsumtausch von zehn auf zwanzig Mark plus fünf Mark Bearbeitungsgebühr pro Nase meckerte: »Was sollen wir mit vierzig Ostmark?«

Meinem Vater rutschte heraus: »Bezahl einfach unsre Miete und ne Schachtel Cabinet!«

Paul begann, über das in wenigen Stunden anstehende Duell der Deutschen zu reden: »Seid nich traurig! 3:0 für die Profifußballer von Helmut Schön, dafür habt ihr nich so viele Ausländer!«

Die wenigen Ausländer, die ich bisher gesehen hatte, hopsten alle lustig die Straßen auf und ab. Das war im Sommer zuvor gewesen, als in der DDR die Weltfestspiele stattgefunden hatten. Danach sah ich die Kubaner und Angolaner nie wieder. Meine Mutter tischte die Spezialitäten von Bäcker Krauzig auf und zeigte sich begeistert: »Ihr seid aber braun geworden!«

Vera triumphierte: »Wir waren in Spanien! Und ihr fahrt wieder bloß nach Thüringen, oder? Na, is vielleicht ooch schön.«

Als sie auch noch schrill zu lachen begann, protestierte mein Vater: »Bloß Thüringen? Da komme ich her! Mutter, was willst du in Spanien? Du kannst doch gar nicht schwimmen!«

Paul erinnerte uns an die Fußball-WM: »Von mir aus könn wa dit Spiel ooch ofm Ostsender kiecken, aber bitte ohne

Kommentar von dem Schnitzler. Hauptsache n klaret Westbild! Ihr könnt euch ja unterhalten.«

Dabei interessierte sich keiner unserer Verwandten und Bekannten aus Weißensee, Prenzlauer Berg und Thüringen für Fußball. Die Weddinger eigentlich auch nicht, aber Paul hatte sich scharf machen lassen. Mein Vater litt zunehmend unter dem wiedergekäuten Fachsimpeln.

»Paul, der Fernseher is kaputt. Da wird das Bild immer kleiner, und dann bleibt nur noch so n kleiner weißer Punkt. Kannst ja mal anschalten. Falls die Röhre plötzlich funktioniert, musst du die Antenne ab und zu ausrichten. Ich halte die nich ne halbe Stunde!«

»Ein Spiel geht neunzig Minuten!«, zeigte sich Paul wissend wie beunruhigt. »Wenn der Fernseher kaputt is, werden wa bald jehn müssn! Oder solln wa zehn Jahre warten, bis ihr n neuen Apparat zusammenjespart habt?«

»Erspartes haben wir, bloß keine Anmeldung«, mischte sich meine Mutter ein.

Nun hatte mein Vater drei ehemalige Verbündete gegen sich. Er kuckte, als wolle er sich gleich Montag zur Reserve melden, um die Mauer ein weiteres Vierteljahr zu schützen. Unsere Weddinger wohnten an der Bornholmer Brücke, erste Querstraße im Parterre, da könnte er die Knarre anlegen und das Geschirr abräumen. Paul quengelte: »5:0 schickn wa eure Amateure nach Hause!«

Er träumte vom Eckenstand als Endresultat.

Meine Mutter schlug sich wieder auf unsere Seite: »Na und? Dafür haben wir uns alles selber erarbeitet! Außerdem sind wir für den Frieden!«

»Ja, aber ihr dürft nich raus«, ereiferte sich Vera. »Außer zu de Russen vielleicht, aber die sind schon bei euch! Spanien is wat janz wat andret!«

»In Spanien gibs viel Armut«, wusste ich aus der Schule und warf mein Weltwissen in die Runde. Die Weddinger wirkten etwas pikiert, meine Eltern wollten sich ihre Gastfreundschaft nicht von ihrem Neunjährigen kaputtmachen lassen. Ich schickte hinterher: »Alle arm, außer die Faschisten.«

Aber das ging nun wirklich zu weit, weil Paul als Wehrmachtssoldat von italienischen Partisanen verwundet worden war. Vera riss das Ruder herum: »Mein Paul is jetz inna SPD! Lasst uns ma schön Kaffeetrinken!«

Paul ließ die Zügel schleifen: »Fußball is ooch nich so wichtich. Die verdien ja heutzutage tausend Mark pro Spiel, wenn nich sojar für ne halbe Stunde.«

Der Nachmittag verlief ziemlich unspektakulär. Familiengeschichten aus den Fünfzigerjahren wurden wiedergekäut, da sei auch nicht alles schlecht gewesen. Helga und Paul saßen schön auf der Couch, es wurde nicht einmal getanzt, wie es bei den Feiern mit unserer Ostbande üblich war. Mein Vater brachte unsere Westler rechtzeitig und nüchtern zum Grenzübergang. Vom Sparwasser-Tor habe ich erst am Montag in der Schule erfahren, als sich meine stalinistische Schönschrifthexe plötzlich für Fußball begeisterte. Sparwasser hier, Sparwasser da. 1:0, na und?

Einige Monate später feierten wir bei Bekannten die Jugendweihe von irgendeinem Halbstarken. Alle tanzten auf dem Korridor zu seiner Musik. Mein Vater fragte den jungen Erwachsenen: »Haste auch George Backer mit ›Oh, La Paloma Blanca‹?«

»Hab ick mal uffjenomm, aber wieder überspielt. Ihr könnt nach Slade tanzen.«

Unsere Eltern waren nicht sonderlich begeistert, sagten aber: »Ja, das is Highlife! Kommt, wir tanzen mal auseinander!«

Als ich beim Tanzen hinter dem Korridorvorhang verschwand, entdeckte ich eine selbst gebastelte Fahne mit einem Dutzend weinrot-weißer Karos. Endlich mal eine andere Fahne.

»Ey, nich ausrollen! Musste ins Stadion jehn!«, wies mich der gefeierte Tonbandunterhalter zurecht.

Als ich seinen Ratschlag befolgte, erinnerte mein Zensurendurchschnitt zunehmend an die Trefferquote vom Berliner Fußballclub Dynamo. Vielleicht lag meine spätere Nichtversetzung auch daran, dass Désirée mich während der Freistunden in ihr Parterrekinderzimmer gegenüber der Schule lotste, so dass ich mir auch nach dem Unterricht einige Gedanken machte, ob aus uns und ihrem Zirkus noch etwas werden würde.

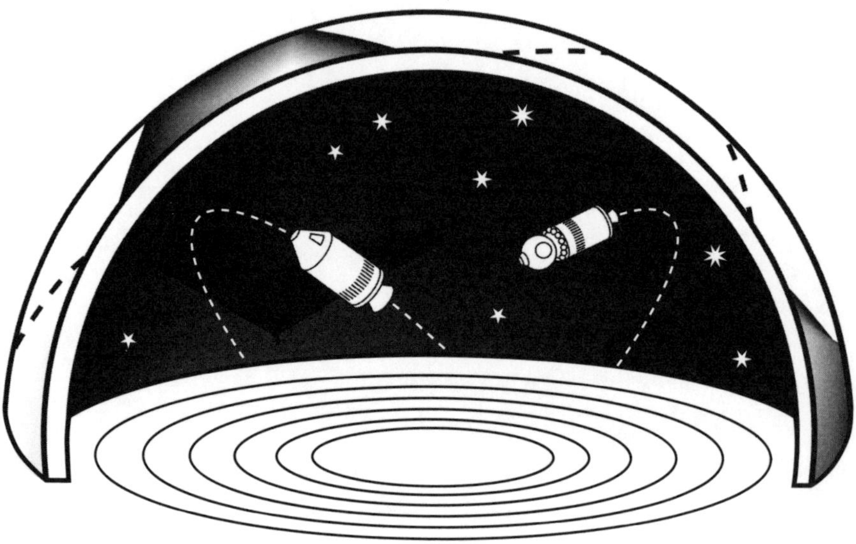

Matthias Biskupek

Gelzenbein Beckenbauru

3

Zunächst müssen wir über russische Grammatik reden. So gibt es im Sprachgebäude der Russen vollendete und unvollendete Partizipien, sechs Fälle, eine doppelte Verneinung, die keine Bejahung, sondern eine Bekräftigung ist, und allüberall Verniedlichungsformen.

Nitschewo nje, heißt keinesfalls niemals nicht, und wenn ein russischer *Chwastun* davon redet, dass er das Täubchen sein Messerchen werde spüren lassen, kann dies nur in Ausnahmefällen als erotische Witzelei verstanden werden.

Zum Grundverständnis russischer Grammatik, also sowjetischer Sprachregulierung, gehört zudem, dass die Präposition *K* den vierten Fall verlangt, der im Männlichen durch ein angehängtes *U* kenntlich wird. *K* wiederum kann man zwar sowohl als *zu* wie auch als *auf* verdeutschen, aber immer nur zielend, was wir mit *transitiv* übersetzen – ihr kommt nicht mehr mit? Kein russisches Wunder! Einfach und logisch kommen wir nie weiter.

Damals aber wollten wir weiterkommen. Vorwärts, immer nur vorwärts. Damals, als der Kampf zwischen sowjetischen Mondrobotern und amerikanischen Astronauten tobte und die Welt uns, weil wir jung waren, offen stand – wenn auch nicht räumlich gesehen.

Unser Leben war sehr sicher eingegrenzt zwischen Orten wie Eisenach, Ettersberg, Görlitz, Greifswald, Pankow, Sachsenhausen und Wismar. Und wenn wir dieses Vieleck verließen, geschah dies in östlicher Richtung, über eine Eisenbahnlinie, die via Brest und großspurigeres – oder sagen wir: *breitspurigeres* – Bahnwesen die Freundschaftszüge bis ins weite, ferne Land der Bjelorussen und Ukrainer, der Russen und Tataren, der *Natschalniks* und *Rabotschis*, der Freunde, Brüder und Kampfgefährten beförderte. Wir jungen Bürger praktizierten *germano-sowjetskaja Drushba. Drushba – Freundschaft! Drushba – Freundschaft!* hieß unser Schlachtruf. Wir saßen, schliefen und aßen zunächst in rollenden Freundschaftswaggons. Mit dem Grenzübertritt und ausführlicher *prowerka passportow* waren wir mittendrin im Sowjetlande, in unserer heroischen sozialistischen Geschichte und dem Sommer des Jahres 1974. Der erste Spielzug hatte begonnen.

Wir landeten mit dem touristischen Freundschaftszug in Odessa, einem Schwarzmeerort, in dem man überall nur Russisch sprach, wiewohl er zur Ukraine gehörte. Ja doch, der Nachhilfeunterricht für euch muss sein, liebe Freunde, die ihr damals bestenfalls Paris, Kalifornien oder Bilbao kanntet. Wir kannten Bilbao natürlich auch. Von einem Brecht-Song. Brecht, Bertolt, geboren 1898 in Augsburg, das ist in Bayern, war jener Theaterdichter, der, boykottiert vom Adenauer-Regime, in den Fünfzigern und Sechzigern … das wollt ihr nicht hören? Erzählen wir weiter von den heroischen Siebzigern im heroischen Sowjetland.

In Odessa brannte eine heiße Sommersonne – *Solnze swjetit* auf Russisch, liebe unkundige Freunde, – auf uns herab und auf jene Schiffe, die im Hafen lagen. Die Schiffe kamen zum Beispiel aus Kalifornien. Ja, so kam damals Kalifornien zu uns. Wir mussten eigentlich nirgendwo hinfahren. Die kalifornischen Seebären waren echte Amerikaner, und wir erprobten unser Englisch an ihnen. *Have a nice day*, näselten die Seebären, deren Schiff nicht auslaufen konnte und die nun im selben Hotel wie wir kampierten. Wir allerdings hießen Freundschaftstouristen, und die amerikanischen Seebären waren friedliche, *koexistente* Handelspartner, deren Handel im Augenblick etwas stockte. Es fehlten Ladepapiere oder Ausladekapazitäten, denn die Bürokratie war gewaltig im gewaltigen Sowjetland. Die Seeleute brachten ihre Wartezeit mit eigenem Whiskey zu, zu dem sie uns einluden. Sie sprachen: *This is nice! All over this country is Lennon!* Wir dachten, es handle sich um ein Missverständnis: John Lennon – ein Countrysänger? Wir verehrten ihn damals heftig, aber die Amerikaner zeigten auf die riesenhaften Denkmäler, Fotos und Plakate in der Stadt. *That's your Lennin*, quetschten sie freudig heraus, und wir erläuterten, dass Lenin ein großer Sohn des russischen Volkes sei, unsere Söhne aber Karl Marx und Friedrich Engels hießen.

Die größten Söhne eures Volkes heißen jetzt *That's Maier* und *Fuck Heynckes*, behaupteten die Amerikaner, mit denen wir uns fast allabendlich trafen, in ihren oder unseren Hotelzimmern, nachdem wir tagsüber sehr lange den sehr langen Schwarzmeerstrand und sehr kurz die allgegenwärtigen Lenin-Gedenkstätten besichtigt hatten. *Oh no*, erklärten wir, *our fighter Pommerenke and Kurbjuweit, Bransch and Ducke. Ey crazy,* riefen die, ihr *Germans* seid immer *Dubble-Germans*. Euch genügt nicht ein Hitler, *it must be* a doppelter Überhitler. Dazu grinsten die Amerikaner, damit wir begriffen, dass Deutsche endlich lernen sollten, Spaß zu verstehen. Damals waren wir noch *silly*, oder, um es in der Odessaer Landessprache zu sagen, jeder Einzelne von uns war ein *nastojaschtschij Djurak*, denn wir hatten es einfach nicht gelernt, über *Dubble-Fuck-Hitler* zu lachen.

Natürlich waren es nicht *die* Amerikaner, mit denen wir solche tiefgründigen Gespräche pflegen konnten; eigentlich waren es nur zwei, und nur einer davon, den wir Jim Bean nannten, kannte sich ein bisschen mit Fußball aus, mit Sepp Maier und Jupp Heynckes, der andere verstand nicht die Bohne davon, obwohl er nicht Jim Bean hieß. Unsere russischen Freunde, die wir längst in Odessa gewonnen hatten – nicht umsonst waren wir auf Freundschaftszugreise –, kannten sich hingegen hervorragend im Fußball aus und wussten, dass die befreundeten Deutschen auch großartige Schwimmer, überragende Nordische Kombinierer und führende Leichtathleten waren und fast so gute Turner wie die Sowjetsportler. Die unbefreundeten Deutschen, also ihr, denen wir das alles hier und heute haarklein erklären müssen, wie damals die Weltgeschichte lief, als wir den Ball noch lange nicht abgegeben hatten, sondern vorwärts stürmten – ihr hattet bloß eine mickrige Hochspringerin und überhaupt keine Schwimmer und lediglich bissel olympisches Reitergold und vielleicht mal 1 Stck. Zehnkämpfer. Unsere befreundeten Sowjetmenschen und wir, wir hätten euch doch alle Ränge abgelaufen, selbst wenn internationale Meisterschaften in der *besonderen politischen Einheit Westberlin* stattgefunden hätten. Vielleicht muss an dieser Stelle für ganz Hartleibige, also auf westdeutschen Töpfchen Erzogene, erklärt werden, wie es sich einst mit dem Sport und der Überzeugung und den Sympathien und den Großen und den Kleinen verhielt. Wir wohnten, wie gesagt, in einem winzigen Land, in besagtem Vieleck zwischen Eisenach, Ettersberg, Görlitz, Greifswald, Pankow, Sachsenhausen und Wismar. Deshalb waren wir auch solidarisch mit den Kleinen, also zum Beispiel im Eishockey. Spielte Kanada gegen die Westdeutschen – also da waren wir natürlich für euch. Weil Kanada Eishockeygroßmacht war und ihr noch viel schlechter spieltet als wir. Ebenso einfach verhielt es sich, wenn die sowjetischen *Scheibu-Sportsmjeni* – so heißen Eishockeyritter im Russischen; manchen Leuten muss man ja alles erklären – gegen die Tschechen spielten, die damals Tschechoslowaken hießen. Da waren wir ganz klar für die Schwejks, das hatte mit dem Größenverhältnis zu tun. Auch wenn heutige Sympathiewissenschaftler solches mit Prag achtundsechzig erklären möchten. Schwieriger wurde es, wenn, sagen wir mal, die Finnen gegen Kanada spielten. Wir hätten da für die Kleinen sein müssen, das war in diesem Fall Finnland. Aber weil wir uns unter den großen Acht um den ersten Platz der kleinen Vier mit den Finnen stritten, waren wir natürlich dafür, dass die Kanadier gewannen. Taktik, Freunde! Wir als Größte der kleinen Vier! Die Finnen waren als Land zwar klein, aber als Eishockeymacht groß, und wenn wir damals nicht auch im Sport hätten sparen müssen – denn für eine olympische Medaille braucht man im Eishockey zwanzig Mann und eine ganze Oberliga von Weißwasser bis Dynamo – hätten wir dauerhaft den ersten Platz der kleinen Vier belegt. So wurden wir schließlich fast noch schlechter als eure damals schon unter aller Kanone spielende Truppe. Für die Russen hingegen war Eishockey das Größte als Mannschaftssportart, die Begeisterung reichte bis ins südliche, frostunsichere Odessa. Aber ich schweife ab. Wir zoomen uns wieder in die Vergangenheit, an den Schwarzmeerstrand, wo *solnze swjetit*, also wo es verdammt heiß war. *Solnze swjetit!* Merkt euch das, *solnze swjetit*, vielleicht braucht ihr das mal in euerm sonnigen Leben. Wir saßen also mit unseren amerikanischen und sowjetischen Freunden zusammen und tranken alle mächtig viel Whiskey.

Die Sowjetfreunde verstanden kein Englisch; Deutsch nur in jiddischen Redensarten, weil sie Odessaer Russen waren. Die Amerikaner verstanden sowieso nur die *language of money*. Aber wir, wir hatten gleich zwei Trümpfe in der Hand. Wir konnten sagen: *Anton leschit na Tamarje i djelajet djeti*, worüber die Russen schmunzelten, während die Amerikaner nur so blöd glotzten wie ihr heute. Ein paar Lernvokabeln wollen wir an dieser Stelle verraten: *leschit* heißt liegt, *djelajet* macht und *djeti* Kinder. Wenn die einen sagten: *dshob twoju match*, so konnten wir den anderen übersetzen: *motherfucker*, und beide Großmächte staunten, wie weltläufig wir aus dem kleinen Land doch waren.

Bis hierher ist aber alles noch immer Mittelfeldgeplänkel. Denn die sowjetischen Zeitungen waren zwar voller großer Losungen, Leninbilder und Aneinanderreihungen von erfolgreichen, ruhmbedeckten und kämpferischen Ernteschlachtschilderungen, aber im Unterschied zu amerikanischen Zeitungen brachten sie auch Weltsportereignisse. Und so lasen wir überaus langsam in der *Prawda* mit roten Ohren von den Spielzügen eines gewissen *Gelzenbein*. Hah! schrien wir, da muss es sich um Hölzenbein handeln, und die Amerikaner wussten natürlich weder mit Gelzenbein noch mit Hölzenbein etwas anzufangen, für die war bei Sepp Maier Ende der Fahnenstange. Sie starrten in die kyrillische Buchstabenwüste. Im Unterschied zu euch, liebe Landsleute, verstanden die Jim Beans nix von Fußballregeln und lachten deshalb immer nur, wenn wir mit den sowjetischen Freunden die Abseitsfalle und das *sliding-tackling* diskutierten. *Slicktinck -Tacklinck*, sagten die Freunde, so wie sie heute *Bissness* und *Mannatscherr* sagen, die *neuen Russen*, die schon damals zu gern dabei gewesen wären, was ihnen, als größte sozialistische Friedensmacht der Welt, ja auch zugekommen wäre.

Smotritje, schaut hin, sagten sie und zeigten auf die Mannschaftsaufstellung in der kyrillischen Buchstabenwüste: Alle sind dabei. Die Jugoslawen und die Argentinier, die Italiener und junge Nationalstaaten wie Zaire. Und ihr seid sogar zweimal dabei, als befreundete Deutsche – und als richtige Deutsche. Wir zuckten zusammen, aber so waren sie, unsere Odessaer Freunde: geradeheraus und knallhart, von Lenin'schem Geist und von Stalin, dem Stählernen, geschweißt.

Und wo, ihr Täubchen, fragten sie mit einer in Odessa, literarisches Mekka der russischen Literatur, üblichen hintergründigen Selbstironie, wo, ihr Täubchen, ist die große Sowjetunion? Die dabei ist, den Mond zu erstürmen? Haiti, Polen, Bulgarien – und keine Sowjetunion. Doch dann leuchteten die typisch russischen Augen in ihren typisch russischen Gesichtern, und sie setzten erneut an: Und ihr, Söhnchen, wo seid ihr? So fragten sie die Amerikaner, und wir übersetzten sogleich: Wo befindet sich die große US-amerikanische Nation beim *Konkurs der Futbolisten*?

Wir spielen Baseball, sagten die und konterten. Wir übertrugen nun deren sanften Vorwurf etwas wortungetreu aus dem Amerikanischen ins Schwarzmeerrussisch, quasi ins Odessische: Keine Leninzeitung bringt zur weltweiten Mitteilung, wie Atlanta Apples gegen große Erfolge habende Sacramento Sunshines den Sieg erringen.

So kämpften die beiden größten Mond- und Kosmoserforschungsnationen der Welt auf unserem gekrümmten Sprachrücken miteinander. Es wäre wohl noch ewig so weiter gegangen, wenn im Hotelradio nicht ein Ausschnitt der russischen Reportage vom Kampf der befreundeten mit den richtigen Deutschen im fernen Hamburg zu hören gewesen wäre. *Gelzenbein Beckenbauru!*, schrie der Reporter, und bevor wir in nur wenigen Minuten enträtselt hatten, dass es sich hierbei um einen Spielzug von Hölzenbein auf Beckenbauer gehandelt haben musste – denn *K* (*zu* oder *auf*) verlangt den vierten Fall, Endung *U*, wie wir euch ja schon eingangs erklärt haben –, schrie der Reporter: *Goool!* Und während wir noch überlegten, ob dies mit *geil* übersetzt werden müsse und ob Hölzenbein oder Beckenbauer das Tor geschossen hatte, schlugen uns die Odessaer Freunde auf die Schultern und beglückwünschten uns. Hölzenbein, fiel uns ein, konnte allerdings weder Vorbereiter noch Torschütze sein, denn er spielte bei dieser Begegnung überhaupt nicht mit. Die Amerikaner wollten wissen, was los sei, und wir versuchten trotz der Falschmeldung, den Spielzug *Gelzenbein – Beckenbauru* ins Amerikanische zu transferieren. Währenddessen überschütteten uns die Odessaer immer heftiger mit *Molodzui - Molodzui* - Brüllern, was, wie wir wussten, Prachtkerle bedeutete und uns arg verärgerte. Denn dass Westdeutsche *Prachtkerle* sein sollten, wo wir doch die den Sowjetbrüdern am befreundetsten Deutschen waren, empfanden wir als unfair.

Bis der *Molodjez* aus Odessa uns erklärt hatte, dass einer unserer Spieler ein Tor geschossen hatte, dauerte es eine Weile, also *Minutotschku.* Wir versuchten, den Namen *Sparwasser* ins Russische zu übersetzen. Aus Sparwasser machten wir *wenig Wasser*, und das war nahe am Wodka, was bekanntlich *Wässerchen* heißt, woraus nun wieder die amerikanischen Freunde schlossen, dass *the East-German named Whiskey* soeben zwischen die *goalposts* getroffen hatte und dafür wohl drei oder sechs *points* eingeheimst hatte.

Wir sollten, beharrten unsere amerikanischen Freunde, von nun an nimmermehr am Wässerchen sparen. Wir stießen auf den großen deutschen Fußballer Whiskey an. Die Sowjetfreunde waren überglücklich, dass wir gegen den Kapitalismus gewonnen hatten, und wir waren froh, weil wir gegen uns den Sieg errungen hatten.

Aus, aus, aus, das Spiel ist aus, schrie niemand von uns, obwohl das *Metch* nach all den langwierigen Übersetzungs- und Erklärungsversuchen längst aus war. Wir hatten gewonnen. Durch den Genossen Wässerchen. Irgendwann war auch die Weltmeisterschaft gelaufen, und wieder hatten wir gewonnen, obwohl unsere längst raus, raus, raus waren. Dennoch waren wir Weltmeister; nie mehr später würden wir den doppelten Einsatz haben können, wie in den herrlichen Siebzigern bei allen Welt- und Europameisterschaften. Wo allen anderen Nationen in Einzelwettkämpfen nur mehr drei Starter zugestanden worden waren, konnten wir sechs ins Rennen schicken. Klar, dass die ebenfalls bedeutenden Sporttreibenden dieser Epoche, die US-*Boys* und die SU-*Drugi*, immer ein bisschen neidisch waren.

Wir Deutschen hatten in dieser herrlichen Freundeszeit zwar ein schwieriges Sprachsystem mit unseren unklaren Zeit- und Möglichkeitsformen, aber immer drei Chancen mehr als die anderen. Die Russen hatten eine vertrackte Grammatik, aber die schönsten Verkleinerungsformen, und die Amerikaner hatten mit ihrem Whiskey und ihrer unkomplizierten Art, einfach alles und jedes in ihr Englisch zu quetschen, sämtliche Sympathien auf ihrer Seite.

Das kalifornische Schiff mit den amerikanischen Seebären war inzwischen doch entladen worden, und wir verabschiedeten uns mit Strömen von Sparwasser, wie russische und amerikanische Freunde jetzt gleichlautend Alkohol nannten. Statt *Gelzenbein – Beckenbauru!* jubelten unsere Odessaer Freunde: *Drushba – Freundschaft! Drushba – Freundschaft!* Denn das war der Spielzug der Epoche, und die Amerikaner, die immer gern alles mitmachen, was zum Lachen ist, und die überhaupt keine Individualisten sind, anders als man uns im Polituntericht weismachen wollte, jubelten doppelt und vierfach wie beim Überhitler: *Friendship – Friendship, Friendship – Friendship.* Nichts wurde während unserer Abschiedsparty doppelt verneint, und die Niedlichkeitsformen feierten fröhliche Urständ. Wir versuchten erst gar nicht, eine solche deutsche Eigentümlichkeit wie *fröhliche Urständ* ins Amerikanische oder gar in die *sowjetische Grammatik* zu übersetzen. Wir tranken längst Sparwässerchen auf Sparwässerchen, denn auch die größten Whiskeyvorräte der Erde gehen irgendwann einmal zu Ende. Das hätte den

Amerikanern eigentlich schon damals eine Lehre sein müssen, aber sie wussten ja noch nicht, welches neue Jahrtausend ihnen bevorstand. Die Russen wussten, dass es ihnen nie gut gehen würde, weshalb sie sich im Moment großartig, also sauwohl fühlten, was sie mit *Charascho sidim* ausdrückten. Das heißt nix anderes als: Gut sitzen wir – aber was es wirklich heißt, werden weder ihr noch wir je erahnen können. Damals saßen wir einfach gut, dort in Odessa, das einstmals nicht nur ein russisches, sondern auch ein intellektuelles und jüdisches Mekka gewesen war, alles ein Widerspruch in sich, wie doppelte Verneinung und unablässige Verniedlichung.

Charascho sidim: Wir saßen zwischen den beiden heroischen Weltraumeroberernationen, denn wir hatten den Rasen gewonnen, aber nicht am grünen Tisch, sondern mit *sliding-tackling* und dem alle verblüffenden Spielzug *Gelzenbein – Beckenbauru.*

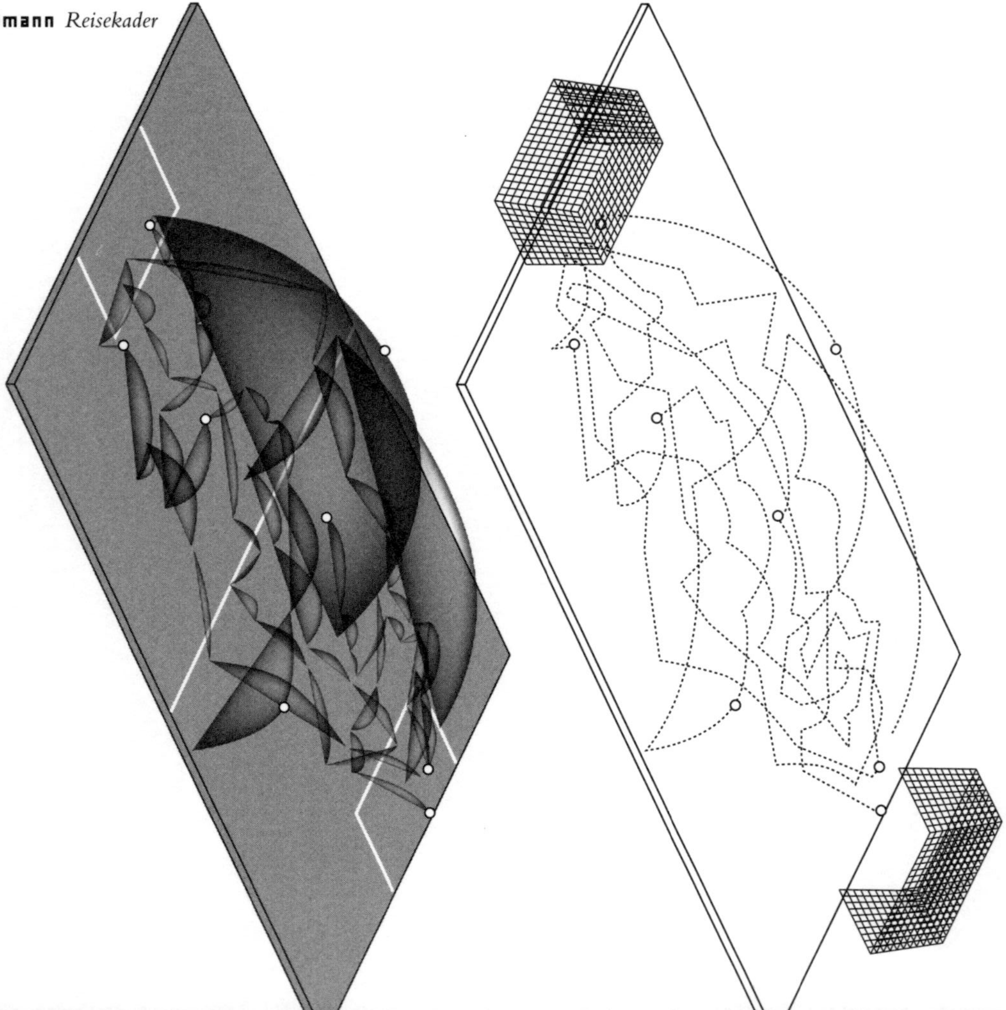

Frank Willmann

4

Reisekader

Seltsames Leben, das Leben der Schleierschwänze. Tagsüber im Wasser, nachts auch. Immer im Wasser. Bissel Grünzeug ringsum. Paar Algen an den Scheiben des Aquariums. Hoffentlich kommt der Fütterer regelmäßig.

Ich hocke in der Küche unserer Wohnung. Vor mir das Aquarium, neben mir von Mutter geschmierte Bemmen. Nach dem Aufstehen warten hier immer von Mutter geschmierte Bemmen.

Es ist Samstag, der 17. Mai 1980, gegen zwei Uhr morgens. Ralf muss gleich kommen. Und dann ab, ab nach Berlin! Raus aus dem kleinen Nest, raus ins Abenteuer Pokalfinale. Ralf und ich sind Anhänger des Fußballclubs Carl Zeiss Jena. Heute gehts in Berlin gegen Erfurt um den FDGB-Pokal. Gegen Rot-Weiß Erfurt, die Scheißer. Tod und Hass für RWE!

Unser Heimatort ist eine geteilte Stadt. Die Unterstadt hält zu Erfurt, die Oberstadt zu Jena. Geografisch bedingt. Alle Erfurter sind natürlich der letzte Dreck. Asoziale eben. Obgleich Erfurt näher am Westen liegt. Und bei näherer Betrachtung ist der Anhang der Erfurter, ihr Mob, dem Unsrigen zahlenmäßig bei weitem überlegen.

Ralf und ich sind fast siebzehn Jahre alt. Die Fahrt zum Finale soll unsere erste große Auswärtsfahrt werden. Bisher sind wir mit unserem Club nur in Halle, Gera oder Leipzig gewesen.

Motorgeräusche. Ralf mit seinem Onkel im Auto. Ich schlüpfe in meine Jacke, wirbele mir eilig den blau-gelb-weißen Schal Marke Mutti um den Hals und springe die Treppen hinab.

Ralfs Onkel Bert hat uns den Fußballwahn implantiert. Onkel Bert geht schon ewig zu Carl Zeiss. Außerdem arbeitet er im Zeisswerk und ist Reisekader. Er darf beruflich in den Westen reisen und hat 1974 das Einsnull unserer Nationalmannschaft gegen Westdeutschland erlebt. Das überraschende Einsnull durch Sparwasser. Im Osten geht die Sonne auf. Das vermehrt Onkel Berts Attraktivität für uns ungemein. Unser berufliches Ziel ist festgelegt. Wir spielen beide Fußball. Entweder wollen wir erfolgreiche Fußballer oder erstrangige Reisekader werden. Wir wollen raus. Wenigstens episodisch. Raus aus unserem kleinen Städtchen mit den engen Wohnungen, raus aus dem kleinen Land DDR.

»Und? Biste fit?«, ruft mir Ralf entgegen.

Ich öffne lässig die Autotür und röhre: »Jena-Fans, seid ihr alle da?«

»Ja!«, tönt es aus dem Innern.

»Wer wird gewinnen?«

»Jähnaa!«

»Wer wird verliern?«

»Ährfurd!«

»Einer –«

»– für alle!«

»Alle –«

»– für einen!«

»Carl Zeiss!«

Fußballonkel Bert fährt uns zum Bahnhof. Ist zwar nicht weit bis dahin, aber was sein muss, muss. Er lobt unsere Montur, wir haben über unsere Jeansklamotten Lederjacken gezogen, sonst nur einen Schal in den Farben unseres Clubs dabei. Gewappnet, doch als Friedenshelden. Berlin ist feindliches Gebiet. Heimstatt der schlagenden Einheiten von Union. Wobei denen in letzter Zeit der BFC den Rang abzulaufen scheint. Jedenfalls wird das in Jenaer Fankreisen gemunkelt. Da heißt es, doppelt wachsam sein, zumal wir ja auch auf die Erfurter Horden aufpassen müssen. Vorm Bahnhof gibt Onkel Bert schnell ein paar Ratschläge, klopft uns auf die Schultern, wünscht gute Reise.

»Bringt den Pokal mit!«, ruft er zum Abschied. Wir skandieren: »Carl Zeiss, Carl Zeiss«, und holen uns in der Mitropa erst mal ne Bowu.

Auf unnötigen Ballast haben wir verzichtet, das Spiel findet am Nachmittag statt. Um acht Uhr abends fährt der Sonderzug von Berlin nach Jena zurück. Den wollen wir unbedingt erreichen, um mit den anderen Fans den Sieg zu feiern.

In der Mitropa tauchen unerwartet drei Gestalten mit rotweißen Schals auf. Erfurter! Vorsichtig sehen wir sie uns aus der Nähe an. Aufatmen. Es sind drei Bekannte aus Weimar. Schüler wie wir. Im Zug nach Berlin sitzen wir mit ihnen zusammen, quasi um uns gegenseitig zu schützen. Wir spielen Skat und singen das jeweilige Repertoire an Fangesängen ab. Paar Bierflaschen werden geleert. Irgendwann nicken alle ein. Fußballfanromantik pur.

»Berlin-Schönefeld, alle aussteigen, der Zug endet hier!« Schlaftrunken verlassen wir das Abteil und wanken zur S-Bahn. Es ist sechs Uhr am Morgen. Es dauert ein paar Minuten, bis wir wissen, warum wir hier sind. In Berlin, der Hauptstadt der DDR. Heute auch Hauptstadt des Fußballs. Wir bestaunen den Bahnsteig, bestaunen die S-Bahn und die riesige Stadt, die wir langsam durchmessen. In Schönefeld treffen wir noch ein Dutzend weiterer Jena-Fans. Unauffällig trennen wir uns von den

Erfurtern, die nun wieder unsere offiziellen Feinde sind. Sie haben ihre Schals unter den Jacken versteckt. Der große Pulk Jenaer hingegen zeigt Flagge und jodelt los.

Nach endlosem S-Bahn-Geschaukel sind wir am Alexanderplatz. Gegen Mittag soll er Treffpunkt für alle Jenaer sein. Jetzt ists gegen sieben Uhr in der Früh. Wir fragen uns, warum wir jetzt schon in Berlin sind. Außer unserer kleinen Ansammlung keine weiteren Fans, nur hastende Arbeiter, die einen Bogen um uns machen.

Das Jenaer Rudel entscheidet, den Alex auszukundschaften. Wir trotten mit, schlagen uns aber am S-Bahn-Ausgang in die Büsche. Der Harndrang ist unsere Rettung. Als die Jenaer singend in Richtung Neptunbrunnen abziehen, werfen sich zwei Dutzend junge Herren auf sie. Fäuste fliegen, Schreie stieben, Schals und Fahnen werden gerupft. Nach wenigen Sekunden ist alles vorbei. Die Jenaer sind verschwunden, die feindliche Gruppe auch. Wir verstecken eilig unsere Schals unter den Jacken.

»Noch mal Glück gehabt!«, murmelt Ralf.

»Ja, Scheiße, kaum in Berlin, schon rumsts. Lass uns vorn was essen.«

Nächster Fehler, wir gehen ins SB-Café unterm Fernsehturm. Als wir uns in die Selbstbedienungsschlange einreihen, wissen wir, wer unsere Jenaer Sportsfreunde eben erleichtert hat. BFC-Fans! Sie sitzen gleich am ersten Tisch, haben den ganzen Vorplatz im Blickfeld.

»Sachsen klatschen, hahaha!«, dröhnt es zu uns rüber. Wir fühlen uns nicht angesprochen, vertiefen uns in ein Gespräch über Zierfische. Und verschwinden. Verdammtes Berlin, überall lauern Gefahren. Ganz so hatten wir uns die Angelegenheit nicht vorgestellt. Wir passieren müde den Neptunbrunnen, stolpern in die Marienkirche und lauschen einer Orgelprobe. Ralf schläft ein, ich wecke ihn. »Eine Menge Grünflächen draußen«, murmele ich; wir traben zur nächstbesten, legen uns flach und schlafen stracks ein.

»Hier regiert der Eff-Zeh-Zeh!« Welch wohliger Klang! Zur Mittagsstunde weckt uns die Schar der Mitstreiter. Diesmal haben wir Glück gehabt. Rechts vom Bahnhof Alexanderplatz stehen die Jenaer, links die Erfurter, dazwischen reichlich Transportpolizei. Auch das SB-Café ist fest in Jenaer Hand. Bei ordentlich Hackepeter kehren die Lebensgeister schnell zurück. Im Café sitzt mir ein wundervolles Jenaer Mädchen mit einigen Freunden gegenüber. Sie heißt Martina. Mehr erfahre ich nicht, der Aufbruch naht, wir verlieren uns aus den Augen.

Irgendwann marschiert die ganze Horde Jenaer Richtung Stadion. Eine stolze Kolonne. Die Nebenstraßen sind durch Bereitschaftspolizei abgeriegelt, vereinzelt klingen feindliche Gesänge an unser Ohr.

Das Stadion der Weltjugend ist ein Meer in Rot-Weiß. Mit einem kräftigen Schuss Blau-Gelb-Weiß. Fünfundvierzigtausend Zuschauer sehen das Spiel, davon sind zwölftausend aus Erfurt, siebentausend aus Jena. Der Rest kommt aus Spaß am Fußball. Oder aus Spaß am Balgen. Etwa tausend BFC-Anhänger sowie die gleiche Menge Union-Freunde haben sich eingefunden. Die Unioner stehen bei den Erfurtern, der BFC-Mob für sich. Sie versuchen sich auch in Fangesängen, werden aber von der Versammlung Erfurter und Jenaer übertönt, die sich einen passablen Sängerwettstreit liefern. So eine Masse an Zuschauern haben wir live noch nie erlebt, wir fühlen uns wohl. Unsere Jungs beginnen das Spiel etwas zurückhaltend. Ob es an der unbarmherzigen Sonne liegt, die auf alle niedergeht? Jedenfalls dauert es bis weit in die zweite Halbzeit, ehe sie aufwachen. Erfurt führt mit 1:0. Kurz vor Spielende fällt durch Raab der Ausgleich. Das Spiel geht in die Verlängerung, nun spielen nur noch unsere heiß geliebten Jenaer. 2:1 durch Kurbjuweit, 3:1 durch

Sengewald – und wir haben den Pokal. Im Hochgefühl des Sieges wird kräftig Liedgut intoniert, bis die Stimme versagt. Die Mannschaft wird von uns verabschiedet, langsam leert sich das Stadion. Zuletzt verlässt winkend unser junger Trainer Hans Meyer das Rund. Wonnetrunken trottet die schlappe Anhängerschar zum Ausgang und nimmt die Chausseestraße in ihrer ganzen Breite in Richtung S-Bahnhof Friedrichstraße ein. Schals werden geschwungen, Fähnchen geschwenkt. Der U-Bahnhof ist gesperrt, auch alle Seitenstraßen sind durch Polizei abgeriegelt. Es bleibt nur der gerade Weg.

Wir laufen etwa in der Mitte des träge dahinfließenden Stromes. Plötzlich entsteht hinten Unruhe. Die Hauer unter den Fans bleiben stehen, einige rennen zurück. Wir begeben uns an die Seite und packen unsere Schals unter die Jacken. Die Erfahrungen des Vormittags haben uns hellhörig gemacht. Blitzartig beginnt die Masse zu rennen. Wir hasten in einen Hauseingang. Da kommen schon die ersten blutenden Jenaer, schieben uns zur Seite. Einige drücken in Panik die Haustür auf, flüchten nach innen. Wir geraten ebenso in Panik, rennen hinterher und verlieren uns. Ich laufe über zwei Hinterhöfe in einen Hausflur, hetze die Treppe hinauf. Stimmengewirr aus dem Flur: »Sachsen, jetzt holen wir euch!« Schon höre ich die Schläger nach oben hetzen. Ich laufe voller Angst bis zur Dachbodentür. Verschlossen. Ich spüre keine Kampfbereitschaft. Ich mache mich ganz klein. Ich halte den Atem an. Stille. Keiner kommt, um mich zu vertrimmen. Mir die Scheiße aus dem Arsch zu treten. Nach einigen Minuten traue ich mich raus. Die Straße ist ein Schlachtfeld. Überall liegen Fanutensilien der Jena-Fans verstreut. Vereinzelt trifft man Trupps, die auf Jenaer einprügeln. Es fließt viel Blut an diesem Tag. Doch wenn ein Jena-Fan seine Klamotten preisgibt, der Gegner Beute machen konnte, wird der Geschundene in Ruhe gelassen.

Die Berliner scheinen beiden Fraktionen anzugehören, ab und zu erkenne ich eine Clubnadel. Erfurter sind auch dabei. Höhe Friedrichstadtpalast sieht man keine Schlägertrupps mehr, doch die Masse der Jena-Fans samt zufälligen Passanten ist weiterhin in Panik. An den Eingängen zur S-Bahn ein übles Bild: Die Menschen quetschen sich angsterfüllt zu den Bahnsteigen, wilde Schreie ausstoßend. Es ist entsetzlich. Eine Ouvertüre der Barbarei.

Da fasst mich eine Hand von hinten.

Es ist Ralf. Auch er ist unverletzt entronnen.

Später sitzen wir im Sonderzug nach Jena. Es herrscht wieder ausgelassene Stimmung unter den Jena-Anhängern. Die herbe Schlappe im Straßenkampf wird kaum thematisiert, es überwiegt die Freude am Pokalsieg unserer Mannschaft. Am Bahnhof hatten wir uns mit reichlich Alkohol eingedeckt. Nach kurzer Zeit sind die Gänge im Zug glitschige Rutschbahnen geworden. Wir saufen, singen und feiern. Da sehe ich Martina. Und Martina sieht mich. Sie lächelt mit ihrem hübschen roten Mund. Ich lache. Wir entflammen in Sekunden füreinander. Sie ist eine brünette Schönheit. An den Füßen Kletties, den Körper in einen Jeansanzug gehüllt. Sie schaut aus wie mein weibliches Pendant. Das muss gefeiert werden, meinen wir. Wir kippen, tanzen, knutschen. Der einzig separate Raum ist das Klo. Wir kapern eine Zugtoilette und machen es uns drinnen bequem. Wir streifen einige lästige Kleidungsstücke ab und bringen uns in Position. Das geht dann so bis Jena. Zwischendurch immer mal wieder raus zu den Kumpels. Trinken, tanzen, ficken. Was für ein Leben.

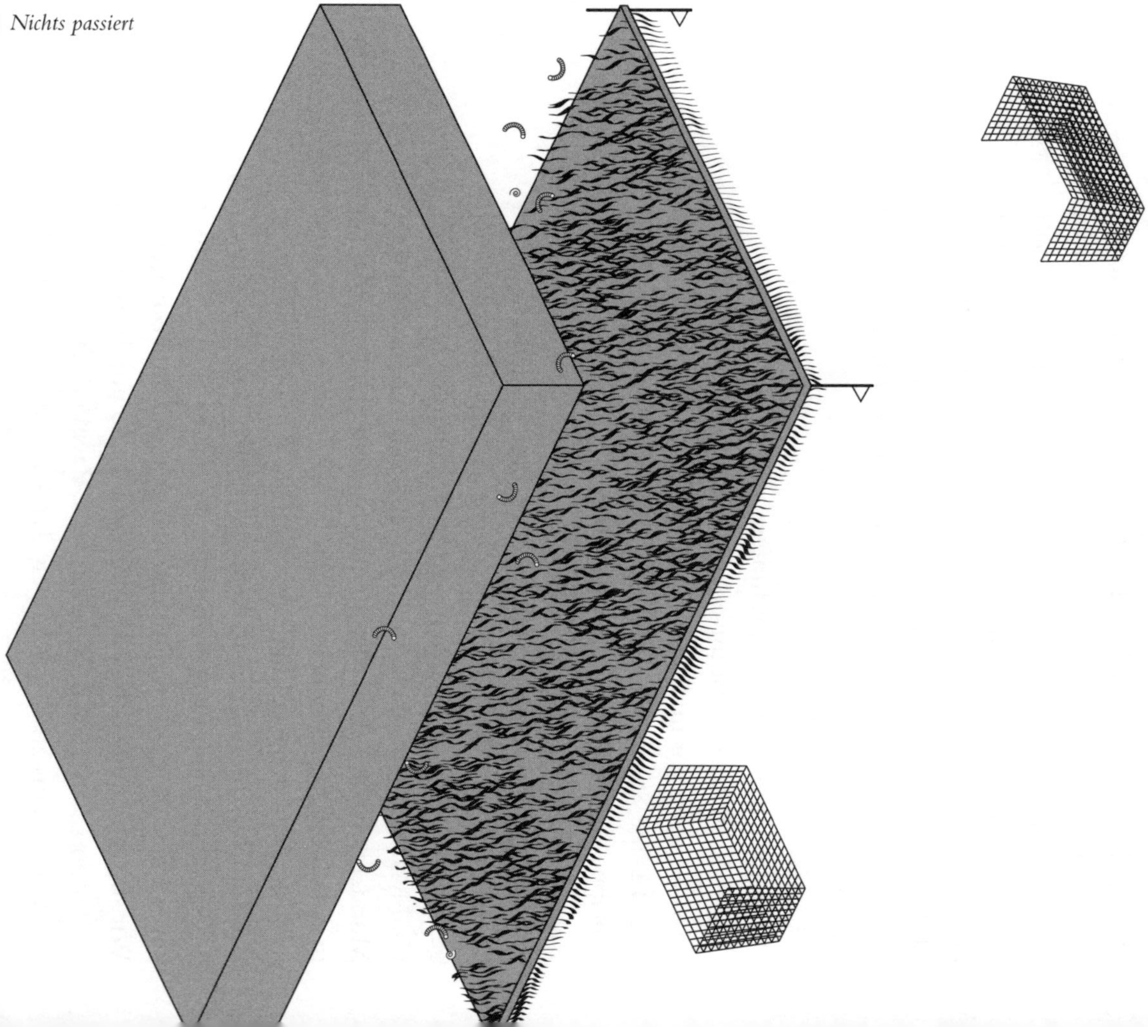

Falko Hennig

Nichts passiert

5

Du kannst wohl gar nicht mehr mit jemandem sprechen, ohne alles aufzunehmen, oder? Selbst hier in der S-Bahn, was willst du mit dem Zeug? Weißt du, dass die Berliner S-Bahn auf Usedom nach Peenemünde fuhr? Als Werksbahn, das wär' doch mal Material für ein Hörspiel, so derselbe Waggon, erst in Berlin, dann auf Usedom nach Peenemünde, was da so geredet wurde, die ganze Raketenentwicklung, und dann wieder in Berlin nach dem Krieg, da ist doch alles drin: Wunderwaffen, Russen, Nazis. Dass aus diesem Dreck, Sklavenarbeit und Massenmord, sich die ersten silbernen Raketen in den Weltraum erhoben. Das ist Stoff, das solltest du schreiben. Alles mitzuschneiden, was wir uns unterhalten, das ist doch wahnhaft.

Siehst du da drüben, die mit den Hertha-Schals und -Strickmützen? Dazu noch diese Jeansjacken mit Aufnähern, das sind mir die Richtigen, gruselig was? Mich würde mal interessieren, ob es Untersuchungen gibt, wer eigentlich bescheuerter ist: die Sportler oder ihre Fans? Jedenfalls nehmen sie sich nicht viel. Sport ist Scheiße, das merkt man ja schon an den Interviews mit den Aktiven. Es ist ja auch kein Wunder, was soll jemand, der den ganzen Tag Rad fährt oder Klimmzüge macht, schon Interessantes zu sagen haben? Eben, und so sind dann diese Interviews auch immer. Und wenn er den ganzen Tag über den Rasen rennt und nach einem Ball tritt, dann erst recht.

Dass Sport noch immer in den Schulen als gleichberechtigtes Fach unterrichtet wird, kann nur ein Überbleibsel aus dem

Militarismus sein. Rennen um den Sportplatz, dass einem die Gesichtshaut wie gelähmt hoch und runter schwappt, dass der Speichel einem aus dem Mund sabbert, Seitenstiche, Muskelkrämpfe, F1- und Handgranatenwerfen, der Größe nach aufstellen. Fehlt eigentlich bloß, dass sich die Jungs nicht der Körpergröße, sondern der Schwanzgröße nach hätten sortieren müssen.

Schon das Umziehen vor und nach dem Sportunterricht war kein schöner Anblick. Bei mir sowieso nicht, außer verschiedenen mehr oder weniger grindigen Stellen war die Haut käsig und blau marmoriert, dazu magere Beine und Arme, unsägliche Unterwäsche, und das Sportzeug dann sah noch schlimmer aus. Dieser Anblick musste doch jeden erschüttern, circa fünfzehn minderjährige Jungen, alle mit dieser blauen Äderung auf den Beinen, auf Bauch und Oberkörper. Kann sein, dass es vom Mangel an Sonnenlicht kam oder von irgendeinem der widerlichen Zusätze in der Milch, die sie nach Banane oder Frucht schmecken lassen sollten, aber eher bewirkten, dass einem alles hochkam.

Und diese absurde Ansammlung von Jungs unterhielt sich – wenn sie mich nicht gerade wegen meiner noch schrecklicheren Haut mit »Krätz-Joe, Krätz-Joe!« hänselte – über Fußball. Jeder aus der Gruppe war für eine Fußballmannschaft, HSV oder Bayern München. Die hatten dann Aufkleber oder Poster von der Mannschaft, wenn sie Westverwandte hatten, die anderen hatten Selbstgebasteltes. Hast du mal gesehen, wie das von Achtjährigen mit Filzstift selbst gemalte Emblem von Bayern München aussieht?

Aber dann wirklich ein Fußballspiel anzusehen, wie es meine Eltern taten, dafür langten meine Nerven nicht. Trotz Nahaufnahmen von Jürgen Sparwasser vom 1.FC Schwarze Pumpe und rasanten Schnitten konnten die Fernsehfuzzis doch nichts daran ändern, dass einfach nichts passierte, zehn Minuten, zwanzig Minuten, dreißig Minuten. Und dazu diese widerliche Stimme von Heinz-Florian Oertel, die klang, als hätte er einen Eimer Öl getrunken. Es war, wie lebendig begraben zu sein, als würde man Farbe beim Trocknen zusehen, aber keiner normalen Farbe, sondern einer, die sehr langsam trocknet und immer wieder nachgefeuchtet wird. Kricket oder Schach wirken doch gegen Fußball noch richtig rasant.

Da schalte ich sofort weg, Bierhoff, Ballack, das ist doch schrecklich, dass man als normaler Bürger damit belästigt wird. Langweilige Menschen, die man in Ruhe ihre langweilige und sinnlose Arbeit machen lassen sollte. Stattdessen wird getan, als wäre es von irgendeinem Interesse, was irgendjemand dazu äußert.

Fußball zu spielen, na ja, darüber kann man sich streiten, ob das Spaß macht oder nicht. Aber Fußball ankucken? Das ist doch was primitiv Bayerisches, nur zu ertragen mit Unmengen von Weißwürsten und Zehn-Liter-Krügen Bier, Paul Breitner und dieser Torwartclown, der bei den ganzen Quizshows mitmacht. Schon Hallenfußball ist ziemlich langweilig, obwohl es ein winziges Feld ist und über Bande gespielt werden kann. Aber auf dem riesigen Fußballplatz?

Das Problem ist, dass einfach nichts passiert. Es ist doch so: Erst haben die einen den Ball. Sekunden vergehen, Minuten, die sich anfühlen wie Stunden. Dann haben die anderen den Ball. Dann wieder die ersten. Und so geht das weiter. Hin und her, ohne dass irgendwas anderes passiert. Stundenlang. Und wenn man Glück hat, fallen insgesamt zwei oder drei Tore.

Wenn man hört, dass ein Volk eine Fußballnation ist, da weiß man doch gleich, dass es sich um die Versammlung der denkbar größten Langweiler handelt. Da hilft nur noch Auswandern. Wenn irgendjemand von Fußball zu reden beginnt, sollte man sich einfach umdrehen und gehen, dann bleibt einem viel erspart.

Wie kann man nur gebannt auf diese gewaltige Konzentration von Nichts starren, die einem in so einem Fußballspiel geboten wird? Ach, jetzt haben schon wieder die anderen den Ball. Wie sie auf die Idee kamen, bei diesen Spielen auch noch mit Zeitlupe zu arbeiten, mag die FIFA wissen.

Und wie um diesen völligen Stillstand auf dem Spielfeld auszugleichen, grölen die Fans auf den Rängen. Kuck dich nur mal hier im Wagen um, die grölen nachher, als ob die Welt untergeht oder ein neuer Heiland geboren wird. Wie kann man nur eine Weltmeisterschaft davon in seiner Stadt haben wollen? Oder gar eine Olympiade? Damit dann die Idioten aus der ganzen Welt kommen und rumbrüllen?

Man braucht sich diese Menge aus bierseligen Trotteln doch nur vorstellen, wie sie dicht gedrängt beieinander stehen, ihre roten Köpfe mit diesen aberwitzigen Schals umwickelt, und sich gegenseitig mit Feuerwerkskörpern beschießen. Diese Vollbärte mit Speiseresten darin, das Singen möglichst bescheuerter Melodiefragmente: »Olé, olé olé olé.« Da kann man ja dem Schicksal nur dankbar sein, dass man nicht dabei sein muss.

Hier in der S-Bahn, das ist schon Zumutung genug. Aber man stelle sich vor, man wäre in einem Zugabteil mit drei von denen, um dann sagen zu müssen, für welche Mannschaft man ist. Quasi erwachsene Leute, die sich gegenseitig fragen: »Für wen bist du 'n?« Es ist ja bekannt, dass Fußballspiele einfach Ersatzkriege sind. Aber wenn ich diese Idioten sehe, dann frage ich mich, ob richtige Kriege wirklich so schlimm sind.

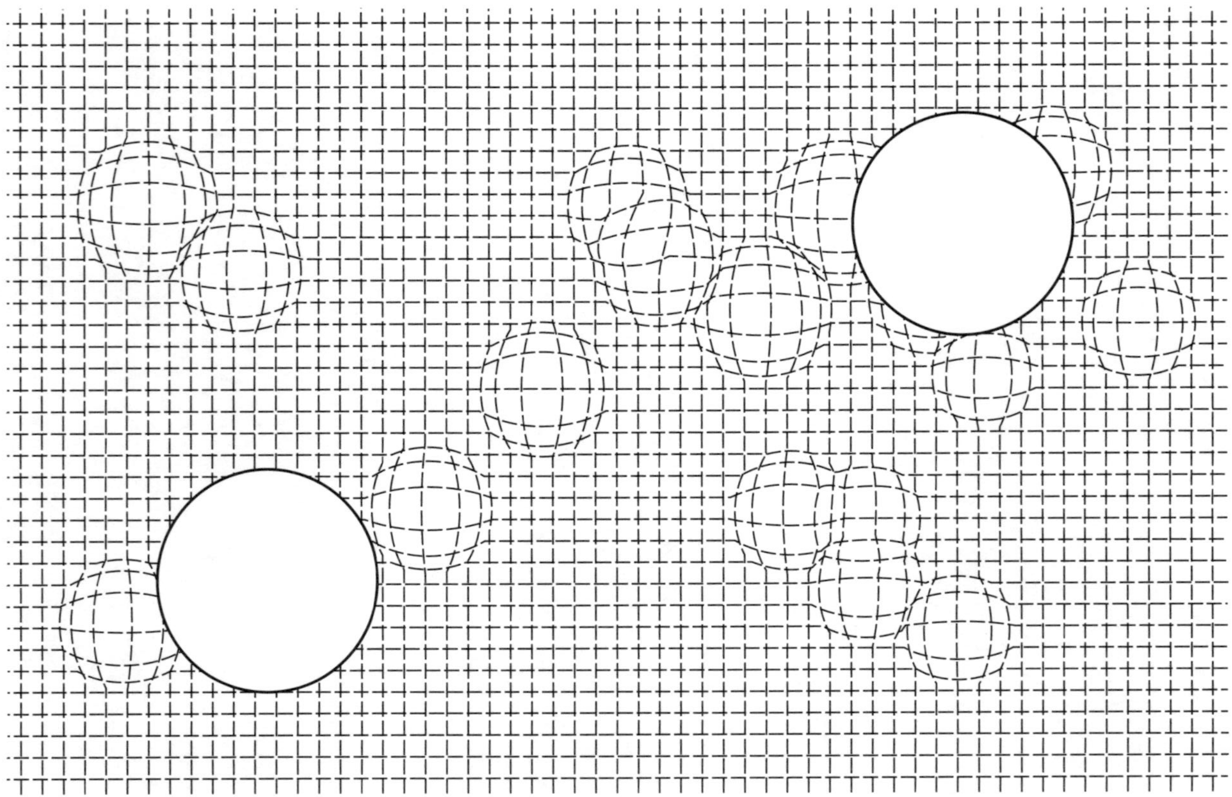

Tom Schulz

6

Der Sozialismus vor dem Siegeszug

Qualm, Regen, Willenslähmung. Was kann der besorgte Bürger tun, um den Kapitalismus auf seinem Siegeszug in der eigenen Gemeinde zu bekämpfen? Sich mit dem Wechselspiel von Konflikt und Machtausübung in einem von struktureller Ungleichheit bestimmten System vertraut zu machen, ist eine wichtige Aufgabe. Die Kenntnis der europäischen Geistesgeschichte seit 1789 verhilft zu einer nützlichen Wissensgrundlage. Die Informationstheorie eröffnet interessante neue Perspektiven. Die Leidenschaft kann hilfreich sein, besonders in ihren ungesetzlichen Spielarten. Der Zweifel ist eine CONDITIO SINE QUA NON *sinnvollen Handelns. Die Angst bleibt der große Beweger, letzten Endes.*

Donald Barthelme

Am 22. Juni 1974 saßen ein paar Dutzend Stare an der Außenlinie des Spielfeldes und sahen dem Sieg der sozialistischen (deutschen demokratischen) Mannschaft zu.

Reimar stürzte über den Werkhof, eine poröse Betonfläche aus der Zeit des Autobahnbaus. Er war noch einmal dem Unterricht für *Produktive Arbeit* entronnen, wo man ihn an einem mit Altöl und Fetten versifften Schraubstock Gewinde drehen ließ.

Wir waren zu dieser Zeit führend in der Bandweberei (Würmer und Finnen ausgeschlossen) sowie in fortschreitender Manufaktur von Oberuntertrikotagen ausgelassen beschäftigt. Der Fortschritt, gemessen an unserer Unterwäsche (rot), betrug plus hundertsiebenundsechzig Prozent.

Reimar war jetzt mehrmals sechzehn Jahre, das heißt, in einem singulären System wie diesem schien es unausweichlich, alles mehrmals zu sein: Wie der Himmel mehrmals ein ganz und gar milchfarbener Kulissengegenstand war, mit dem sich nichts anfingen ließ. *Mehrmals die Mädchen, mehrmals das Bier* notierte er sich auf der Innenfläche seines linken Arms.

Er hätte diesen Tag wie jeden anderen auslassen können in Anbetracht der in der Summe beinah unendlichen Unmöglichkeiten, sich mit der Wirklichkeit in irgendeiner Form zu verbinden; einer Wirklichkeit, die diese Stadt vollkommen ausgespült, ja ausgewaschen hatte. Er hätte mehrmals in die Bahnhofsgaststätte einfallen können, wäre ihm nicht der Zutritt von einem der Wirte in Gestalt jenes puterroten Gesichts und einer geballten Faust *bis auf weiteres* untersagt worden.

Reimar schlenderte stattdessen in das Fischgeschäft am Alten Markt, wo die pädophilen Mäntel wie immer herumstanden, bestellte zwei belegte Brötchen und Malzbier. Heute würde ihn keiner der Männer ansprechen, wusste er, nachdem ihm vor wenigen Tagen einer von ihnen eindringlich die Hausaufgabentheorie erklärt hatte, die darin bestand, nach dem Mittagsschlaf ein Glas Gurkenwasser in einem Schluck auszutrinken, um danach mit gespreizten Fingern die verschiedenen Bleistifte in den dafür vorgesehenen Anspitzer einzuführen. Er hatte alle Angebote dieser Art bisher abzulehnen gewusst, ja einmal hatte ihn sogar ein grau melierter Hundeausführer auf der großen zugigen Geschäftsallee angesprochen: »Junge, du kannst dir auf die Schnelle 'nen Fuffi verdienen.«

Reimar ließ den Bolzplatz am Wohngebietsrand links liegen, auf dem die anderen Jungs knödelten. *Ferner hatten wir eine Fußballmannschaft, die folgerichtig Turbine hieß und auf Schotter und Hartplatz herumfuhrwerkte. Einen Vorstopper als Sohn des Bäckers, von Beruf Metzger. Den einäugigen Blockwart, Erzeuger von sieben Kindern, alle von derselben Mutter. Ordnung und Nasenbluten.* Nachdem Reimars Transferrechte an den Sicherheitsverwahrungsverein der nächstgroßen Stadt verkauft werden sollten, hatte er beschlossen, die Schuhe, wie es so schön heißt, an den Nagel zu hängen.

Erklärung einiger Begriffe (das ABC)

ABDECKEN: Abschirmen des Balls vor dem Gegner durch den eigenen Körper.

ATTACKE: Angriffsaktion.

AUSPUTZER: letzter Spieler vor dem Torwart mit reinen Abwehraufgaben.

BALLFÜHRUNG: das geschickte Vorwärtstreiben des Balls, der dem guten Spieler am Fuß zu kleben scheint.

BEINSCHERE: zangenhaftes Umklammern des Gegners mit beiden Beinen.

BESCHATTEN: einen Gegenspieler ständig und gewissermaßen hautnah abdecken.

BETONFUSSBALL: das eigene Tor durch so viele Spieler verteidigen, dass alle Schüsse von dieser »Mauer« abprallen.

EINIGELN: Zum Schutz des eigenen Tores wird die ganze Mannschaft im und vor dem eigenen Strafraum zusammengezogen.

EINSTEIGEN: meist hart einsteigen, das heißt, dem Gegner den Ball mit den Füßen abjagen, wobei man es aber eher auf seine Beine als auf den Ball abgesehen hat.

FAN: begeisterter Anhänger einer Mannschaft. Obzwar das Wort von Fanatiker kommt, ist zwischen einem Fan und einem Fanatiker noch ein himmelweiter Unterschied.

FAUSTEN: Wegschlagen des Balls durch den Torwart mit der Faust.

FLÜGEL: die rechten und linken Außenstürmer.

GANGART: die Art, wie ein Kampf geführt wird.

GARNITUR: ein (unschöner) Ausdruck für Mannschaft. Demnach: die erste Garnitur = die Nationalelf oder die besten Spieler eines Vereins. Zweite Garnitur = die Reserve.

GASSE: In die Gasse spielen heißt, den Ball zwischen den gegnerischen Abwehrspielern hindurchschieben, so dass ein vorlaufender Mitspieler freie Bahn zum Tor hat.
HAKELN: ein Duell zweier Spieler mit Schubsen, Stoßen und Rempeln.
HALBLINKS (auch Halblinker): der Spieler zwischen Mittelstürmer und Linksaußen.
HALBRECHTS (auch Halbrechter): der Spieler zwischen Mittelstürmer und Rechtsaußen.
HECHTSPRUNG: des Tormanns nach dem Ball; früher »Robinsonade« genannt.
HINTERMANNSCHAFT: Teil der Mannschaft, der in der Hauptsache gegnerische Angriffe abwehren soll.
HOLZEN: harter, unfairer körperlicher Einsatz.
KALTSTELLEN: einen Gegner so scharf bewachen, dass er nicht ins Spiel kommt.
STERBENDER SCHWAN: Ausdruck, der vom Ballett der Tänzerin Anna Pawlowa übernommen wurde, um damit Spieler zu bezeichnen, die nach einem Sturz wie tot liegen bleiben …

Reimar konnte von weitem aus zusehen, wie die Kleinen die weggeschlagenen Bälle flink zurückbrachten, sie geradezu apportierten. Eines Tages würden sie auf dem Platz stehen, und andere Zwerge würden ihnen das Leder hinterhertragen, dachte er.

Dann würden auch sie Künstlernamen bekommen, wie er, den sie nur »SchnelleralsderBall« riefen und der auch schneller als der Ball war, manchmal zum Nachteil seiner Mitspieler, deren Pässe ihn nicht erreichen konnten, da er schon über die Torlinie hinausgespurtet war, bis die Kugel endlich in seinen Lauf kam, vergebens. Die Zeitrechnung hatte aufgehört, für ihn noch irgendeinen Sinn zu machen. Mit seinen mehrmals sechzehn Jahren war er so konfiguriert, dass er sowohl die

Person des Vaters als auch die seiner beiden Brüder einnehmen konnte. Er hätte jeder andere zu jedem anderen Zeitpunkt sein können, so viel war klar.

Aus den Tagebüchern eines Jungkommunisten

»Es gibt viele Tage in meinem Leben, die ich nicht vergessen werde. Dazu gehört der 2. Mai 1945. Ich befand mich damals in einem unscheinbaren Haus in der Einbecker Straße 41 im Osten Berlins. Rein äußerlich unterschied es sich nicht von den übrigen Gebäuden der Umgebung. Kein Schild deutete darauf hin, dass hier jene Männer und Frauen arbeiteten, deren Wille zum Aufbau größer war als die Schwierigkeiten, die dem entgegenstanden. Es war Mittag, und nichts deutete darauf hin, dass der Tag anders verlaufen würde, als geplant war, bis die Tür aufging und ein Mann hereintrat.«

Thälmannwochenende

Wir vier waren übrig geblieben. Übrig geblieben von den unzähligen Kolonnen, unter deren Füßen die Alleen im Marschtritt bebten und zerbarsten. Wir trafen uns Ende August, am Thälmannwochenende. Wir: ein Kreis von Veteranen, die den Krieg noch erlebt hatten. Wir fuhren mit der Untergrundbahn in die Heinz-Hoffmann-Straße, eine stillgelegte Metrostation für ausrangierte Arbeiter und Revolutionäre. Wir stiegen aus, im Rumpeln der Gleise, mit der Rotkreuztasche und einem Bernhardiner gegen den Schluckauf. In unseren Jacken hatten wir Gemüse und Kroppzeug zum niederlegen.

Unsere Niederlage hatte sich bereits herumgesprochen, als einer von uns ans Mikrofon trat: »Dieser Staat ist vernünftig, der Vernunft entsprechend, soweit er notwendig ist; und wenn er uns dennoch schlecht vorkommt, so findet die Schlechtigkeit der Regierung ihre Berechtigung und ihre Erklärung in der Schlechtigkeit der Untertanen.« Männer, die Hosen voll/ Abrisskarten in einem Zoo mit ausgestopften Tieren. Der Mensch, eine Spätfolge. Wir hätten es gewagt, die Faust in den Arsch des Riesen.

Ein anderer Redner stand auf, der *ich* sein musste, denn mir schoss das Blut in den Kopf: »Die Frage, ob dem menschlichen Denken gegenständliche Wahrheit zukomme, ist keine Frage der Theorie, sondern eine praktische Frage. In der Praxis muss der Mensch die Wahrheit, das heißt die Wirklichkeit und Macht, die Diesseitigkeit des Denkens beweisen.«

Was hätten wir tun sollen, dachte ich jetzt, in Anbetracht unserer Niederlage: der letzten Ausfahrt auf einen wild bewachsenen Friedhof, Müllhalde, den Schrottplatz. Wir hatten vergessen, dass außer uns noch *andere da waren*, die nicht nach uns fragten, fragen konnten. Wir hatten ihr Leben bereits beantwortet, bevor sie anfingen, anfangen konnten, als stünden wir selbst nicht *einzig* und *allein* infrage.

Reimar war in einer kinderreichen Familie in Mitteldeutschland aufgewachsen, wie das damals hieß. Damals war die Vorahnung, dass eh alles schon vorbei war. In der Schule bemühte er sich, sitzen zu bleiben, aber es gelang ihm nicht, noch schlechtere Noten für seine, wie das Lehrerkollektiv es ausdrückte, *unbefriedigenden Leistungen* zu erhalten. Als dritter Sohn des Zweiten Bürgermeisters stand er gewissermaßen unter Artenschutz, und *das* wusste er genau. Manchmal hätte er sich zu gern in eines der mit den Fingern schnipsenden und auf den Stühlen zappelnden Mädchen seiner Klasse verwandelt, die für ihre auswendig gelernten Antworten ein Bienchen nach dem anderen einheimsten, die die Lehrerin nach dem Unterricht in ihre Hausaufgabenhefte stempelte. Aber Reimar wäre nicht Reimar gewesen, wenn ihm dieser übertriebene und letztlich zu nichts führende Eifer nicht vollkommen egal gewesen wäre und sowieso *total für'n Arsch*. Er schrieb lieber die Namen der von ihm vergötterten Punkbands mit schwarzem Filzstift auf die Bänke, bzw. auf alles, worauf man schreiben konnte. Arme und Beine, die Jacken der Mitschüler, Klobrillen – sogar auf Taubenflügel: *The Exploited, Sham 69, Wire, The Clash, Sex Pistols, Undertones, Gang of Four, Stiff Little Fingers, The Stranglers und Ramones*. In der Sportstunde machte er eine Rolle rückwärts und furzte dabei so laut wie möglich. Er stand unter der Dusche neben den anderen und pisste fröhlich ins heilig nüchtern herunterplätschernde Wasser, dabei sang er die Internationale.

Aus einem Brief vom 16.04.75 an den Rat des Kreises Bischofswerda, Abt. Körperkultur und Sport, von Frau Ella Norden

Schon als junge Frau war mir das Fußballspiel verhasst! Der Mann samstags auf dem Fußballplatz und in der Woche zu seinen Sitzungen, so musste ich immer teilen. Dass ich unter diesen Umständen keine große Liebe zum Fußball fassen konnte, ist wohl zu verstehen, umso mehr, als ich das Fußballspiel auch nicht entfernt verstand. Hätte ich mich vielleicht schon damals der Mühe unterzogen, das Spiel näher kennen zu lernen, hätte ich mir wohl manche trübe Stunde ersparen können. Mit aller Gewalt aber wehrte ich mich dagegen, aus meinem kleinen Jungen (Reimar) einen Sportsmann machen zu lassen. Mein Mann (Hans-Jürgen) lachte mich nur aus und meinte: »Der Junge wird, was in ihm steckt.« Und er sollte Recht behalten!

Als wir an einem schönen sonnigen Sommertag den Jungen mit auf den Sportplatz nahmen, lief der Kleine, so wie er nur den Ball sah, auch schon jauchzend hinter dem Leder her und versuchte, so allerliebst und richtig zu stoßen, dass es eine Freude war, dem Burschen zuzuschauen. Jetzt hatte ich natürlich nicht mehr den Mut, dem kleinen Kerl den Ball zu nehmen. Es gab nun kein Halten mehr, der Junge musste einen Ball haben! Er erhielt einen Kinderball, unsere Wohnung wurde zum Fußballplatz. Kein Geschirr war mehr sicher, Scherben waren an der Tagesordnung. Vater und Sohn tollten um die Wette! Selbst ich wurde oftmals mit hineingezogen. Trotzdem glaubte ich immer noch nicht, dass mein Junge ein Fußballspieler werden würde. Mein Mann nahm mich nun öfter mit zum Sportplatz. So lernte ich das Spiel kennen und verstand, warum Tausende es mit leuchtenden Augen und gespannten Mienen verfolgten; ich freute mich über die fröhlichen und so geschmeidigen Jungen auf dem Rasen, die weder Regen noch Schnee zurückhielt und die trotzdem stets gesund und frisch aussahen. Ich merkte, dass es doch etwas Schönes sein musste, das so viele erfreut und jung erhält.

Zu dieser Zeit spielte sich folgende Geschichte ab:
Einem Mann, Mitte vierzig, den wir Herbert nennen wollen, wurde im Kreiskrankenhaus Kamenz (Sachsen) bei einer Blinddarmoperation ein Handtuch in der Größe vierzig mal siebzig Zentimeter eingenäht. Dass dies absichtlich geschah, wollen wir nicht behaupten. Dass der Mann wenige Tage nach der Operation Fieberanfälle bekam, ohne zu wissen, dass ihm ein Handtuch, unabsichtlicherweise, in den Bauch gelegt worden war, wollen wir glauben. Dass nach einigen Wochen der Schmerzen und mehreren Arztbesuchen, die an seinem Zustand nichts ändern konnten, beim Röntgen festgestellt wurde, dass ihm – wohl aus Versehen – ein Handtuch in den Bauch eingenäht worden war, brachte Klarheit über die Herkunft seiner Leibschmerzen. Dass ihm mit einem Schnitt durch die Bauchdecke das versehentlich in ihn hineingelegte Handtuch wieder entfernt wurde, wollen wir annehmen.

Aus den Tagebüchern eines Jungkommunisten II

»Wie mag meiner Mutter zumute gewesen sein an jenem Sonntag, den 25. August 1912, als sie mich in Neunkirchen, im Hause Karlstraße 16 (heute Max-Braun-Straße) in unserer Mansardenwohnung zur Welt brachte? Und wie meinem Vater, dem Bergarbeiter Wilhelm H., geboren am 6. März 1881 in Wiebelskirchen, damals also einunddreißig Jahre alt? Meine Mutter war neunundzwanzig. Sie war am 2. Juni 1883 als Karoline W. in Neunkirchen geboren worden. Meine Eltern hatten am 9. Dezember 1905 den Bund fürs Leben geschlossen. Sie waren glücklich verheiratet und kinderlieb.

Sie haben jederzeit alles, was in ihren Kräften stand, für ihre Kinder und Kindeskinder getan. Gewiss wird es an Glückwünschen der Verwandten und Freunde zur Geburt eines ›Sonntagskindes‹ nicht gefehlt haben. Doch sorgenfrei ist dieser Sonntag für Karoline H. und ihren Mann bestimmt nicht gewesen…«

Bericht an die Abteilung X

Ich hatte begonnen, mir erste Aufzeichnungen über Reimar zu machen. Nachdem er seinen ersten Ausreiseantrag gestellt hatte, wurde ich als sein Vorgesetzter vor die Abteilungsparteiorganisationsleitung (APO) unseres Betriebes (VEB Bandtex) gerufen. Ich konnte der Parteileitung versichern, dass im Verhalten des Werktätigen R. keinerlei feindliche Gesinnung zu erkennen sei. Im Gegenteil: Ich hatte R. noch vor wenigen Monaten für den Titel des *Verdienten Aktivisten des Volkes* vorgeschlagen. Ich konnte ferner beteuern, dass der Werktätige R. seinen Pflichten im sozialistischen Wettbewerb stets einwandfrei nachgekommen sei. Ich musste allerdings zugegeben, dass R. eher ein Einzelgänger sei, der selten nach der Arbeit mit den anderen Kollegen aus der Brigade anzutreffen sei, dies entspreche jedoch seiner introvertierten Art. Meinem Vorschlag, den Werktätigen R. in einem Gespräch (vor der betriebsinternen Konfliktkommission) von der Falschheit seines Antrags zu überzeugen, wurde von den anwesenden Genossen einmütig zugestimmt.

Die Geschichte von Old Pisse I und II
Zur Zeit der großen Indianerverfilmungen, in denen ganze Stämme von »Rothäuten« einen leidenschaftlichen Kampf gegen die weißen Siedler Nordamerikas führten, die ihnen jeweils nach erbittertem Gemetzel die Freiheit schenkten. So leben sie denn noch heute, falls sie nicht gestorben sind. Zu dieser Zeit: Es waren die Jahre der immer besseren Zukunft, unserer größten Erfolge. Wir wollten die Industrialisierung, die Elektrifizierung, die Hyperventilierung, die Prosperierung und Erotisierung, sprich den totalen Orgasmus des ganzen Landes. Wir wollten jeder jungen Frau einen Arbeiterbauern sowie mehrere Kinder gleichzeitig in den Bauch bugsieren.

Wir versprachen ihnen einen wettersicheren Arbeitsplatz im Freien und in wenigen Jahren sogar eine Selbsteinlagerungsstätte aus Schalenbeton. Zu dieser Zeit: Wir wuchsen und wuchsen, uns blähten sich nur so die Bäuche, unsere Darmflora blühte wie verrückt, unsere Schwänze standen zu jeder Tageszeit, wir konnten mehrmals täglich mit ständig wechselnden Geschlechtsteilen.

Die Partei, die große Gönnerin, ermutigte uns, den Aufbau weiter voranzutreiben und sorgte für immer exotischeren Nachschub aus Freundesländern rund um den gesamten Globus. Zu dieser Zeit, die immer besser Befriedignung, das wussten wir, als das eigentliche Ziel, wir lagen mal wieder zwanzig Kilometer vor München, da kamen zwei offensichtliche Klippschüler auf unseren Fußballplatz, wo wir gerade zum fünfzehnten

Mal das Weltmeisterschaftsendspiel nachstellten, in dem wir einen knappen Rückstand noch in einen Sieg (für das Vaterland) verwandeln konnten.

Ich selbst war an diesem Tag im Strafraum gelegt worden, so dass wir per Elfmeter ausgleichen konnten. Die beiden Zaungäste machten zwar nicht den Eindruck, einen wirklich gepflegten Ball spielen zu können, aber wir ließen sie am Spielfeldrand zusehen. Als es dann nach einigen groben Fouls, entgegen der Spielvorlage, zu zwei gelbroten Karten kam, nachdem Jochen zu hart gegen Steffen und Bernd bei Ulf eingestiegen war, das heißt, beide mit bösen Hautabschürfungen bzw. einem verdrehten Knie vom Platz mussten, wechselten wir, aus Mangel an anderen Ersatzspielern, die beiden Neuen ein. Von da an wurde es ein komplett anderes Spiel, das schnell aus dem Ruder geraten sollte, da die beiden keinen einzigen Ball anzunehmen imstande waren, geschweige denn das Leder weiterspielen bzw. passen konnten. Kurz darauf mussten wir das Spiel beim Stande von 1:1 abbrechen, und Klaus schrie wütend um sich: »Was für eine Scheiße ist das hier!« Einige Jungs sprachen von Dresche, doch Klaus sagte, er gehe ins Klubhaus, Bier holen für alle. Wir stießen aus großen Humpen an, und Klaus sagte zu den Neuen: »Naja, kann ja mal passieren, 'nen schwarzen Tag hat jeder mal, oder?« Wir lachten und tranken in großen Zügen. Die beiden nickten zustimmend, als Klaus sagte, dass sie damit in unseren Kreis aufgenommen seien, und dann fragte er, ob ihnen das Bier denn schmecke, in das er vorher hineingepinkelt hätte. Seitdem hießen die beiden nur noch Old Pisse I und II.

Weitere Aufzeichnungen (Klärung eines Sachverhaltes)

R. zeigte sich vor der Schiedskommission uneinsichtig, was seine (gewiss obsessive) Verirrung angeht, unser Land verlassen zu wollen. Dabei bezog er sich vorrangig auf eine Reise, die er vor etlichen Jahren in das spätkapitalistische Mannheim (Kurpfalz) gemacht hatte. Nach einigen Nächten, die er in Obenohnelokalen (Ausdruck der Siebzigerjahre) auf dem Schoß verschiedener Bardamen verbracht hatte, rief R. eines Vormittags einigermaßen aufgeregt seinen damaligen Meister (Genossen W.) an. Im Verlauf des Telefonats sagte R. in aufgebrachtem Ton die folgenden Worte: »Ich bleibe im besseren Teil Deutschlands!« Danach hängte er ein.

Als R. einige Tage später in seiner Heimatstadt D. vom Bahnhof nach Hause ging, fand er seine Wohnungstür aufgebrochen und mit einem Petschaft der hiesigen Gesinnungsbehörde plombiert. Sämtliche Einrichtungsgegenstände lagen umgeworfen am Boden bzw. ihr Inhalt war nicht mehr am richtigen Platz. Da er keine Frau besaß, sahen auch Küche und Bad dementsprechend aus. Am nächsten Morgen stapfte R. mit angezündeter Visage in sein volkseigenes Refugium und fand eine Reihe sichtlich überraschter Gesichter vor, die alle von nichts und niemandem wussten.

Es war einer der heißesten Tage des Jahres: etwas, das mit kurz geschnittenen Fingernägeln an den Häuserecken scharrte, an Litfasssäulen, den Getränkebuden und Erkern. Das ein Geräusch machte, ein Knirschen und Knarzen, das nach kurzer Zeit die Ohrmuscheln auszuschaben begann. Am Anfang eines Sommers, der die mit dünner Haut bespannten Köpfe zu verbrennen, dem Gehirn das letzte bisschen Wasser zu entziehen drohte. Ein fortwährendes Knistern lag in der Luft, die dumpfe, beinahe unerträgliche Stille vor einem Flächenbrand. Am Dorfkonsum sträubte sich das Gras, als hätten die Leute ihre Nackenhaare mit zweitausend Volt frisiert. Reimar zog die Stutzen hoch, schlug die Töppen noch einmal gegeneinander. Auf den Umkleidebänken klebte der Schweiß, zähflüssig wie eine ausgelaufene Orangenlimonade. Heute ist also wieder dieser Tag, dachte er, nicht irgendein Tag, sondern *der* Tag. Ein paar hundert Augenpaare würden in wenigen Minuten auf seiner Brust ruhen, auf seinen Waden, den Oberschenkeln, in seinem Nacken. Er prüfte noch einmal die Festigkeit der Schnürsenkel, zog den noch vorhandenen Speichel im Mund zusammen, spuckte auf dem Gang zum Spielfeld ein letztes Mal aus.

V. ABSCHNITT / *Amtlicher Teil*
Im ersten Kriegsjahre wurde die Verbandsmeisterschaft des Verbandes Mitteldeutscher Ballspielvereine nicht ausgetragen. Die Gaue stellten nur ihre Meister fest. Das Verlangen war aber allgemein, auch während des Krieges die Mitteldeutsche Meisterschaft auszutragen, und so fanden im Jahr 1916 wieder Ausscheidungskämpfe um die Meisterschaft statt. Eintracht Leipzig holte sich im guten Stile die erste Kriegsmeisterschaft und schlug im Schlussspiele Borussia Halle überlegen mit 4:0.

»Natürlich haben wir gewonnen, diesmal sogar 5:1 gegen Frankenthal«, schrie er überlaut ins Telefon. »Du weißt doch, unser Erzfeind, das kleine Nachbardorf, wir haben ja Stadtrecht.«

»Aah ja, Gratulation!«

»Das ist das wichtigste Spiel im Jahr, verstehst du?«

»Ja, ja, weiß ich doch, schön … also schönen Gruß an die Jungs, bis dann.«

Ich zog meine Rüdin Nina an der Leine und schlenderte in die Wohngebietsgaststätte, einen Betonwürfel, der auf den Mädchennamen eines russischen Volksliedes hört. Ich wollte in einem der Nebenräume das Spiel des Polizeisportvereins sehen, bei dem ich die Hündin vor wenigen Monaten für geringes Geld erworben hatte. Auf den Tribünen standen einige frierende Menschen, der Regen wollte und wollte nicht aufhören.

Ich ging früh nach Hause und hoffte, dass Melanie noch anrufen würde. Ich hatte sie vor einigen Wochen in der Abendschule kennen gelernt, und wir hatten seitdem ein paar Mal miteinander geschlafen. Nachts wachte ich auf, in den Sessel gekauert, mit eingeschlafenen Füßen und Pobacken. Kurz darauf trat ich mit Nina auf die Straße, es war halb vier, kein Mensch begegnete uns auf dem Weg durch die Mustergärten, so dass ich nach unsrer Rückkehr erleichtert einschlafen sollte. Vorher las ich noch eine Stelle in einem Buch, das ich im Keller unter dem ganzen alten Krimskrams gefunden hatte. Es musste aus dem Nachlass meines Vaters stammen, ich fand keine andere Erklärung dafür und schlief über den ersten Sätzen ein.

Den ganzen Tag hatten Frauenbeine aus den Wolken geragt, die sich nach und nach entblößten. Gegen Abend jedoch begann das Dunkel, sie wieder in schwarze Strümpfe zu hüllen. Einige zogen darauf glänzende, blank gewichste Lederstiefel an, mit denen sie dann ins Bett gingen. So hatte ich unzählbare Stunden am vereinbarten Treffpunkt gewartet. Als der Kurier, eine tschechoslowakische Genossin mit Namen Sarah W., endlich eintraf, übergab sie mir einen Gepäckschein für einen Koffer mit den Papieren. Diesen Koffer holte ich noch in der gleichen Nacht von der Gepäckaufbewahrung des Anhalter Bahnhofs ab. Als er mir ausgehändigt worden war, bemerkte ich, dass ich beobachtet und verfolgt wurde. In einem Taxi konnte ich am Bahnhof Zoologischer Garten den Agenten entwischen. Am Vormittag des nächsten Tages wurde ich jedoch beim Verlassen meiner Wohnung in der Brüsseler Straße im Bezirk Wedding verhaftet.

Reimar ging zum Punkt, nachdem er im Sechzehnmeterraum zu Fall gebracht worden war. Als Gefoulter sollst du nie selbst schießen, hatte man ihm als Kind einzubläuen versucht. Er trat an, ohne den Schuss zu verzögern, und versenkte die Kugel zwischen den Augen des Tormanns. Von da an wussten wir, dass es nur einen Sieger geben würde. Nach dem Spiel tranken wir so lange, bis wir die eigenen Beine nicht mehr spürten. Irgendwann würde auch der Boden unter unseren Füßen nachgeben, dachten wir. Es war einer der heißesten Tage des Jahres, und eine erdrückende Schwüle lag noch gegen Mitternacht in der Luft, als Reimar sagte, er müsse jetzt mal.

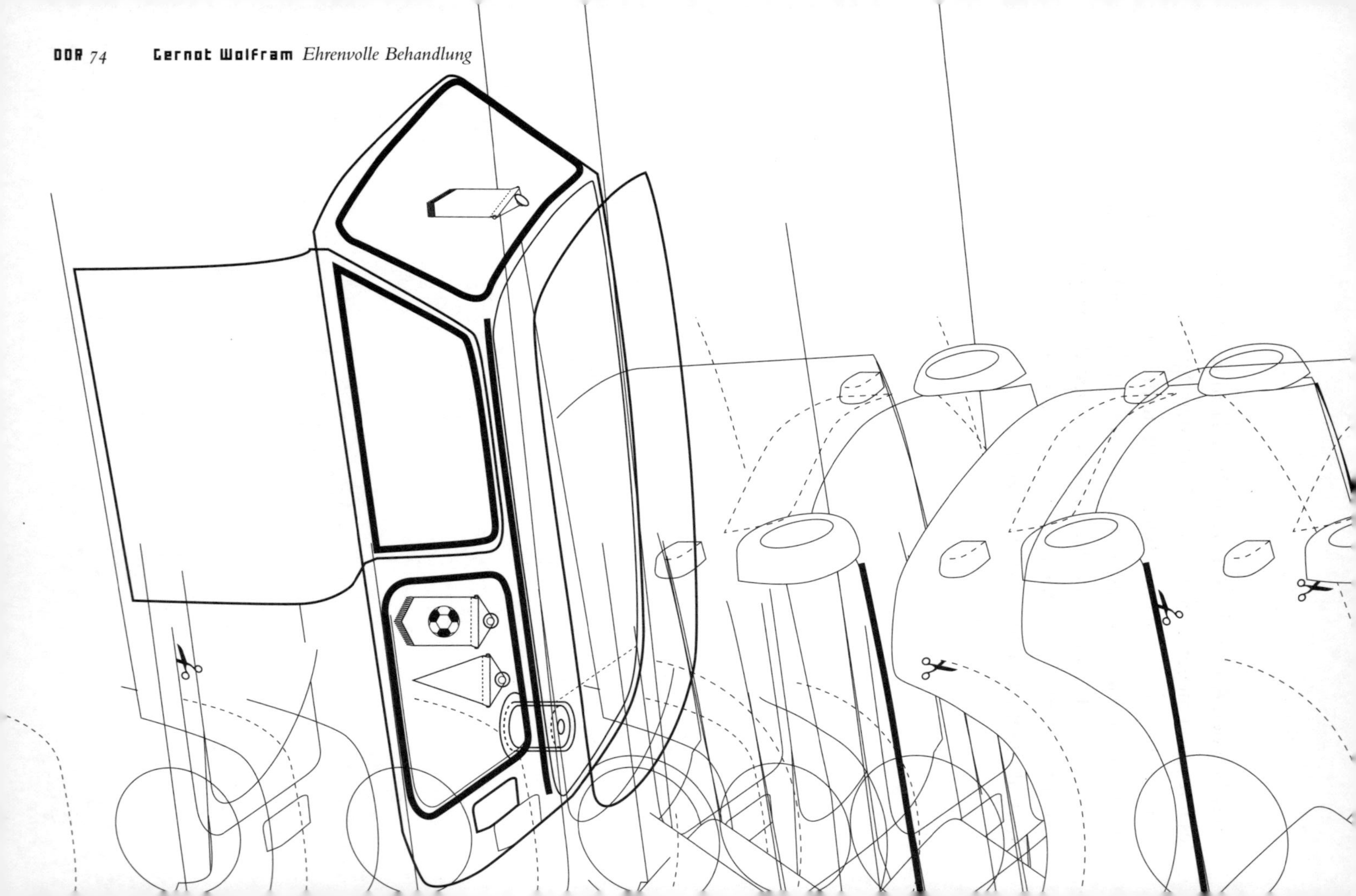

Gernot Wolfram

Ehrenvolle Behandlung

7

Mein Großvater hasste zwei Dinge in seinem Leben: den Kommunismus und den Fußball.

Den Kommunismus, weil er in dem Orchester, in dem er Violinist war, ständig Musik spielen musste, die er *Russenpolka* nannte. Den Fußball, weil er der Meinung war, dass ausgerechnet dann im Fernsehen Fußballspiele liefen, wenn im Konzerthaus der kleinen Grenzstadt, in der wir lebten, *ein ordentliches Konzert mit wirklicher Musik* aufgeführt wurde. Diese Sendungen machte er dafür verantwortlich, dass in dem großen prächtigen Saal mit den aus einer zerstörten Kirche herbeigeschafften Barockengeln, die wie dicke, freundliche Puppen auf die Zuhörer blickten, nur so wenige Leute saßen.

»Man schaut auf ein paar schaukelnde Bojen. Wie soll man da gute Musik hervorbringen? Wo sind die Menschen? Ich sage dir, sie sitzen vor ihren Verdummungskisten und starren auf dieses vulgäre Stück Leder«, schimpfte er oft, wenn ich ihn am Sonntag in seiner kleinen Wohnung am Markt besuchte und er für mich Forellen zubereitete – eine Kunst, die er übrigens noch besser beherrschte als das Geigespielen. Mein Großvater war zeit seines Lebens der festen Überzeugung, dass in ihm ein großer Künstler steckte, ein Jahrhundertgeiger, und wenn nicht der Krieg gekommen wäre und die Kommunisten mit ihrer Vorliebe für *Russenpolkas* und schließlich die Fußballübertragungen im Fernsehen, dann, so glaubte er, hätte seinem glänzenden Aufstieg als Künstler nichts im Wege gestanden. Stattdessen spielte er auf Beerdigungen schauderhaft pathetisch das Air von Bach, traf sich mit Witwen zu langen Spaziergängen im Stadtpark oberhalb des Flusses, probte im Orchester und zog sich, wenn er zu viel getrunken hatte, über seine schlanken Hände weiße Glacéhandschuhe, mit denen er sich zum Fenster hinauslehnte und Zigaretten rauchte. Sobald jemand auf der Straße vorbeiging, den er schon an seinem Gang als *Genossen* enttarnt zu haben glaubte, rief er ihm zu: »Nur weiter sich schön drücken vor der Kultur!«

Mehr als einmal trug ihm das stundenlange Aufenthalte bei der Sicherheitspolizei ein. Nach solchen Verhören tauchte er bei uns zu Hause auf, setzte sich mürrisch in die Küche und sagte: »Jetzt gehe ich wirklich. Ich bin ein alter Mann, mich hält nichts mehr in diesem verrotteten Land.« Dabei zog er ein Gesicht, als frage er sich, wohin er denn nun gehen solle. Er trug immer noch seine weißen Handschuhe, mit denen er aussah wie ein Zirkusdirektor.

Ich mochte meinen Großvater sehr, obwohl ich nicht hätte sagen können, ob ich ihn wirklich kannte. Er legte mir seine Hand auf den Kopf und sagte: »Auf der anderen Seite der Mauer würden deinem Großvater solche Sperenzchen erspart bleiben. Man würde ihn ehrenvoll behandeln.« Er fuhr sich durch seine kurzen, stoppligen Haare. »Und dort würde man natürlich auch dich ehrenvoll behandeln – als Angehörigen.«

Ich hatte keine Ahnung, was sich auf der anderen Seite der Mauer für ein Leben abspielte und was eine ehrenvolle Behandlung bedeutete. Ich fühlte mich bestens, hatte kaum ernst zu nehmende Sorgen, und die einzige, wiederkehrende Katastrophe war der Verlust meines blauen Halstuches, das zur Schuluniform gehörte. Ein Vergehen, für das ich büßte, indem ich, in leeren, kalten Schulzimmern sitzend, mehrere Stöße Papier mit dem rhythmischen Bekenntnis füllte: »Mein Halstuch macht mich erst zum Pionier, ich darf es nicht verlieren.«

An einem Sonntag lief ich die schmale, immer ein wenig nach kühlem Hinterhof riechende Straße zur Wohnung meines Großvaters hinauf und sah, wie er im Eingang stand und ein Plakat mit einem Hammer und Reißzwecken an die Tür schlug.

»So, das ist mal nicht der Hammer des Arbeiters, sondern der Hammer Beethovens.«

Das Plakat kündigte die Aufführung einer Beethoven-Symphonie im Konzerthaus an. Mein Großvater war sehr stolz auf dieses Konzert. Er ging mit mir hoch in die Wohnung, bereitete Forellen zu, deckte den Tisch, gab mir einen Löffel (damit ich, wie gewohnt, von seinem Bierglas die Schaumkrone abheben konnte), holte seine Geige und spielte mir etwas aus der Symphonie vor, die in mir einen Eindruck hinterließ, den ich mit nichts anderem vergleichen kann als dem prächtigen Anblick der Farbe Gelb, einem zitronensüßen, eidotterschweren Gelb, das, wie an eine Wand geworfen, langsam vor meinen Augen zerlief.

»Na, das ist Musik, oder? Da hat man doch das ganze bunte Leben auf einen Schlag.«

Mein Großvater lachte sein schönes krachendes Lachen, trank ein weiteres Glas Bier und wiederholte noch mal den Teil der Symphonie, den er eben vorgespielt hatte.

Als dann der große Abend kam, war ich glücklich, in der ersten Konzertreihe sitzen zu können. Zum ersten Mal in meinem Leben bekam ich eine Ahnung davon, was es heißt, eine ehrenvolle Behandlung zu erfahren. Auf meinem Platz lag ein Blatt Papier mit meinem Namen. Ich erkannte sofort die krakelige Handschrift meines Großvaters. Nichts hätte mich mehr freuen können als dieses Blatt, das ich das ganze Konzert über wie eine Kostbarkeit in meinen Händen hielt.

Der Saal war kaum gefüllt, aber es waren mehr Leute als gewöhnlich gekommen. Mein Großvater trug einen dunklen Anzug. Nur die blaue Krawatte hob sich von seiner würdevollen

Erscheinung ab. In der Pause ging er an mir vorbei und sagte: »Siehst du, heute senden sie keinen Fußball. Sogar ein paar Genossen haben sich hierher verirrt.«

Während des Applauses wischte sich mein Großvater in den Verbeugungspausen ständig mit einem weißen Taschentuch die Stirn ab, obwohl er nicht sonderlich schwitzte. Die Geste schien ihn jedoch mit ungeheurer Genugtuung zu erfüllen. Auf dem Heimweg legte er mir den Arm um die Schulter und sagte: »Na, das war doch etwas anderes als das Eindreschen auf einen Ball, oder?«

Wenige Tage nach diesem Konzert erlitt mein Großvater einen Herzinfarkt, was dazu führte, dass er den Fall der Mauer am Fernseher miterlebte. Er lag in seinem Bauernbett, ein Tablett mit Zeitungen, Teebeuteln und einer roten Emailletasse vor sich auf der Decke, und starrte auf den Bildschirm. »Ich wusste es, ich wusste es«, sagte er. »Die Genossen sind verrückt geworden, jetzt ist Schluss mit dem Theater. Nun ziehen hier neue Trommeln ein. Schade, dass das dreißig Jahre zu spät kommt. Siehst du, wie die Leute heulen, das ist ja ein Riesenspektakel.«

Mein Großvater klatschte in die Hände und setzte sich im Bett auf.

»Ich beneide dich, mein Lieber, nun geht es richtig los, und unsereins ist drauf und dran, ins Erdloch zu wandern. Über mir wird es aber ein Freudengetrampel geben.«

Dann musste ich ihm zwei Gläser und Schnaps bringen, den wir zügig tranken. Auf diesem Weg kam ich auch zum ersten Rausch meines Lebens, den ich in der Nähe eines Menschen verbrachte, der über den Tod wie über ein peinliches Familienmitglied sprach: »Die nächste Wohnung richtet der dir ein.«

Ich saß stundenlang vor dem Fernseher, während mein Großvater schließlich hingestreckt in seinen Kissen schlief. Zeitweise schwankten die Bilder vor meinen Augen, aber ich hielt durch und sah zu, wie die Menschen als große bunte Masse von einem Land ins andere hinüberquollen.

Statt des befürchteten Verfalls trat in den folgenden Monaten eine erstaunliche Erholung im Leben meines Großvaters ein. Obwohl man das Orchester, in dem er all die Jahre gespielt hatte, auflöste und im Fernsehen mehr Fußballspiele als je zuvor gesendet wurden, besserte sich seine Verfassung zusehends. Der Grund dafür hieß Anna Mickan, eine Witwe aus der südlichen Vorstadt, die das von ihrem Mann in einem maroden Zustand hinterlassene Beerdigungsinstitut übernommen hatte und die, dem Geist der neuen Zeit folgend, mit allerlei Neuerungen das Geschäft belebte. Zu diesen Neuerungen gehörten mein Großvater und seine Geige. In der Morgenkälte kam er, auf der Beifahrerseite sitzend, in Anna Mickans schwarzem Opel auf den Vorplatz der Kirche gefahren, beim Aussteigen auffällig hüstelnd. Dann folgte das Handreichen bei den wartenden Trauergästen, ein gewisses Umständlichtun und zeremonielles Voranschreiten auf dem von Kiefern gesäumten Weg zu den Gräbern. Sein Spiel hatte sich jedoch merklich verändert. Vorbei die Zeiten, da er sich an Noten wagte, die ihn emotional aus der Fassung brachten. Er lernte solche seifenglatten Stückchen wie *Dust in the wind* oder *Yesterday*. Nie zuvor hatte ich ihn derart zwischen pragmatischer Notwendigkeit und leidenschaftlicher Musikdarbietung hin- und herpendeln sehen wie in diesen Momenten, wo er vor wildfremden, traurigen Menschen Stücke zum Besten gab, deren Melodien nie die seinen gewesen waren. Ein Grund für die Verwandlung lag offenkundig in dem Liebesverhältnis, das er, ohne großes Aufheben zu machen, mit der einige Jahre jüngeren Anna Mickan eingegangen war. Schelmisch nannte er sie *meine Mutter Courage*. Damit wollte er wohl zu verstehen geben, in diesem Verhältnis finde alles statt, was man von einem frisch verliebten Paar erwarte.

Wenn ich ihn nun besuchte, saßen beide in dem kleinen Wohnzimmer, das sich an das Beerdigungsinstitut anschloss, blätterten in diversen Farbkatalogen und zeigten mir das Neueste auf dem Markt: Särge in verschiedenen Längen und Breiten, gefertigt aus robustem Eichen-, Lärchen oder Kirschholz, versehen mit Namen wie *Modell Erfurt*, *Haus Bethel* oder *Sachsen 2000*. Mein Großvater strich eilig mit den Fingern über die Katalogseiten und pries den Komfort letzter Ruhestätten an, als ob er sein Leben lang nichts anderes getan hätte.

Wenn mein Besuch auf einen Sonntag fiel, gab es noch immer die in heißer Butter gewendeten Forellen, auf die er als Verfeinerung eine Hand voll Mandelsplitter warf – und das mit einer Bewegung, in der sich die ganze Kraft und Geschicklichkeit seiner neuen Existenz zu bündeln schien.

Die einzige Sorge bereitete ihm das Interesse der Mickan und ihrer zwei Söhne am Fußball. Sie waren vernarrt in dieses Spiel, und wenn er ehrlich war, musste mein Großvater zugeben, dass sie genau zu jenen Leuten gehörten, über die er sich früher maßlos aufgeregt hatte. Sie sahen sich den *Mist* nicht nur im Fernsehen an, sondern gingen am Wochenende sogar auf den Sportplatz in der südlichen Vorstadt. Zunächst hatte sich mein Großvater geweigert, an diesen Ausflügen teilzunehmen, aber als die Mickan im Frühsommer mit ihm zu einem Gastspiel Kurt Masurs nach Dresden fuhr, fand er keine Ausrede mehr, sich den Platzbesuchen zu entziehen. Einmal nahm er mich beiseite, kaute auf den Lippen herum und sagte: »Sag mal, was war eigentlich 1974 bei diesem Proletenspaß los? Annas Söhne reden immer von dem Spiel vierundsiebzig. Das sei jenes Spiel gewesen, das ihren Vater mit Glücksgefühlen erfüllt habe.«

»Keine Ahnung, da war ich noch nicht auf der Welt. Wahrscheinlich das Spiel der Deutschen gegen die Deutschen.«

»Die Proleten von hier gegen die Proleten von dort?«

»Ja. Man könnte auch neutraler sagen: die Ostmannschaft gegen die Westmannschaft.«

»Und die Genossen haben also gewonnen?«

»Was denkst du wohl? Wenn der parteitreue alte Mickan so mächtig stolz war.«

»Ah, verstehe. Und was ist um Himmels willen ein Doppelpass?«

»Das ist in etwa so, wie wenn zwei Geiger gemeinsam auf das Ende eines Konzerts zufiedeln würden.«

»Solche Vergleiche nützen mir nichts, mein Lieber. Annas Söhne denken doch sowieso schon, ich hätte einen bourgeoisen Dünkel. Verstehst du, ich muss gute Miene zum bösen Spiel machen, mich etwas kompromissbereit zeigen.«

»Früher waren das Fremdworte für dich.«

»Ich bitte dich, früher war ich auch allein, da musste man so eine Position halten. Mein Problem besteht darin, dass es heute Abend eine Jubiläumsfeier in der Südstadt gibt, organisiert von lauter alten Genossen. Heute vor zwanzig Jahren war dieses Spiel. Und das feiern die alten Russenfreunde natürlich, da kriegen sie feuchte Augen. Ich habe versucht abzusagen, aber Anna besteht darauf und die Söhne auch. Sie sagen, wenn ich nicht mitkommen würde, sehe es so aus, als ob mir das Verhältnis zu Anna peinlich sei. Das ist natürlich völliger Blödsinn, aber was soll ich bei diesen roten Berserkern? Ich dachte, wenn du mitkommen würdest, wäre es einfacher ...«

Als wir in den Saal traten, hatte ich erwartet, uns würde ein betäubender Geruch aus Rauch, Bier und Schweiß entgegenschlagen. Stattdessen schauten wir auf sauber ausgeleuchtete, mit Servietten und Luftschlangen geschmückte Tafeln, an denen wie bei einer Hochzeitsgesellschaft ältere Leute saßen, die sich zu uns umdrehten.

»Anna, wie schön, dass Ihr da seid, dass es geklappt hat! Gerade heute, ich freue mich.«

Ein Mann mit einem dunkelgrünen Rollkragenpullover und einem Tweedjackettimitat drückte erst Anna und meinem Großvater, dann mir die Hand. Unsere Ankunft schien ihn glücklich zu machen; er brachte uns zu den für uns vorgesehenen Plätzen, dabei presste er uns verschwörerisch ein Blatt in die Hand, auf dem eine Schwarzweißfotografie der Nationalmannschaft zu sehen war, die vor zwanzig Jahren das Spiel gewonnen hatte. Die Männer sahen aus, als seien sie gerade von einer strapaziösen Expedition zurückgekehrt.

»Das ist der alte Parteisekretär aus dem Krankenhaus, ein widerlicher Typ. Er war einmal auf einem unserer Konzerte, wir spielten etwas von Schostakowitsch. Nachher hat er so kalt geklatscht, das weiß ich noch. Er stand da wie auf einer Parteiversammlung, mit reglosem Gesicht. Und nun gibt er hier den leutseligen Kumpel.«

Mein Großvater wollte mir noch weitere Details über den Mann ins Ohr flüstern, aber die Mickan zog ihn sanft zu sich.

Nachdem sich der Saal gefüllt hatte, begann der ehemalige Parteisekretär eine kleine Begrüßungsrede zu halten.

»Zwanzig Jahre, liebe Freunde, sind eine lange Zeit. Aber die Erinnerung an einen Tag, der uns außerordentlich mit Stolz erfüllt hat, ist nicht verblasst. Im Gegenteil, wenn wir uns hier und heute als Sportfreunde zusammengefunden haben, dann geht es nicht um Politik, Ost oder West, es geht um Sport, um große Leistungen, um Siege und Tränen und – das können wir ganz ohne falsche Töne sagen –, es geht um die Geschichte eines Landes, dem wir angehört haben, einem Land mit vielen schlimmen, ja furchtbaren Dingen, wie wir heute wissen, aber auch mit großartigen Erfolgen und Errungenschaften. Dazu gehört das Tor des Kameraden Sparwasser, das entscheidende Tor, das uns in schwierigen Zeiten Trost, Mut und Begeisterung geschenkt hat. Heute ist das ein Tor, das zu allen und zu uns besonders spricht. Darauf lasst uns jetzt anstoßen.«

Die Leute klatschten, auffallend laut die Söhne der Mickan, die sich wohl in diesem Moment an ihren Vater erinnerten, und hielten ihre Biergläser in Richtung des Redners. Mein Großvater bewegte nur die Hände, damit es so aussah, als würde er klatschen.

»Hast du gehört, wie er Kamerad Sparwasser gesagt hat? Ich bin mir sicher, er wollte eigentlich Genosse sagen. Früher hätte er noch den Sermon drangesetzt, das sei ein Tor für den Weltfrieden gewesen und solches Zeugs. Das waren meine Lieblinge, diese kleinen Vorstadtparteidichter.«

Die Mickan warf uns einen strengen Blick zu. Mein Großvater bestellte Schnaps und lockerte seine Krawatte. »Nun gut, wir sind hier, um uns zu amüsieren. Nur keinen Krach.«

Ich passte diesmal auf, dass ich nicht zu viel Schnaps trank, und versuchte, auch meinen Großvater davon abzuhalten. Aber er bestellte immer mehr von dem scharf riechenden Korn. Im Saal war nun Musik zu hören, süßliche Schlager aus der alten Zeit. Ein Videogerät wurde neben der Theke aufgestellt, das sogleich umringt wurde von einigen Männern, die sich die Aufnahme des legendären Spiels ansehen wollten. Die Söhne der Mickan kamen auch hinzu, setzten sich vor den Bildschirm und feuerten ihre Mannschaft an, als spielte sie gerade in diesem Moment irgendwo auf der Welt eine Partie mit vollkommen offenem Ausgang.

Ich hatte mich ebenfalls dazugesetzt und sah gebannt auf die Bilder der über den Rasen laufenden Fußballer, über denen ein merkwürdig schöner Filter des Längstvergangenen lag. Sogar das stellenweise rissige Flimmern des Films, das im Grunde auf eine schlechte Kopie zurückzuführen war, schien zu dieser anderen Zeit zu gehören.

Mein Großvater hockte unbeteiligt an seinem Platz und fuhr mit dem Zeigefinger so lange über den Glasrand, bis er glaubte, ihm auf diese Weise ein paar Töne entlockt zu haben.

Als das entscheidende Tor fiel, ging ein lauter Aufschrei durch den Saal; die Männer umarmten sich, grölten den Namen des Torschützen, und der ehemalige Parteisekretär machte sich auf, den Fehler des Abends zu begehen. Mit seinem vom Alkohol geröteten Kopf lief er zu meinem Großvater, schlug mit der flachen Hand auf die Tischplatte und schrie, überwältigt von Euphorie: »Sparwasser! Sparwasser! Sparwasser!«

Freudig starrte er meinen Großvater an, als wollte er ihn animieren, mit in das Rufen einzustimmen. Der Angeschriene sah kurz zur Seite, dann holte er aus und versetzte dem Mann eine Ohrfeige. Der Geschlagene taumelte zurück und stieß einen Stuhl um. Augenblicklich herrschte Ruhe im Saal. Nur die heisere Stimme des Kommentators aus dem Fernsehgerät sprach weiterhin begeistert in den Raum hinein. Mein Großvater stand auf, rückte wankend die Krawatte zurecht, sah die Leute an, klopfte schwach mit den Knöcheln auf den Tisch und sagte mit undeutlicher Stimme: »Ja, ihr seid alle heldenhafte deutsche Arbeiter! Weiter so!«

Ich half ihm, nach draußen zu kommen. Vor der Tür lehnte er sich an einen der geparkten Wagen, strich sich über die Haare und sagte schwerfällig: »Nun wird die Anna sicher böse sein. Das tut mir Leid. Ich habe immer gesagt, Fußballer, die Kommunisten waren, sind fast so schlimm wie Musiker, die Musik studiert haben. Die verhalten sich alle so, als ob sie mit dir in der Männerdusche wären. Erst glotzen sie dich überheblich an, dann wollen sie dir Nachhilfe geben, dich auf ihre Seite ziehen. Und das seit vierzig Jahren. Aber nicht mit mir!«

»Komm, ich bringe dich nach Hause.«

Bis zur Straße hielt er sich an meiner Schulter fest. Als ein Taxi stoppte, sah er mich an und fragte: »Habe ich mich schlimm benommen?«

»Ja, hast du. Aber so etwas kann vorkommen.«

»Muss ich mich entschuldigen?«

»Ich glaube schon.«

Als er bereits im Wagen verschwunden war, hörte ich, wie er auf der anderen Seite das Fenster herunterkurbelte und sagte: »Ich werde nächsten Sonntag auf den Platz gehen und mich bei allen entschuldigen. Nicht wahr, das ist doch das Beste: wenn man reinen Tisch macht, brüderlich mit Herz und Hand?«

Ich ging zurück in den Saal, sah mir mit den Leuten noch ein zweites Spiel der Ostmannschaft auf Video an und dachte zum ersten Mal in meinem Leben, dass die Rücklichter eines Taxis nachts etwas sehr Merkwürdiges an sich haben können.

In dem kleinen Hinterstübchen des Beerdigungsinstituts Mickan, in das er schließlich eingeheiratet hatte, nahm man meinem Großvater mehrfach die Geige aus der Hand, weil er nicht aufhören wollte, stundenlang darauf herumzuzupfen.

Die Neunzigerjahre des zwanzigsten Jahrhunderts neigten sich ihrem Ende zu und in vielerlei Hinsicht war es nicht nur das Geigengezupfe, das ihm in seiner neuen Familie kritische Blicke eintrug. Einmal besuchte einer von Annas Söhnen das Haus, trat in das Zimmer, beobachtete den nachmittags noch immer im Bett liegenden Stiefvater und fragte ihn unvermittelt nach den Gründen für sein musikalisches Versagen.

Mein Großvater sah ihn verdutzt an und sagte, schuld seien eindeutig der Kommunismus, der Fußball und natürlich die Frauen. Aber das sei eine zu lange und komplizierte Geschichte, die sich in seinem Alter nicht mehr ohne weiteres erzählen lasse.

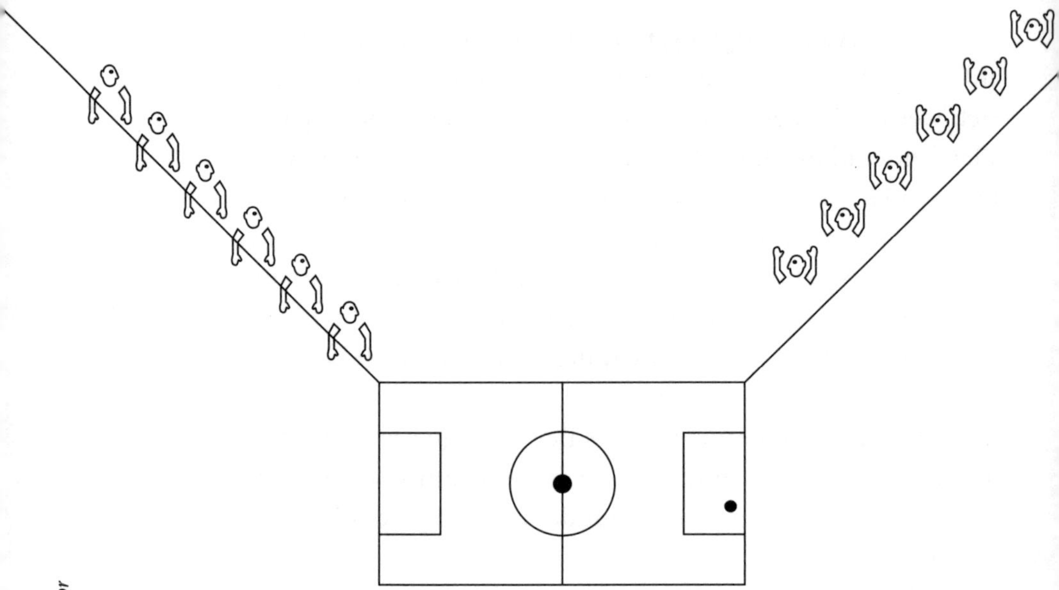

Steffen Popp

Norbert Borg oder Das letzte Tor

Was für ein ekstatischer Sommer! Ich stand am Klohaus der Autobahnraststätte und winkte, aber niemand sah mich. Ich hüpfte herum, die frühen Signale des Abends zogen sich um mich zusammen. Aber das war nur der Anfang, das war nicht die wirkliche Dunkelheit und nicht der wirkliche Abend. Aber ich war schon ganz am Anfang der Geschichte so betrunken. Wäre fast am Golf vorbeigelaufen. Rutschte überhaupt nur hinein, weil Niels die rechte hintere Tür aufriss und mich vom Standstreifen weg auf die Rückbank zog.

Eigentlich wollten wir gar nicht zum Fußball, sondern zum Fest der Kulturen nach Prag. Hey Doc, sagte die Stimme, getrieben von einer idiotischen Sehnsucht; ich trug gelbe Gummistiefel, eine Hornbrille aus Fensterglas und einen Schnurrbart, allerdings nur zum Fest der Kulturen, es war Juni, und ich fuhr mit meinen neuen Freunden auf der Autobahn nach Süden. Und, seltsam, ich wurde das Gefühl nicht los, dass es zugleich meine alten Freunde waren. Juri saß auf dem Vordersitz, träumte von Holzfällern mit sozialistischen Abzeichen. Rita neben mir ruckelte, kriegte ein Knie frei und winkte damit in der Luft; Bert starrte hinaus, observierte, musste den Golf heil durch den Abend bringen. Bert schlief doch nicht? Mein cholerisches Profil, mein zerbrochenes Herz, ruhig bleiben. Zählen. Ich lehnte mich irgendwo an und hörte den Gesprächen zu. Verschiedenes, vom Fahrtgeräusch soundtechnisch aufgefüllt; Rita war Floristin, Bert Moslem, Juri Sohn eines Aktivisten. Rita lernte Arabisch in der Abendschule, ein gutes Gefühl für Pflanzen und Sportler, alles in allem, ihr Po rieb links an meiner Hüfte; so weit war ich schon in das labbrige Polster von Berts Golf eingesunken. Ich wollte zählen, aber ich war schon am Ende der Zahlen. Ich spürte Rita, wollte sie ficken, irgendwie, von der Seite, es ging nicht. Ich dachte darüber nach, bis es mir klar war. Nicht ficken wollte ich Rita, nur trösten: Ihr Elend war offensichtlich, ihr mangelhaftes Arabisch, ihr Hass auf Primeln, all das roch nach Kampfer und Tränen, abends, im Siebzigerjahre-Sozialbau, vereinsamt am Küchentisch. Ich wollte Rita trösten, irgendwie, von der Seite, es ging nicht. Niels schlief, in sich zusammengesunken, sabberte an meiner rechten Schulter auf einen braunen Pullover. Gehörte das noch zu mir? Das winklige Knie von Rita, der wulstige Nacken von Juri, Berts stoischer Lotsenblick. Die helle Markierung des Asphalts lief unter dem Fahrzeug weg, draußen hing unentschlossen der Abend, akustisch verwaschen, auch optisch noch ohne Kontraste, nur in Höhe der Augen vereinzelte Standlichter.

Wie wir in das Stadion kamen. Zuvor: wie ein gelber Truck vom ADAC Berts Golf von der Autobahn abschleppte. Nahe bei Dresden war's, Juri schob eine Kassette ins Deck, es knirschte, zuerst in der Anlage, dann irgendwo tief innen, im Motorraum. Bert riss am Steuer, ohne Idee von einem Kurs, etwas aus den Tabellen der klassischen Mechanik wirkte ein; ein unklares Schlingern des Golfs, unklar auch, wie Bert es meisterte, dann standen wir still, halb in eine Böschung gebohrt am Rand der Strecke, schwarzes Gesträuch starrte riesenhaft ins Panorama der Frontscheibe. Später sprach Niels von dem Gefühl, bei Tempo hundertzwanzig in den Rückwärtsgang zu schalten, wir standen im Hof einer sächsischen Werkstatt, Rita war auf dem Klo, und keiner der Jungs hörte ihm zu – aber der Augenblick des

Zusammenbruchs war wirklich und wirkte noch lange in allen fort. Man hat eine veränderte Beziehung zu diesem Planeten, wenn man nach einem solchen Ereignis heil aussteigt und langsam herumgeht, sagte Niels durch den Dunst seiner Designerzigarette zu der verrotteten Tanksäule neben sich; etwas entfernt stand Bert mit einem Mechaniker vor dem zerkratzten Golf, der Mann trug fleckige Latzhosen und eine Speckmütze, deutete auf verschiedene Stellen der Karosserie und redete von Reparaturmaßnahmen. Rita kam nachdenklich von den Toiletten, knetete an ihrer Frisur herum. Es war keine Klobrille auf dieser Schüssel, sagte sie verstimmt; Niels schnippte den Rest seiner Zigarette in die Dunkelheit, Bert warf einen unentschlossenen Blick zu uns herüber. Es lohnt nicht, das hier abzuwarten, entschied Juri: Ich schlage vor, wir gehen jetzt los, in dieses Dresden rein, und besuchen meinen alten Freund Norbert Borg.

Die Stadt lag in friedlichem Dämmer, einer Art Wachkoma, nebelverhangen am Grund des Elbtals, als mich das Rasseln des Telefons aus meinen Gedanken riss. Es war früher Abend, die Sonne nicht mehr eigentlich aktiv, halb schweres Licht irgendwo hinter den Hügeln, kurz: Ich lag auf einer Matratze, zufrieden, auf nichts gefasst, aber dieses Geräusch, dieses Geräusch des technischen Apparates machte mich wach und brachte mir zu Bewusstsein, etwas Bedeutendes würde geschehen. Halb noch im klapprigen Golf Berts, zwischen Ritas laszivem Knie und Niels obszönem Sabber: Ich meine, ich war nicht wirklich in der Verfassung, meine Lage zu erkennen und schädliche Einflüsse vor ihrem Auftreten abzuwehren, einfach durch Logik, wie ich es sonst immer machte! Das Telefon, ein historisches Modell mit Wählscheibe, warum nur hatte ich es so nah an meinen Schädel gerückt; der grelle Ton hing noch in meinem Ohr, als ich den Hörer längst abgehoben hatte und durch das Rauschen der Leitung die Stimme von Meister Mises ein vages Begreifen auslöste: Wir haben hier einen Wagen, sagte sie, mit Grüßen von Juri, falls Sie noch daran interessiert sind.

Norbert Borg wohnte im Zentrum der Stadt, im achtzehnten Stock eines Hochhauses neben dem Stadion. Von seinem Balkon aus sah man das Hygienemuseum, einen Komplex aus den Zwanzigerjahren, mit klassizistischen Säulen und einer Freitreppe, ringsum Bäume, parkartige Anlagen, die Statue vor dem Gebäude war in der Dunkelheit kaum zu erkennen. Ein griechischer Jüngling mit Diskus, erklärte Borg, während seine Hand weiterschwenkte, eine Art Stadtführung improvisierte, bei sinkendem Licht. Der Große Garten, der Rathausturm, einige Kuppeln aus dem barocken Ensemble. Hör mal, Norbert, unterbrach Juri das monotone Geschwätz, direkt vor deinem Haus steht das Stadion, warum erzählst du uns nicht etwas über das Stadion? Fürwahr, nuschelte Niels, das Stadion – wie ein erschöpfter Boxer hing er rechts in den Plastikseilen, auf denen Norbert bei sonnigem Wetter seine Socken zu trocknen pflegte, wollte noch mehr sagen, aber er schlief schon, dünner Speichel troff von seinem Kinn auf den Betonboden. Rita im Hintergrund zupfte nervös an den Gardinen, Bert schaute die wachsende Nacht an: Der junge Mond oder die surrende Halogenlampe über dem toten Balkonkasten, irgendwas reflektierte auf seiner Glatze, schuf ein bedenkliches Licht um seinen Kopf. Er selbst schien entrückt, in Meditation versunken. Der Wagen, sagte er trübsinnig, er ist kaputt. Ich verstehe nicht, wie konnte das geschehen? Das graue Gesicht Juris, das alte Gesicht von Norbert Borg, Juris Hand auf seiner Schulter; vor uns das Stadion, reglos und ausgebrannt, die Masten der Flutlichtanlage ragten wie tote Fühler über dem Ringbeton der Arena.

Norbert Borg, etwas verunsichert stand er herum, sah erst zu uns, dann auf das große Oval und sagte schließlich: Dies ist das Stadion des 1. FC Dynamo Dresden. Danke für diese Information, sagte Bert nach einigem Schweigen, aber entschuldigt mich, ich muss mal pissen. Bert schob sich an Juri vorbei durch die Balkontür, Niels grunzte im Hintergrund, es klang nicht glücklich, eher gereizt, offenbar schnitten die straff gespannten Wäscheleinen in seinen Traum; dann wieder Stille, und Norbert Borg sprach unbeeindruckt: Dieses Stadion trägt den Namen des berühmten – aber dann rauschte drinnen die Spülung, und wir hörten Bert rufen, wie durch einen Wasserfall: Was wollt ihr noch auf dem Balkon, Leute, in dieser Dunkelheit; kommt herein, hier gibt's Kunststoffsitze aus Dessau, Salzstangen und Material für einen Punsch, falls jemand in der Lage ist, so etwas anzurühren!

Nun, ein historisches Datum. Was also würde geschehen? Eine Ahnung, mehr nicht, als ich hinausfuhr, mit einem Regionalbus, einer Geschichte entgegen, in der ich schon irgendwie vorkam, und rechter Hand die vier Giraffen hochnäsig grüßten. Lange Zeit nichts als Stadt, ihre zersiedelten Ränder, später aufgegebene Felder mit Wohnparks und Baumärkten; aber ich schlief schon, baute um mich einen Schutzwall verweichlichter Träume, und als ich erwachte, den Kopf an der Glasfront des Busfensters, war nur noch Fläche und Nacht, standen um mich bis zum Horizont die kleinen Flammen. Auf dem Werkhof von Meister Mises lag ein besonderes Dunkel, eine Mischung aus Öl und den Visionen der Lehrlinge auf ihren eiligen Gängen; ich stand eine Weile herum, unter dem rostigen Bogen des Eingangs, den Mises und das Team seiner frühen Jahre hier aus zerschossenen Panzern und einer tschechischen Straßenbahn zusammengeschweißt hatten, versuchte, die Finsternis zu durchdringen. Ein aussichtsloses Unterfangen, wie ich befürchtet hatte: Wieder einmal gelang Meister Mises der alte Trick, sich bis auf wenige Zentimeter an mich heranzupirschen und einen kurzen Ton aus seiner silbernen Schiedsrichterpfeife direkt an meinen Kopf zu blasen. Ah, Meister!, rief ich betäubt: Mein Gehör ist schon vom Lärm des Telefons zerrüttet, ersparen Sie mir Ihre gemeinen Pfiffe. Immer mit der Ruhe, Herr, sprach Mises im Ton eines fernöstlichen Weisen: Wir erwarten Sie hier seit drei Stunden, es ist nach zehn, was hat Sie aufgehalten? Teufel, sprach ich zerknirscht, ich schlief im Bus ein, fuhr bis an die Endschleife nach Görlitz – nun, wie dem auch sei, ich sehe den Golf da vor Ihrer Baracke, vortrefflich: Hat Juri mir darüber hinaus noch etwas hinterlassen? Meister Mises sah durch seine verschmierte Monteursbrille belustigt auf mich, seine Züge waren vom Kampf mit den Motoren gleichsam verklärt, wenn auch verzerrt, irgendwie faustisch, ein Außenstehender hätte ihn kaum für den Bruder Norbert Borgs gehalten – mir selbst fiel es in dem Moment schwer, daran zu glauben. Freund Juri, sagte Mises nach kurzem Bedenken, ist mit der von ihm hierher gelockten Fahrgemeinschaft zum Stadion aufgebrochen; es war ihm offenbar wichtig, dass Sie noch heute, vor Ablauf des historischen Datums, dort ebenfalls auftauchen. Gut denn, rief ich erschrocken, mit diesem Golf hier sollte ich es rechtzeitig schaffen. Ich hoffe, er ist intakt, nur an den Seiten etwas eingebeult? Mein junger Freund, antwortete Meister Mises mit dem ihm eigenen Lächeln: Ich hoffe, Sie verstehen mich richtig, wenn ich Ihnen sage: Dieser Golf war nie kaputt.

In Norbert Borgs Wohnzimmer standen Regale voll zerlesener Taschenbücher, in der Mitte ein überladener Arbeitstisch, groß genug für die Gemeinschaft. Niels hantierte dynamisch mit allen Gegenständen, warf sie in das Klavier, das hohl in einer Ecke stand, ein Bechstein – Borg hatte es so angewiesen, vor unserer Ankunft wohl selbst schon einiges Gerümpel dort eingeworfen. Juri rumorte mit Rita in der Küche, rührte den Punsch, Norbert Borg stand am Fenster, dichtete mit Schaumgummi an der Unterkante; draußen war jetzt richtig Nacht, die Baumflächen des Großen Gartens erzeugten ein undurchdringliches Schwarz, das allerdings nicht bis zu uns heraufkroch, links das Museum, blau angestrahlt, davor das Stadion, Borg lehnte die Stirn an die Scheibe, schirmte die Augen mit den Händen ab – nichts rührte sich dort, es schien zu schlafen, hinter den leeren Blöcken in seine Erinnerungen verkrochen. Wie kannst du hier wohnen, sagte Juri, der unbemerkt neben ihn getreten war: Dieses Stadion, es ist dogmatisch, duldet nichts neben sich, schon gar nicht einen wie dich, sportlich gescheitert, mit Senkfüßen! Warum, fragte Niels, nun ebenfalls ans Fenster tretend: Diese Arena da, ich meine, warum in aller Welt ist sie so kalt und hässlich? Leere Stadien sind immer so, entgegnete Borg: Nur wenn das Flutlicht an ist und alle Blöcke mit Menschen besetzt sind, wenn Fahnen geschwenkt werden und ein Gebrüll in der Luft steht, ist ein Stadion schön, auf jeden Fall geil, ein geglücktes Ereignis. Borg wollte diesen Gedanken noch weiter ausführen, aber dann kam Rita mit dem Punsch herein. Gib dir mit Niels keine Mühe, rief sie, er hasst jeden Menschenauflauf. Nach allem, was er im Auto von sich erzählte, hat er in seiner Jugend nur Schach gespielt, Halma und Tischtennis. Und wenn schon, sagte Juri und schenkte sich Punsch in einen von Norbert Borgs Einwegbechern. Jeder war mal begeistert, in seiner Jugend, trieb irgendeinen abseitigen Sport, suchte die Leistungsgrenzen – was für verkeimte Ascheplätze, auf denen wir Runden drehten, uns in billigen Turnschuhen Blasen liefen, beim Dreisprung die Knie aufschürften! Jawohl, rief Bert aus der Küche, wo er das Geheimnis der Punschherstellung zu ergründen suchte: So oder ähnlich ist es doch allen ergangen. Auf schlechten Straßen zu den Auswärtsspielen einer Drittligamannschaft, im schwankenden Vereinsbus, mit hässlichen Wimpeln und löchrigen Sportsocken: Und das alles für ein verkrampftes Gekicke, gegen Hinterwäldler, Dorfjugend oder fettleibige Herren, die nach Insektenspray und Pomade stanken! Zugige Umkleiden in Schulsporthallen, Vereinsheime mit Empire-Deckenlampen und rostigen Duschen, die nur kalt liefen – oh, was ist denn das? Bert unterbrach seine Ansprache, trat ins Wohnzimmer und schwenkte ein Paar abgelaufener Fußballschuhe, die ihm bei seiner Suche nach Alkohol unter der Spüle zugefallen waren, zwischen Industriereinigern und einem Haufen verdreckter Lappen, die Borg einst aus alten Unterhemden gewonnen und dort vergessen hatte. Borg fuhr herum, versuchte ihn aufzuhalten; Bert schwenkte die brüchigen Schuhe, sprang auf der Flucht vor ihrem Besitzer kreischend durchs Zimmer und warf sie, als er keinen Ausweg mehr fand, kühn über Borgs Kopf hinweg, quer durch den Raum zu all dem anderen Abfall in das offene Klavier. Ich wusste nicht, dass du mal Sport getrieben hast, sagte Juri, als Norbert Borg zum Tisch zurückkam, geschlagen auf seinen Stuhl niedersank. Ach was, Sport, rief Rita betrunken, das waren doch Schinder, diese Trainer in unserer Jugend, fanatische Turnväter, die ständig vom Krieg erzählten, von Kruppstahl faselten, uns in den Ruin trieben!

Ich sah die Gemeinschaft am Tisch, Borg um die fünfzig, die anderen, jünger und entspannter saßen sie um den Kessel Punsch, riefen sich Sätze zu. Dreck unter meinen Fingernägeln, während ich die Regalwände in Borgs Wohnzimmer untersuchte, in alten Nummern der *Fußball-Woche* blätterte, verschiedene Videos hervorzog, Aufnahmen von Spielen und

Interviews; die gelben Stiefel hingen spürbar an meinen Füßen, ich versuchte sie unauffällig zu lüften, lief zwischendurch ins Bad und klebte den Schnurrbart nach. Hey Doc, verlier nicht den Kopf, sagte von oben die Stimme und brach in wieherndes Gelächter aus – da ich aber nicht das Gefühl hatte, die Situation hier im Griff zu haben, schien es mir doch angebracht, meine Tarnung aufrecht zu erhalten. Ich putzte noch einmal das Fensterglas meiner Brille und ging dann zurück ins Wohnzimmer, wo die Gemeinschaft am Tisch hockte, leider angetrunken und nicht mehr dazu imstande, meine kosmetischen Anstrengungen noch irgendwie zu begreifen.

Ich war Techniker, sagte Norbert Borg, drüben im Stadion, einige Jahre lang für die Lichtanlagen und die elektronische Anzeige zuständig, und was diese Turnschuhe angeht: Ich fand sie eines Abends, bei einem Kontrollgang am Spielfeldrand, und nahm sie mit. Ich meine, es waren Zeiten des Mangels, man konnte nie wissen, wofür sie mal gut sein würden; vielleicht hätte sich irgendwann die Gelegenheit ergeben, sie gegen Bier oder die Reparatur eines Fernsehers zu tauschen. Allerdings, ein solches Gerät war nie in meinem Besitz – hier, im »Tal der Ahnungslosen«, wo nur die staatlichen Programme liefen; allenfalls Fußball wäre vielleicht interessant gewesen. Aber ich saß ja meist selbst im Stadion und hatte später ein Fernrohr auf dem Balkon installiert, durch das ich die Spiele direkt verfolgen konnte. Ach ja, diese Halterungen, an denen jetzt die Wäscheleinen befestigt sind, entgegnete Niels interessiert, kam aber nicht gegen das dumpfe Schweigen an, auf das wir anderen uns wortlos geeinigt hatten. Wir saßen jetzt nur noch am Tisch und versuchten, uns mit dem Punsch zu betrinken, es war ein großer Kessel, aber nur Rita gelang es: Bereits nach wenigen Gläsern war sie nahe daran, einfach vom Stuhl zu fallen und auf Borgs verfusseltem Teppich einzuschlafen. Mensch Norbert, sagte Juri nach einigen stummen Runden, hast du nicht noch was anderes da, irgendeinen Schnaps, und sei's auch nur ein übler Verschnitt aus Zonezeiten? Wir müssen, glaub ich, zur Tankstelle, murmelte Borg, verharrte allerdings auf seinem Stuhl, die eigenen Worte schienen ihn nicht zu erreichen – erst nach einer langen, reglosen Zwischenzeit zog er sich schließlich am Tisch hoch und gab das Kommando: Los jetzt, ihr faulen Säcke, greift eure Klamotten und ab zum Ausschank!

Berts Golf fuhr sich ganz gut, wenn man den Unfall berücksichtigte – der Meister Mises zufolge das Resultat einer Vollbremsung gewesen war, der schreckhaften Reaktion eines Laien auf das satanische Geräusch eines krepierenden Antriebs, das Juri vermittels einer Bandaufnahme inszeniert hatte. Ich kannte die kriminelle Praxis der beiden Schieber, versuchte, maximale Geschwindigkeit herauszuholen, ohne groß aufzufallen; dieser Golf entsprach nicht der Straßenverkehrsordnung, war seinem Zustand nach direkt gesetzeswidrig – aber mir blieb keine Wahl, ich musste rechtzeitig vor Mitternacht am Stadion eintreffen. Mit der umfassenden Dunkelheit, die mich von allen Seiten anfiel, in meinem Gehirn schon die Randzonen besetzte, allmählich weiter nach innen und in die Tiefe drängte, kämpfte ich um die Kontrolle des Wagens und die wenigen Zusammenhänge, die sich in dieser Geschichte bisher für mich ergeben hatten. Norbert Borg kannte ich aus der Zeit, in der wir gemeinsam mit der technischen Wartung des Stadions beschäftigt waren; er war damals mein Ausbilder gewesen, ein Spezialist, der ständig mit einem Werkzeugkoffer herumlief, mich an schlechten Tagen zum Säubern der Halogenstrahler die Flutlichtmasten hinaufschickte. Ich dachte an Juri, der ebenfalls als Auszubildender bei Borg angefangen hatte, im Gegensatz zu mir gut mit ihm ausgekommen war und ihn auch nach seiner Entlassung noch oft in seiner Hochhauswohnung besuchte. Juri und ich kannten uns nur aus der Ferne, kein gemeinsames Projekt verband uns, bis zu dem Tag, an dem er mich zu sich einlud, um mit mir über Borg zu sprechen. Juri kam aus Russland und hatte trotz seines langen Aufenthalts hier nur zwei Dinge gefunden, die ihm etwas bedeuteten; mit unruhigen Händen saß er mir gegenüber, am schäbigen Wohnheimtisch, sein kurz geschorener Kopf warf einen eckigen Schatten auf die Sprelacartplatte – im Grunde gab es in seinem Leben nur Fußball und Norbert Borg, beides hing unglücklich miteinander zusammen, und ich war offenbar der Einzige, mit dem er darüber reden konnte.

Was wären wir ohne die Tankstellen, sinnierte Niels, als wir im verdreckten Fahrstuhl nach unten fuhren. Wahrscheinlich tot, sagte Bert, aber Rita meinte, sie könne gut auch mit Kräutertee leben, vielleicht sogar besser als mit den verschiedenen Absinthen, Destillaten und Gärungsprodukten, die nur das Blut verunreinigen und die Zellatmung schädigen: Keine Frage, rief sie betrunken, wir sollten alle gesünder leben, den Alkohol aufgeben, das Nikotin aufgeben, Gymnastik treiben und den buddhistischen Weg nehmen! Wo ein Wille ist, ist auch ein Weg, murmelte Borg abwesend und nestelte an seiner Werkzeugtasche. Wie dem auch sei, sprach Bert, als wir im Erdgeschoss anlangten und durch die Glastür ins Freie traten: Ich schlage vor, wir verschieben das Intensive auf morgen und geben uns heute noch einmal einem ordentlichen Besäufnis hin. Jawohl, grölte Niels, vor allem Bier – ein kühles Bier wäre jetzt direkt eine, äh, spirituelle Einsicht, glaube ich! Ein wenig verloren standen wir unter den Sternen, die über dem Strahlenschirm der Stadt kaum zu erkennen waren, und inhalierten die kühle, von einer Straßenkehrmaschine umgewälzte Luft; dann machte

Borg seine Tasche auf und teilte wortlos Radeberger aus. Niels starrte die Flaschen an wie ein Orakel, wie von selbst sprangen die Kronen ab, und wir tranken in langen Zügen. Ich denke, es ist nun Zeit für das Stadion, sagte Juri, und Borg nickte – tatsächlich waren wir nicht zu einer Tankstelle, sondern zum Stadion gelaufen und standen nun an dessen Längsseite vor einem grauen Versorgungstrakt. Borg hantierte mit Schlüsseln, kriegte die Tür nicht auf, bis Juri hinzusprang und mit einem Tritt nachhalf. Der düstere Innenraum sog Norbert Borg ein, mit seiner Grubenlampe am Kopf wirkte er seltsam verirrt; wie ein verfetteter Leuchtkäfer bog er um eine Ecke, stieß irgendwo in der Dunkelheit einen Stuhl um. Dann flackerte um uns künstliches Licht, nüchterne Neonröhren. Juri stand da, mit einem Plastiksack voller Fußballschuhe und einem ledernen Fußball aus den glorreichen Siebzigern, kippte die Schuhe vor uns aufs Linoleum. Na dann, sagte Borg und setzte sich auf eine niedrige Holzbank: Sucht euch was Passendes aus, Leute, und dann alle Mann raus aufs Spielfeld! Rita lachte verwirrt, Niels rülpste nur, Bert starrte Norbert Borg an wie einen Irren. Juri holte einen Revolver aus seiner Gürteltasche und kommandierte: Na los, Freunde, macht euch bereit, ihr habt doch gehört, wir gehen jetzt Fußball spielen! Meinetwegen, sagte Bert gelassen, aber steck den blöden Colt weg, bitte, der ist ja nicht mal geladen. Also, ich muss schon sagen, meinte Rita kritisch, diese Schuhe hier, sie scheinen mir nicht besser als das Paar, das Niels vor einigen Stunden in Borgs Klavier glücklich begraben hat. Auch Niels wollte etwas einwenden, aber es war zu spät, Rita und Bert hatten sich schon entschieden. Ihr seid alle verrückt, sagte er, als wir in das Stadion hinausliefen, Borg Mannschaften einteilte und Juri den Ball zum Anstoß hinlegte. Norbert Borg schaute auf seine Uhr und sagte: Es ist halb zwölf, also ich denke, wir spielen zwei mal fünfzehn Minuten. Das entspricht einer

Verlängerung, meinte Bert mit Blick auf Niels, der unsicher herumstand, einige Kniebeugen andeutete. Komisch, sagte Niels zittrig, alle, die ich kenne, standen immer nur im Tor oder versauerten auf der Ersatzbank; was für ein geiles Gefühl, brüllte Juri vom Spielfeld herüber, selbst in einem heruntergekommenen Stadion wie diesem! Jetzt aber los Leute, rief Rita kampflustig, lief dann zu Norbert Borg, der unter der VIP-Tribüne an einem Rekorder fummelte, und sagte: Stell das verdammte Ding weg, Borg, pfeif endlich das Spiel an – uns allen ist klar, heute ist ein bedeutendes Datum, aber im Namen dieser geeinten Nation sage ich dir: Wir brauchen hier keine Hymne!

Als ich mich dem Stadion näherte, sah ich zuerst nur das Licht; irgendwer hatte die Flutlichtanlage eingeschaltet, an einem spielfreien Tag kurz vor Mitternacht – nach allem, was mir Juri berichtet hatte, konnte dies nur Norbert Borg gewesen sein. Kein Zweifel, die Monotonie in seinen Schaltkreisen hatte ihn krank gemacht, dazu der Absturz des Vereins, der nach großen Zeiten im Osten und drei Jahren Bundesliga viertklassig spielte, sich mit den Mannschaften der umliegenden Kreise herumschlug; biografisch verbittert und von Wahnvorstellungen ausgehöhlt, war Borg allmählich vereinsamt, die Theorie der großen Tore spukte in seinem Kopf, und das historische Datum hatte ihn nun motiviert, sie in die Tat umzusetzen. Jahrelang hatte er Juri damit drangsaliert, wenn sie abends auf seinem Balkon saßen und durch das Fernrohr die mühsamen Spiele verfolgten, die peinliche Werbung auf den Trikots der Spieler, die sinkenden Zuschauerzahlen und den Verfall der Anlagen. Die großen Tore, hatte mir Juri versucht zu erklären, sind das Verhängnis des Fußballs; die großen Stadien und die großen Tore, die großen Kameras und die großen Sponsoren, all das vernichtet den Sport – Juri war in dem Moment aufgestanden, erregt auf den Tisch gesprungen, stieg dann aber wieder herunter, beruhigte sich mit einem Schluck Bier und meinte: Borg will ein großes Tor, einen historischen Augenblick nur für sich, wie lächerlich. Aber ich mag ihn, und wie ich ihn kenne, wird er es umsetzen, und weil ich sein Freund bin, werde ich ihn unterstützen, auch wenn mich das alles nichts angeht: Wichtig ist nur das Spiel, auf Hartplätzen, irgendwelchen Feldern, am Strand, in Hinterhöfen, alles andere ist doch nur Show, ein Ding für die Medien, die die Menschen von ihrer wahren Situation ablenken! Ich wusste, Juri kam aus Russland, seine Eltern waren linke Aktivisten – also, ich hatte meine Zweifel an seinen Ideen, aber ich fand es in Ordnung, als er sagte: Ich habe mein Leben lang Fußball gespielt, ohne Verein, ohne Tabelle, ohne ein blödes Trikot; Borg hat nie gespielt, Borg ist verblendet, weil im Osten eine Liga zusammengebrochen ist; mir ist das egal, ich habe beim Fußball immer nur gewonnen, früh morgens im Nebel in Parks, bei knallender Sonne auf einem Armeesportplatz, abends, wenn das Licht unscharf und rot war, unter Schwärmen von Mücken auf Wiesen und verseuchten Pisten. Ich hatte Juri meinen Beistand versprochen, für einen Ernstfall, den ich mir damals nicht vorstellen konnte, und nun hing ich mittendrin, in einer Kette von Ereignissen, die mir abstrus und bedrohlich schien. Ich parkte den Golf unter alten Bäumen und lief erst mal zum Haupteingang. Die Kassenhäuschen standen leer herum, der Zugang zur Anlage war abgesperrt; durch die Gitter hindurch konnte ich einen schmalen Ausschnitt des Spielfelds einsehen, sah verschiedene Gestalten dort herumhampeln: Der Mann mit dem Bierbauch war zweifellos Borg, der mit der Glatze Bert, und nahe am Tor bemerkte ich Niels, er lehnte irgendwie verbogen an sich selbst, ein elender Hanswurst in Kniehosen. Ich hüpfte herum, hinter dem Gitter, und gestikulierte, aber niemand sah mich; ich war betrunken und müde, in dieser Dunkelheit, der Zaun vor mir war so hoch und das Feld dahinter so weit, die Spieler verloren sich in der Fläche. Mithilfe eines Jenaer Opernglases, das noch aus dem Inventar meiner Großmutter stammte, versuchte ich, tiefer in die Materie einzudringen, entdeckte im Tor gegenüber eine völlig unzureichende Gestalt mit Schnurrbart und gelben Stiefeln. Dieser Typ, ein Bild des Jammers – welch unfaires Schicksal ihn auch in diese Geschichte verstrickt hatte, ich wusste, er würde nie in der Lage sein, Borg aufzuhalten. Immerhin, Rita und Bert kämpften noch gegen ihn an, erstaunlich gut, soweit ich das sehen konnte: Juri hatte sie offenbar unterschätzt, Borg selbst zu wenig trainiert, während Rita im Amateurbereich aktiv war und Bert als bekennender Moslem zumindest körperlich fit und geistig offensiv eingestellt. Ich lief um das Stadion, fand keine Tür, auch der Gästeeingang war abgesperrt; atemlos kam ich wieder zum Haupteingang, sah auf die Uhr, drei Minuten vor Mitternacht: Wenn Borg sein Tor noch rechtzeitig schießen wollte, musste er langsam zum Sturm ansetzen. Eigentlich konnte es mir ja egal sein, ob er nun traf oder nicht, ob nun das große Tor hier im Kleinen noch einmal fiel; wie lächerlich, hatte Juri gesagt, wie traurig, dachte ich selbst in dem Moment, vor der Kulisse dieses verfallenen Stadions. Ohne Ambition, die Arena noch zu betreten, stand ich am Gitter, und ich wäre vielleicht gegangen, ohne das Ende der Partie abzuwarten, wenn nicht dieser Typ in gelben Stiefeln gewesen wäre, mit seiner falschen Brille, durch die er mehr oder weniger ins Leere starrte, in Richtung von Norbert Borg, dem nun endlich der Durchbruch gelungen war. Juri hatte Rita zu Fall gebracht, offenbar regelwidrig, es ließ sich nicht eindeutig feststellen, was die beiden dort auf dem Rasen eigentlich trieben, und Bert, wenn er auch lief, Borg noch zu erreichen suchte, er stand auf verlorenem Posten irgendwo am rechten Flügel. Ich sah, dass es Borg ernst war mit seinem Tor, und plötzlich wurde mir klar, dass man es verhindern musste – der Typ in den gelben Stiefeln war in dieser Hinsicht meine letzte Hoffnung, aber ach, wie schlecht sah es aus für ihn. Ich wollte ihm zurufen, dass er im Tor keine Chance hatte, dass er vorlaufen musste, Borg entgegen, um ihm eventuell den Ball noch direkt abzunehmen, aber er war zu weit entfernt, hörte nichts von meinem Geschrei. Borg lief und lief, von niemandem behelligt, bald würde er in den Strafraum eindringen und eine Position erreichen, die seinen technischen Fähigkeiten genügte: Ich sah das alles schon im Geiste vor mir, aber dann gingen mit einem Schlag die Flutlichter aus, auch die Laternen der umliegenden Straßen, soweit ich das sehen konnte – jemand muss einen Netzschalter umgelegt haben, dachte ich noch, als eine Horde Wachleute das Stadion stürmte, die in der Dunkelheit mit ihren Taschenlampen fuchtelten und alle festnahmen: Niels erwischten sie praktisch sofort, er lehnte schlafend an einem Torpfosten, auch Juri und Rita wurden rasch gefasst, ebenso Bert, der von seinem Standort her einfach Pech hatte; nur Norbert Borg trat noch die Flucht an, aber bevor er sich in einem der Seitengebäude verschanzen konnte, stellte ihm jemand ein Bein, und dann warfen sich mehrere Uniformierte über ihn. Der Typ mit den Stiefeln war irgendwo unter dem Sprecherturm verschwunden, geschickt in die dortige Finsternis abgetaucht; ich konnte nicht sehen, ob sie ihn noch ergriffen, schlich mich vom Eingang weg, durch diverses Gesträuch auf die Stelle zu, wo ich Berts Golf geparkt hatte – aber auch der war von Wachleuten eingekreist, zwei Beamte des Sicherheitsdienstes krochen im Wageninneren, auf der Suche nach Fingerabdrücken.

Mensch Doc, sagte die Stimme, gerade noch mal davongekommen – wer hätte gedacht, dass du mit den bescheuerten

Stiefeln einmal so schnell sein würdest! Der Schnurrbart hing wieder schief, ich hatte keinen Kitt mehr, ihn nachzukleben, riss ihn mit einem Ruck ab und warf ihn fort; warf auch die Brille fort, ein dünnes Klirren verriet ihren Aufschlagpunkt in der Dunkelheit. Wie ferngesteuert lief ich durch die Stadt, versuchte mein Herz zu beruhigen: Es pumpte wie verrückt, das blöde Ding, der Zusammenstoß mit den staatlichen Organen hatte mich mitgenommen wie verbotener Sex, ich fühlte mich schuldig, betrogen und verfolgt, änderte unvermittelt die Richtung, lief über die Gleise und sprang in eine Straßenbahn. Hier war ich sicher, dachte ich und hatte es mir auch schon bequem gemacht, als ich zwei Sitze entfernt einen Typen bemerkte, der mir auf unangenehme Weise ähnlich sah: Er trug einen Schnurrbart und eine Brille, allerdings keine Stiefel, seine Füße steckten in dreckigen Halbschuhen, und seine Kleidung war etwas verrutscht, als wäre er eben durch finstere Gassen gekrochen. Ich wollte ihn ansprechen, aber der Kerl schlief, sein Kopf schlug mit jeder Bewegung der Bahn gegen das Seitenfenster. Lass ihn ruhig schlafen, Doc, sagte in dem Moment die Stimme, spätestens an der Endstation wird man sich um ihn bemühen – sie klang seltsam, beinahe friedlich, und es war mir in dem Moment auch egal, dass ich nicht verstand, wo sie eigentlich herkam; mit einem Mal erleichtert, diese Geschichte heil überstanden zu haben, verließ ich die Tram am nächsten Haltepunkt, sah sie von dort wie einen düsteren Wurm mit Kurs auf die Außenbezirke verschwinden. Ich ging dann allein, nahezu schwerelos durch das leere Zentrum, etwas Barock, Sandstein und tote Passagen, überquerte die großen Baugruben vor dem Bahnhof auf kleinen Holzbrücken und nahm den ersten Zug des beginnenden Morgens, weiter nach Süden.

Volker H. Altwasser

Als ich mich versehentlich besiegte

9

»Ich heiße Sparwasser!«

»Nein, du heißt Altwasser!«, sagte Thomas.

»Ich heiße Sparwasser, und mein Papa hat gestern ein Tor geschossen!«

»Du hast gar keinen Papa! Du heißt nicht Sparwasser!«

»Klar! Mein Papa musste nur wegfahren und das Tor schießen! Der ist bald wieder da!«

Thomas zeigte mir einen Vogel und ging an einen anderen Tisch.

Ich schnitt weiter einen Ball aus dem roten Papier aus. Die Papierschere hatte ich mir gleich am Anfang der Bastelstunde gesichert, weil es nur vier Scheren gab. Die drei roten waren stumpf, nur die blaue, die ich hatte, die war noch scharf. Ich schnitt das letzte Ende des Kreises, und der Ball fiel auf den Tisch. Ich hob ihn auf und schnitt die wenigen Kanten weg. Das war das Schwierigste, weil man da leicht ein Ei aus einem Ball machen konnte, wenn man ungeübt und so blöd wie Thomas war.

»So, Kinder!«, sagte Frau Beibel, die Kindergärtnerin. »Zusammenpacken! Die Stunde ist vorbei.«

Sie klatschte in die Hände, wir warfen die Schnipsel in den Papierkorb und legten die ausgeschnittenen Sachen im Flur in unsere Fächer.

Thomas hatte sein Fach neben meinem, aber er musste nicht mit auf den Flur kommen, weil er mal wieder nicht fertig geworden war. Thomas ist eine alte Quasselstrippe, das hatte auch Frau Beibel gesagt, und damit hatte sie Recht.

»Jetzt geht's raus!«, sagte sie. »Die Jungs spielen Fußball, und die Mädchen spielen Handball, und dann werden wir nächste Woche rüberfahren und dem Klassenfeind mal so richtig zeigen, was eine Harke ist!«

Sie lachte und goss sich noch einen Schluck Rotwein in einen hellblauen Plastebecher ein. Sie trank ihn in einem Zug aus und sagte: »Nun aber los, Kinder! Üben, üben und nochmals üben!«

Das Wort *Klassenfeind* hatte ich zum ersten Mal gehört, und ich konnte mir überhaupt nicht vorstellen, was sie damit meinte. Dabei kannte ich alle Wörter, die die Erwachsenen so gebrauchten. Sie nahmen meist nur ganz einfache und ganz kurze.

Zu Hause wurden auch immer die gleichen gesagt, im Kindergarten auch, und nur Omi konnte einen manchmal noch überraschen, weil sie ein Flüchtling aus Polen war und noch polnische Worte kannte.

Die seien aber am Aussterben, hatte sie einmal gesagt. Wenn Wörter aussterben, dann ist das so wie Haare schneiden: Ein Zack und ein Zick, und schon ist der Mülleimer voll.

Wir gingen auf den Kindergartenhof, und ich fragte Frau Beibel: »Was ist ein Klassenfeind?«

»Je nachdem«, sagte sie. »Entweder der Feind der Klasse oder der Feind in der Klasse.«

Sie grinste mich an und nippte am blauen Becher.

»Und was ist Klasse? Schulklasse?«, fragte ich.

»Ach, Junge, ich hab jetzt keinen Bock dazu«, sagte sie. »Geh, lauf lieber, spiel lieber, gewöhn dich an die Kommandos! Da haben wir alle mehr von dir!«

Ich lief los und stellte mich zu den anderen Jungs, die schon mit dem Aufteilen begonnen hatten.

Thomas und Mike wählten aus. Ich war gerade mal bei ihnen angekommen, da sagte Mike schon: »Rolf, zu mir!«

Ich ging hin, stellte mich zu den anderen und sagte kurze Zeit später: »Ich muss vorne stehen! Sparwasser steht immer vorne!«

»Du bist aber nicht Sparwasser!«, sagte Thomas, der die andere Mannschaft anführte.

»Weißt du doch nicht! Mein Papa hat gestern das Tor geschossen, da kannst du noch so ein blöder Neidhammel sein«, sagte ich.

»Gut, Rolf geht vorne den Angriff machen«, sagte Mike, unser Kapitän.

Ich streckte Thomas die Zunge raus, und Thomas verdrehte die Augen und schlug sich an den Kopf.

Frau Beibel, die in einer Hand den blauen Plastebecher und in der anderen die Pfeife hatte, startete das Spiel.

Ich war kurz vor dem Tor und winkte Andreas, der den Ball hatte.

Andreas lief von der Mittellinie ein paar Meter, dann schoss er an den rechten vorderen Rand, und ich rannte los und bekam den Ball noch kurz vor der Seitenlinie. Ich stoppte ihn, drehte mich um und sah Thomas auf mich zulaufen. Ich schoss den Ball ein bisschen nach vorne, lief und wollte ihn Thomas zwischen die Beine durchschießen, aber der Blödkopf achtete gar nicht auf den Ball und drosch seinen linken Fuß gegen mein rechtes Knie.

»Ah!«, schrie ich und sah im Fallen Thomas über mir lachen.

»Du hast keinen Papa, und du heißt Altwasser!«, sagte er, drehte sich um und ging in den Strafraum.

Mir liefen die Tränen über die Wangen, aber ich stand auf und lachte, weil Frau Beibel Thomas am Ohr zog und er so richtig bescheuert grinste, vor Schmerz.

Wir bekamen einen Freistoß, und ich humpelte zum linken Torpfosten und postierte mich unauffällig.

Mike schoss den Freistoß direkt aufs Tor. Ronny, der Torhüter, ließ den Ball abprallen, und der Ball kullerte genau vor meinen linken Fuß.

Ich holte aus, und ehe die anderen da waren, hämmerte ich die Pille ins Tor.

»Sparwasser! Sparwasser!«, schrien die anderen aus meiner Mannschaft, und ich hob beide Hände.

»Sparwasser, Sparwasser, Sparwasser«, sie konnten sich gar nicht beruhigen.

Ich grinste und streckte Thomas noch mal die Zunge raus, und am Kindergartenzaun stand ein Mann, der genauso aussah wie der Mann, der neben meiner Mutter auf dem Hochzeitsbild stand.

Ich lief aber nicht zu ihm hin, sondern streckte der ganzen Welt die Zunge raus.

Frau Beibel lachte und rief mir zu: »Na, du wirst noch mal so ein richtiger Klassenfeind!«

Zwanzig Jahre später traf ich sie auf dem Bahnhofsvorplatz meiner Heimatstadt.

Ich war auf der Durchreise, weil ich in der Nähe eine Fabrik eröffnen sollte, und hätte Frau Beibel fast nicht erkannt.

Sie hockte vor der Mauer des Backsteingebäudes und trank aus einer Zweiliterflasche Rotwein. Vor ihr stand ein blauer Plastebecher, in den man Münzen werfen konnte.

Die Delegation aus dem Rathaus wartete auf mich, sie hatten schon die Blumensträuße hochgehoben und ein Lächeln aufgesetzt, doch ich ging zu Frau Beibel und hockte mich kurz zu ihr.

»Zum Klassenfeind hat's nicht gereicht, Frau Beibel«, sagte ich. »Aber intern bleibe ich in Opposition zu mir.«

Sie rülpste, während sie trank, so dass ihr Rotwein aus dem Mund lief.

»Herr Professor Doktor, wir müssen zum Rathausdinner«, sagte eine Frau, die sich vor uns hingestellt hatte.

Ich stand auf und nickte, und sie stellte sich als Wirtschaftssenatorin der Hansestadt vor.

»Das ist Frau Beibel«, sagte ich.

»Ach so«, sagte sie und lächelte immer noch.

»Geben Sie dieser Frau ein Dach über dem Kopf und eine Tagesration von zwei Flaschen Rotwein«, sagte ich. »Sie war der erste Mensch, der an mich geglaubt hat!«

»Aber wir können doch nicht – «

»Geben Sie dieser Frau eine Wohnung und Rotwein«, sagte ich. »Sonst bin ich hier schneller wieder weg, als ich gekommen bin.«

Ich lächelte sie charmant an, und die Wirtschaftssenatorin nickte: »Natürlich, das machen wir! Und Herr Professor Doktor: Wir machen das gerne!«

Den letzten Satz hat die Senatorin ganz sicher bereut, denn während dieses kurzen Aufenthaltes in meiner Heimatstadt, in der ich siebzehn Jahre nicht gewesen war, traf ich achthundertzwölf Menschen, die an mich geglaubt hatten und noch immer meinen Spitznamen kannten.

Und die anderen Menschen glauben bis heute, dass mein richtiger Name Altwasser sei.

Aber wer mich 1974 das 1:0 hatte schießen sehen, der verstand, warum es uns fünfzehn Jahre später so leicht gefallen ist, die marode Bundesrepublik in unser sozialistisches Heimatland einzugliedern und mit Polen, Russland und China die mächtigste Wirtschaftsunion der Welt zu gründen.

Augenblicklich arbeiten wir gerade an der friedlichen feindlichen Übernahme von Kanada, was ich Ihnen eigentlich gar nicht erzählen darf. Aber egal, wer kann uns daran schon hindern.

Ich erkenne Thomas sofort an seinem Gang.

Die maskierten Männer stürmen das Konferenzzimmer und schießen ziellos um sich.

Die Sicherheitskräfte werfen mich um. Neben mir liegt der skandinavische Präsident. Wir winken uns gelassen zu, und zwei Minuten später sind die Staatsfeinde ausgeschaltet.

Thomas liegt schwer verwundet auf dem Boden.

Ich beuge mich zu ihm, ziehe ihm die Maske ab und frage ihn, wie ich heiße.

Er will lachen, doch er bebt nur, und Wellen von Blut schießen ihm aus dem Mund.

»Ich heiße Altwasser«, sage ich und lache. »Aber sag es keinem! Die Aktion Sparwasser war nur dazu da, dem Klassenfeind ideologisch das Genick zu brechen. Sparwasser war unser erster ferngesteuerter Zwischenweltroboter.«

»Du bist verrückt«, bringt er noch hervor, aber das interessiert mich schon gar nicht mehr. Ich stehe auf und sehe zu ihm herunter, bis seine Seele ihre Ruhe hat.

»Herr Sowieso«, sage ich zum Skandinavier. »Ich möchte Ihnen gerne von dem Tag erzählen, an dem mir klar wurde, dass die Welt auf mich wartete. Das war –«

»Ach, das ist mir eigentlich ziemlich egal«, sagt der skandinavische Präsident, und ich bin ein wenig brüskiert.

»Lassen Sie uns jetzt alles fix unterschreiben, und dann erzähle ich mal, was man im Norden so alles macht, wenn der Tag lang ist«, sagt er und lacht. »Und die Nacht ist bei uns lang.«

Ich nicke, gehe zum Schreibtisch und erledige die Staatsverträge.

Während ich allein zum Hotel zurückgehe und über den Skandinavier nachdenke, der sich zu nichts nötigen lässt, sehe ich ein paar Jungs mit einem Ball auf der Straße spielen.

»Kennt ihr Sparwasser?«, frage ich.

»Wir dürfen nicht mit fremden Männern reden«, sagt einer der Jungs.

»Dann tut es auch nicht«, sage ich. »Ich will nur wissen, ob ihr Sparwasser kennt.«

»Kennen wir nicht, wohnt der hier irgendwo?«

»Keine Ahnung«, sage ich. »Es ist nur manchmal so, dass ich mir gut vorstellen kann, ich sei der Präsident der Welt, und dieser Präsident heißt Sparwasser.«

»Nee, der Präsident der Welt heißt Superman«, sagt einer der Jungs.

Und während er das sagt, halte ich meinen linken Fuß hin, der Ball prallt an ihm ab, ich laufe ihm hinterher und schieße ihn mit dem rechten in Richtung Tor. Der Junge, der zwischen den Pfosten steht, will ihn noch abfangen, aber kurz vor seinen Händen bekommt der Ball einen eleganten Drive und landet im Netz.

Erstaunt sehen die Jungs mich an und bilden einen Kreis um mich. Meine Leibwächter drängen sie von mir weg.

»Mister Sparwasser«, rufen die Jungs. Augenblicklich bekomme ich eine Gänsehaut. »Geben Sie uns ein Autogramm? Bringen Sie uns das bei?«

Ich nicke und schreibe auf die Blöcke, die mir der Chefleibwächter hinhält, minutenlang den Namen des Fußballspielers, als wäre es mein eigener.

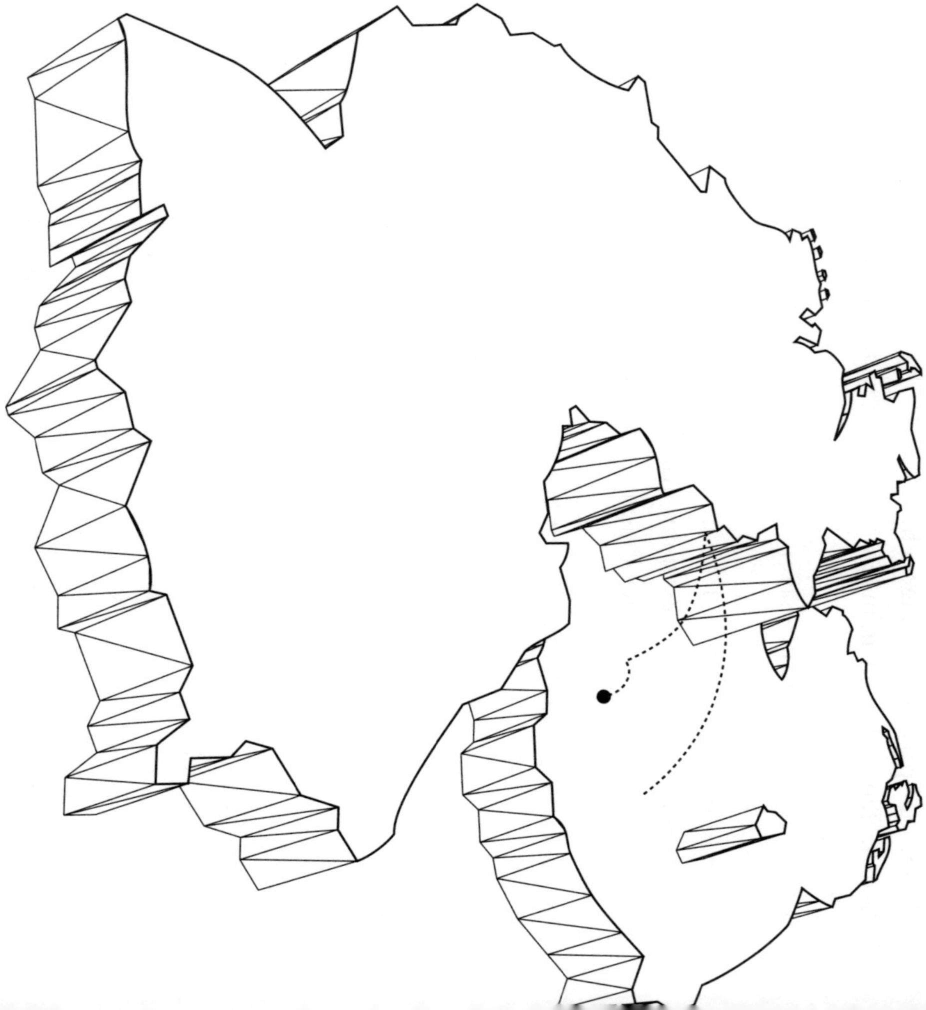

Thomas Brussig

10

Leben bis Männer

Was Sieg oder Niederlage psychologisch im Volk anrichten, kann man gar nicht überschätzen. Nehmen wir das Sparwasser-Tor. Sparwasser hat viele Tore gemacht, aber nur eins wurde das Sparwasser-Tor. Vierundsiebzig bei der WM hat er gegen den Westen das Einsnull für die DDR gemacht. War eine Riesen-Sensation. Hat ja damals keiner mit gerechnet, dass die DDR den Westen schlägt. Zuallerletzt die DDR selber. Heinz-Florian Oertel hat nicht mal von der BRD-Nationalmannschaft sprechen dürfen, sondern nur von der DFB-Auswahl. Damit die DDR nicht gegen die BRD verliert, sondern nur gegen den DFB. Nach dem Spiel traute sich Oertel zu sagen, dass die DDR die BRD besiegt hat. Erst der Sieg der DDR hat den DFB zur BRD gemacht! Aber das nur am Rande. Sparwasser spielte beim 1. FC Magdeburg, war aus unserer Gegend hier, aus Halberstadt. Im Nachwuchsbereich wurde ich sicher auch mal gegen ihn aufgestellt. So groß ist die Welt ja nun auch nicht, und wir sind derselbe Jahrgang, der Jürgen und ich. Und bevor er weltberühmt geworden ist, haben wir garantiert mal gegeneinander gespielt. Für die Kinder von Tatkraft Börde war ich damit ein Halbgott. Denn Sparwasser war Gott. Wir sind damals überrannt worden von Kindern, die Sparwasser werden wollten. SparwasserSparwasserSparwasser. Was das Sparwasser-Tor allein im Nachwuchsbereich auslöste – da ist ein Urknall ein Scheißdreck dagegen. Und ich habe mir gesagt: Das machste psychologisch, die Begeisterung musst du nutzen, die Sache musst du am Kochen lassen. Mit der Mannschaft wächst du mit, da bleibst du dran, kennst die Vorgeschichte, die Entwicklung – das sind von jetzt an deine Jungs. Das war der beste Moment, um als Trainer anzufangen. Sparwassers erster Trainer war ja der eigene Vater. Aber wenn du plötzlich deinen eigenen Sohn nicht mehr trainieren darfst, dann musst du eben für die übrigen Spieler wie ein Vater sein. Heiko hin oder her – die anderen konnten sich das auch verdienen.

Er blickt zum Himmel.

Das zieht sich zusammen, genau über uns. Das bleibt hier stehen und kommt dann runter. Die Natur, die zieht ihr Ding durch, wie sie will. Das ist eine Macht, dagegen bist du gar nichts. Wissen Sie, worüber ich jedes Mal staune? Wenn hier im Winter alles unter Schnee liegt, und es beginnt zu tauen, und alles fängt wieder von vorn an. Ja, über so was staune ich. Die Natur, die kann das. Immer wieder alles enden lassen, und immer wieder alles anfangen. Als wäre nichts geschehen.

Nachher, die neue Mannschaft, erstes Training. Mit der alten Mannschaft habe ich vierundsiebzig angefangen. Vierundsiebzig wurde endlich wieder richtig in die Offensive gegangen, nachdem ja über Jahrzehnte hinweg keine Tore geschossen wurden. Besonders der Italiener war berüchtigt für seine strikte Weigerung, Tore zu schießen. Spielte gnadenlos seinen Einsnull-Fußball: Hinten machen wir dicht, und vorne hilft uns der liebe Gott. Vom Zeitschinden gar nicht zu reden. Der Aufschwung in der italienischen Schauspielkunst damals – Gina Lollolollo oder Claudia Cardinale –, der griff auch auf die Fußballplätze über. Der gefoulte Italiener litt zum Steinerweichen, wenn er in Führung lag. Aber 1974 bei der WM drüben stellt sich ausgerechnet der Holländer hin und erklärt den totalen Fußball. Das muss man sich mal vorstellen! Der Holländer hatte sich fünfundvierzig ja nicht selbst befreit und war demzufolge vom Erfolg der deutschen Methoden ungebrochen überzeugt. Für den Holländer hatte Deutschland den Krieg ja nicht verloren – vielleicht hat ers deshalb genau wie der Deutsche versucht. Totaler Fußball bedeutet, dass jeder an die Front muss – und die ist überall. Verteidiger stürmten, und Stürmer verteidigten. Und alles wurde niedergemacht, Argentinien, Brasilien, die Sparwasser-Elf. Ein Turnier wie ein Feldzug. Nirgends ernsthafter Widerstand. Im Finale lag der Holländer schon nach einer Minute vorn. Aber totaler Fußball bis zum Endsieg – das ging nicht mehr nach achtundsechzig, das kam gar nicht gut an bei den langhaarigen Spielern von drüben. Da musste der Westen ja gewinnen! Wollten doch zeigen, dass sie was gelernt hatten aus der Vergangenheit!

Mit den Lehren aus der Geschichte, damit hamses. Diese Richterin da von dem so genannten Mauerschützenprozess, das war garantiert auch so eine. Aber ich will Sie mal was fragen: Kennen Sie Pinoschett oder Pinoché oder wie der heißt, der aus Chile? Nee, war gar nicht fein, was der angestellt hat. Aber als es vorbei war, hieß es: Schwamm drüber. Ja? Schwamm drüber. Die Toten machst nicht mehr lebendig, und außerdem ist er n alter Mann. Die Chilenen, ein uraltes Volk, jahrtausendealte Tradition, Mayas, Inkas, Azteken – alles. Hats schon zig Ausstellungen drüber gegeben. Die werden schon wissen, warum diese Schwamm-drüber-Nummer. Das sind die Lehren aus der Geschichte, Frau Richterin. Ob es Ihnen nun passt oder nicht! Und der Heiko fing wegen Sparwasser mit Fußball an, und nicht, weil der Westen Weltmeister wurde. So siehts doch aus!

Mit ner Frau als Richter haben Sie nichts zu lachen. Bei meiner Scheidung bin ich mir vorgekommen wie ein asoziales Element. Fragt mich die Richterin, ob mir Fußball wichtiger ist als meine Frau. Ein Mann hätte erst mal gefragt: Ist es denn so schlimm, dass sich Ihr Mann für Fußball interessiert? Aber wenn es nur darum geht, über unsern Fußball zu Gericht zu sitzen, dann können Sie sich ja denken, was ich von der Emanzipation halte.

Also musste ich sagen, ob mir Fußball wichtiger ist als meine Frau. Ich hab gesagt: Ja. Ich konnte nicht anders. Und wenn meine Frau hundertmal sagt, dass sie mich liebt. Fußball ist mir einfach wichtiger als alles. Dafür hab ich mich gefühlt wie ein asoziales Element. Ich weiß wirklich nicht, wie man Zeit mit Familie verbringt. Spazieren? Oder reden? Das ist doch nur Zeittotschlagen, nur Getue. Das lässt sich überhaupt nicht mit Fußball vergleichen. Fußball ist einmalig. Es ist bescheuert, aber es ist so.

Und besonders bescheuert war es mit der DDR. Ich hatte es ja mit der DDR, und das war mein Unglück. Vierundsiebzig waren unsre bei der WM dabei und haben den Westen geschlagen, und das Fernsehen hat Bilder von DDR-Fans gezeigt, DDR-Fans im Hamburger Volksparkstadion! Bin ich am nächsten Tag zu meinem Parteinik und hab gesagt: Ich bin Fußballtrainer, und ich will auch als Fan zu ner WM. Da hat der mich angeguckt und gesagt: Die waren bestimmt alle in der Partei. Sag ich: Wenns weiter nichts ist – und schon wars passiert. Hatt ich dann auch das Bonbon am Revers und jeden Montag Versammlung. Aber nach nem Jahr kommt der Parteinik zu mir, legt mir die Hand auf die Schulter und sagt: Genosse, bei der nächsten Welt- oder Europameisterschaftsendrunde mit DDR-Beteiligung bist du dabei. Parteiversprechen auf Ehrenwort. Im Klartext: Ich war auserwählt! Eine Weltreise für einen einfachen Arbeiter und kleinen Fußballtrainer! Die Parteiniks hatten wirklich Macht. Ich geb Ihnen mal ein Beispiel: Als der 1. FC Magdeburg Europapokalsieger wurde, sagte auf irgendnem Empfang der Trainer von denen, Heinz Krügel, über den Parteinik vom Bezirk

Magdeburg: Den kennt niemand, aber mich kennt ganz Europa. War Krügel sofort weg vom Fenster. Hat nie wieder als Trainer gearbeitet. Die hatten wirklich Macht. Und wenn die sagen, ich darf, dann darf ich auch. Die DDR musste sich nur qualifizieren, den Gefallen musste sie mir tun. Aber sie schafften es nicht. Nicht 1976 nach Jugoslawien, nicht achtundsiebzig nach Argentinien, nicht achtzig nach Italien, nicht zweiundachtzig nach Spanien, nicht vierundachtzig nach Frankreich, nicht sechsundachtzig nach Mexiko, nicht achtundachtzig in den Westen – und neunundachtzig fiel die Mauer. Ich sage Ihnen, ich hatte viel Zeit, diese Mannschaft hassen zu lernen. Ich hätte nach Argentinien fliegen dürfen oder nach Mexiko, wenn … In allen anderen Sportarten waren sie doch gut, unsere Sportler, Schwimmen, Leichtathletik, Rudern, Katarina Witt – ging immer an unsre. Aber beim Fußball sind sie in der Qualifikation rausgeflogen. Ob die wussten, was die mir damit antun? Mexiko, Italien, Frankreich – ich bin in die Partei eingetreten dafür, ich hab mich sogar zu nem Parteitag schicken lassen –, und dann, im entscheidenden Spiel gegen Österreich, ein Sieg musste her, dreizehn Minuten vor Schluss, es steht einseins, die Flanke von Löwe, und Riediger, frei vorm leeren Tor – Koncilia geschlagen, Pezzey geschlagen –, nickt das Ding an den Pfosten! Jeden Fehlpass der DDR habe ich persönlich genommen. Ich konnte doch nicht raus! *Die* hatten ja ihre Freundschaftsspiele in Brasilien und überall, und die mussten dafür nicht in die Partei eintreten oder auf Parteitagen rumsitzen.

Und nach achtundachtzig war alles egal. Neunzig hatten es unsre wieder nicht geschafft. Der Westen wurde Weltmeister. Mit Beckenbauer als Trainer. Meint der nach der WM, dass die Deutschen, verstärkt mit den Spielern aus dem Osten, auf Jahre unschlagbar wären. Der ahnte ja nicht, wen er sich da einhandelt, mit unseren notorischen Qualifikationsversagern.

Im Sommer neunundachtzig sind vier von meinen Spielern über Ungarn weg. Sparwasser ist schon Anfang achtundachtzig drüben geblieben. Altherrenmannschaft vom 1. FC Magdeburg, Saarlandreise. Das war ne andere Zeit plötzlich. Sparwasser hatte ja vierundsiebzig ein Angebot von Bayern München. Er ist hier geblieben. Und jetzt?

Am schlimmsten wars, als die Mauer gefallen war. Da stellte sich die Sinnfrage. Bloß, weil neue Zeiten über uns hereinbrechen, darf man doch nicht gleich alles aufgeben! So eine Mannschaft wie uns, so was gibts doch heute gar nicht mehr in der modernen Welt, wo alles nur drunter und drüber geht, mit Börse, Internet, den Genen, doppelter Staatsbürgerschaft, den ganzen Politikern, den Banken, den Multis, Joint Ventures, und, und, und. Ich habe immer wieder meinen Jungs gesagt, dass wir nicht nur Fußball spielen. Wir trotzen den Zeiten, die immer gegen uns waren, immer. Wir sind eine Mannschaft, wo jeder seinen Platz kennt, wo alle an einem Strang zu ziehen haben, wo Geschlossenheit und Disziplin herrschen. Wir brauchen keine individualistischen Einlagen von einem vermeintlichen Genie, wie es ihm passt. Wenn jeder nur macht, was er will, muss er nicht in ne Mannschaft. Da soll er Tennis spielen, Boris Becker, da kann er machen, wozu er Lust hat. Und gerade in der heutigen Zeit, wo jeder nur individuell-kreativ sein will, muss man lernen, sich unterzuordnen. So wie der Heiko. Der wollte nie für sich glänzen, mit dem gabs nie Probleme. Aber mit den andern. Und damals besonders. Plötzlich war alles andere wichtig, nur die Mannschaft nicht. Die machten ihre Kurse in Bayern als Versicherungsvertreter oder machten einen auf Gebietsleiter Ferrero und waren nur noch unterwegs. Ich konnt froh sein, wenn ich am Sonntagnachmittag elf Mann aufstellen konnte. Aber wozu klagen – andern gings auch nicht besser. Zweiundneunzig musste sogar der dänische Nationaltrainer seinen Spielern in den Urlaub hinterhertelefonieren. *Imitiert den dänischen Trainer* ... Ja, Sören ... Möchtest du vielleicht mitspielen, bei Europameisterschaft ... Übermorgen ... Wir von Dänemark sollen einspringen, für Jugoslawien ... Dürfen nicht, wegen Krieg, nein, dürfen nicht, ist Krieg in Jugoslawien, hat UEFA gesagt ...

Der kriegte seine Mannschaft zusammen und wurde Europameister. Schlug im Finale den Westen mit zweinull. Gut, Sammer war dabei, aber im Grunde wars der Westen. Da machte Fußballgucken wieder Spaß! Der hat mir imponiert, der dänische Trainer. Wusste doch, wies ist, die Mannschaft zusammenzukriegen. Ist nicht leicht. Sogar wenn ich sie zusammenhatte, fielen Spiele aus. Weil auch die anderen – ja? Oder – manchmal fielen Spiele aus, weil es keine Schiedsrichter mehr gab. Du kannst ja nicht ohne Schiedsrichter spielen, aber die Schiedsrichter machten auch alle einen auf ... Einer war plötzlich Lokalreporter! Der hat sich für ein Schweinegeld ne Videokamera gekauft und hat gefilmt, fürs Fernsehen. Zum Beispiel, wenns wieder Ärger gab mit den Ausländern, dann hat der das gefilmt. Das Spiel, das der zu pfeifen hatte, war ihm egal. Und das war oft! Samstagabend war immer Disco, die jungen Leute, die vor Kraft nicht laufen können, saufen sich einen an – vertragen ja auch nix! –, und dann war der Ärger programmiert. Samstagnacht bekamen die Ausländer die Jacke voll, und Sonntag, wenn wir spielen wollten, war der noch beim Filmen. Na, kann ich ja auch irgendwie verstehen. Wenn du ne Kamera abstottern musst – als Schiri kommt ja nichts rum.

Ich habs mit nem Sportgeschäft versucht. Die Aktien von Adidas, Puma, Reebok *sprich: Rehbock* gingen nur nach oben. Dachte, ein Sportgeschäft ist eine gute Idee. Aber an vorderster Front habe ich lernen müssen, wie die Wirklichkeit aussieht. Rollschuhe sollt ich verkaufen, Rollschuhe und Skateboards, bei den Straßen! Oder so Glitzerhosen, als ob ich die Schwulenfiliale von Beate Uhse wäre. Und immer hab ich was von Fun *sprich: Fuhn* gelesen. Ist englisch. Soll Spaß heißen. Seit wann hat Sport denn was mit Spaß zu tun? Sport ist Schwitzen, und aus. Aber das Schlimmste war der Computer. Das Ding funktionierte praktisch nie. Hatte zu kämpfen bis zur Pleite. Stress pur! Wieder zehne druff. Die Kunden für so n Sportgeschäft, also die tüchtigen Jungen, sind alle weg und haben im Westen Arbeit gesucht. Und von Baseballschlägern allein kannste auf Dauer auch nicht überleben.

Soll ich Ihnen sagen, wie Sie sich fühlen, wenn Sie keine Arbeit mehr haben? Sie fühlen sich wie n Ball, aus dem die Luft raus ist. Solange sie Arbeit haben, haben Sie ne innere Spannung, da rollen Sie, da springen Sie, da laufen Sie – da kommen Sie kaum zur Ruhe. Aber wenn Sie keine Arbeit mehr haben – da ist die Spannung, die innere, die ist weg. Da fühlen Sie sich schlaff und leer. Sie bleiben liegen wie ein Ball, in dem keine Luft mehr ist. Damit will doch keiner spielen, da tritt man doch höchstens mal dagegen. Und das entgeht Ihnen nicht. Alles, was Sie machen wollten, wenn Sie erst Zeit haben – das können Sie nicht. Sie können sich einfach nicht aufraffen. Es gibt keinen Rhythmus, keinen Antrieb, und alles, was Sie früher nebenbei gemacht haben, ist plötzlich der Höhepunkt des Tages. Zum Briefkasten gehen. Tüte Milch kaufen. Nägel schneiden. Sie wünschen sich sogar – ich sags Ihnen, wies ist –, Sie wünschen sich sogar, krank zu werden, damit Sie etwas haben, womit Sie sich beschäftigen können. So siehts aus. Aber das dürfen Sie niemandem erzählen, weil Sie sonst als Jammerlappen dastehn. Und nach spätestens anderthalb Jahren fangen Sie auch an, auszusehen wie ein Ball, in dem keine Luft mehr ist. Keine Gedanken mehr drin. Gesicht wird leer und schlaff. Ich kanns einem Menschen ansehn, ob er Arbeit hat oder nicht.

Ich spiel immer Arbeitslose rauskriegen: Der ist. Der auch. In unserer Gegend gibts massig Material.

Die besten Fußballer sollen ja aus den Slums kommen. Wenn das stimmt, gibts in Deutschland bald tolle Spieler.

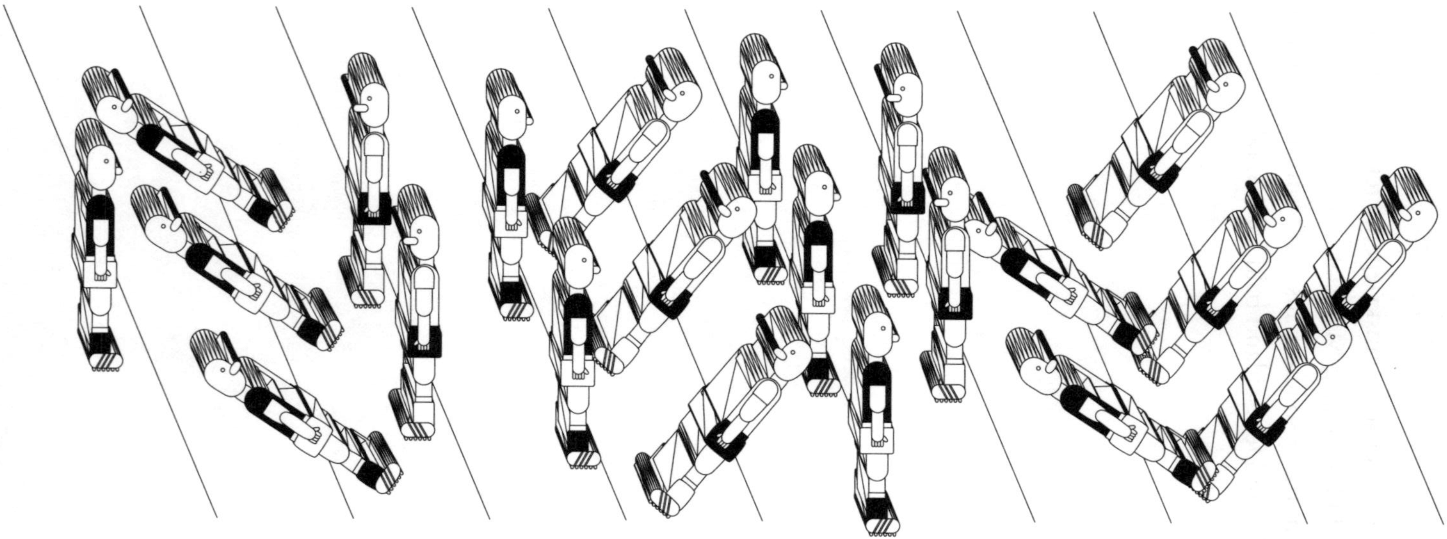

Karsten Krampitz

11 Nachspielzeit

Selten war sich die Springer-Presse so einig: Die »DDR«-Elf habe nicht den Hauch einer Chance gehabt. Die Überlegenheit der eigenen Mannschaft sei einfach zu deutlich gewesen. Mit dem 7:1 seien sie noch gut bedient gewesen, die »Russlanddeutschen« …

Zwickau zehn Jahre nach Spielende: An die verlorene WM von 1974 erinnert heute nichts mehr. Die Menschen haben vergessen. Das Leben ist weitergegangen, auch in der ostdeutschen Provinz. Zwickau ist immer noch die gleiche Stadt, irgendwo in Sachsen. Und doch ist sie nicht mehr dieselbe – seitdem die Fußballer im Felde besiegt wurden.

Ein kranker Mann geht durch die Straßen, schiebt sein Fahrrad langsamen Schrittes vorbei am städtischen Museum über den Platz der Völkerfreundschaft. Leute schauen ihm nach, zwei Frauen tuscheln. »Wer soll das sein?« – »Wenn ich's dir sage!« – »Der lebt noch?«

Leben kann man das nicht nennen: Jürgen C., die einstige Torwartlegende, ist nur noch ein Schatten seiner selbst, gedemütigt und gebrochen. Jahrelang hatte man nichts von ihm gehört. Man erzählte sich, Honecker habe ihn ins Trainingslager gesteckt. Seine Kameraden seien schon nach Monaten wieder freigekommen – nicht aber Jürgen C.

Der Erfolg kennt viele Väter, heißt es, der Misserfolg nur einen. Jeden Tag und bei jedem Wetter musste C. auf den Platz. Manchmal sogar am Wochenende. Doch es sollte keinen Weg zurück geben. Eine Zeit lang hoffte der ehemalige Nationalspieler noch auf eine neue Chance, schrieb Briefe an das Zentralkomitee: Er werde die Genossen nicht noch einmal enttäuschen. Eines Tages stand dann im *Neuen Deutschland*, er habe sich aus »gesundheitlichen Gründen« vom Leistungssport verabschiedet.

Jürgen C. lebt heute zurückgezogen von der Öffentlichkeit allein in einer Ein-Zimmer-Plattenbauwohnung, am Stadtrand von Zwickau. Seine Frau hat ihn verlassen – mit den Kindern. »Die Partei verzeiht«, hat sie gesagt, »ich nicht.«

C. fing an zu trinken. Einmal habe er im Suff in der Kneipe »Mehr Bier, Mann!« gerufen. Das gab Ärger. Um ein Haar hätte er seinen neuen Job als Jugendtrainer beim FC Sachsenring Zwickau verloren. Der Verein aber ließ ihn nicht fallen.

»Der FC ist wie eine Familie für mich«, sagt C. Hier sind seine Freunde, hier findet er Halt. Der Mann, der nicht gehalten hat, vierundsiebzig in Hamburg – sieben Mal!

Die Musiker von Karat widmeten ihm ein Lied.

»Über sieben Brücken musst du geh'n, / Sieben dunkle Jahre übersteh'n, / Sieben Mal wirst du die Asche sein ...« Die Zeit heilt alle Wunden.

Was aus ihm geworden wäre, hätte die DDR in jener denkwürdigen Begegnung den Sieg davongetragen?

»Ehrenbürger wäre ich geworden, hier in Zwickau«, sagt C. »Ach was, Bürgermeister!«

Man weiß es nicht. Die Bilder von damals ist er jedenfalls nie losgeworden. Wie Gespenster suchen sie ihn nachts heim.

»Oft wache ich auf, schweißgebadet, weil Gerd Müller vor meinem Tor steht!«

Eine solche Niederlage ist inzwischen undenkbar. Der X. Parteitag hat dafür die entscheidenden Maßnahmen eingeleitet: Eine wirkliche *Befriedigung* der Bedürfnisse aller Werktätigen könne es nicht geben – ohne Genugtuung. Die Delegierten beschlossen daher einstimmig, nahezu die gesamte Sportförderung des Landes auf die planmäßige Entwicklung und den Ausbau der Fußball-Oberliga auszurichten. Keine Leichtathletik mehr, kein Bobfahren, kein Eiskunstlaufen.

An den Werkstoren, auf der Straße, überall sieht man seitdem Transparente hängen: »So wie wir heute arbeiten, werden wir morgen spielen!« Oder: »Vorwärts zur nächsten WM!«

Zum 1. Mai marschieren die Fußballer jetzt immer in vorderster Reihe. Unter der Losung »Wir kicken für den Frieden!« bekunden sie ihre Verbundenheit zur Partei- und Staatsführung. Im Wehrkundeunterricht spielen die Schüler nur noch Fußball. Bauarbeiter der ganzen Republik legen Sonderschichten ein. Die neuen Hotels und Stadien müssen rechtzeitig fertig gestellt werden. Das ganze Land steckt im Fußballrausch. Beim nächsten Mal wird alles anders! – Das kommende WM-Finale wird in Dresden ausgetragen.

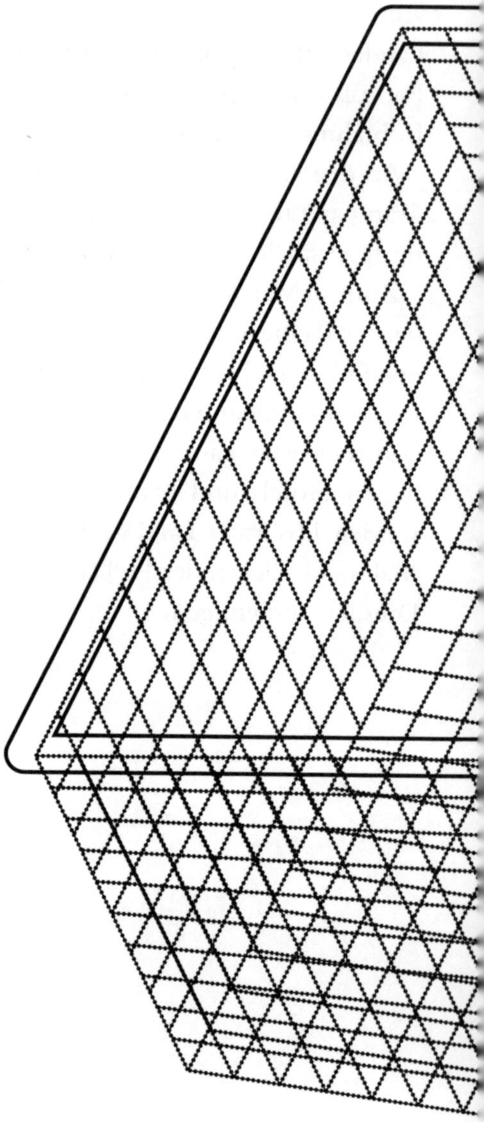

Für
Sönke

Herzlichen Glückwunsch!

Rhauderfehn
28.11.19

books

kookbooks • Reihe *Prosa* • herausgegeben von Daniela Seel • Band 2

Jan Brandt (Hg.) Doppelpass

Geschichten aus dem geteilten Fußballdeutschland

Es spielen für die BRD Henning Ahrens, Ralf Bönt,
Jan Böttcher, Gerhard Henschel, Tobias Hülswitt,
Georg Klein, Tobias O. Meißner, Rainer Merkel,
Georg M. Oswald, Jochen Schimmang, David Wagner

Alle Beiträge zu diesem Band sind Originalbeiträge. Allein Thomas Brussigs »Leben bis Männer« erschien bereits im S. Fischer Verlag, Frankfurt am Main 2001, Gerhard Henschels »Leergefegt« ist ein Auszug aus seinem »Kindheitsroman«, Hoffmann & Campe Verlag, Hamburg 2004, und Erich Loests »Rotes Elfenbein« ist ein Kapitel aus dem gleichnamigen Roman, der erstmals unter dem Pseudonym Hans Walldorf 1975 im Mitteldeutschen Verlag, Halle, veröffentlicht wurde. Das Zitat von Donald Barthelme, das Tom Schulz' Text »Der Sozialismus vor dem Siegeszug« voransteht, ist der Erzählung »Der Kapitalismus auf dem Siegeszug« entnommen, die 1986 in dem Band »Am Boden zerstört« bei Klett-Cotta, Stuttgart, erschien. Und die ebenfalls bei Schulz aufgeführte »Erklärung einiger Begriffe« stammt aus dem Buch »Fußball-Weltmeisterschaft 1974 – Rückblick und Vorschau«, Bloch Industry Advertising, Grünwald 1973. Die O-Töne von Heribert Faßbender und Heinz-Florian Oertel am Anfang und Ende von Jochen Schimmangs Interview »Das Dritte Auge« sind aus dem Buch »90 Minuten Klassenkampf« von Thomas Blees, Fischer-Taschenbuch-Verlag, Frankfurt am Main 1999.

1. Auflage 2004

Gestaltung: Andreas Töpfer, Berlin DDR
Gesetzt aus der Bembo & der Kookone
Druck & Bindung: Steinmeier, Nördlingen BRD
Printed in Germany
ISBN 3-937445-09-9

BRD

gaststuben in der provinz

hinter dem tresen gegenüber der tür
das eingerahmte foto der fußballmannschaft:
lächelnde helden, die sich die rostenden nägel
im rücken ihrer trikots nicht anmerken lassen.

Jan Wagner

Vorbericht

Vor dreißig Jahren, am 22. Juni 1974, kam es im Hamburger Volksparkstadion in der Vorrunde der ersten auf deutschem Boden ausgetragenen Fußballweltmeisterschaft zum Länderspiel BRD – DDR. In der siebzigsten Minute wurde der heute vor allem als Fußballexperte bekannte Günter Netzer eingewechselt, sein erster und einziger Einsatz bei einer WM. Aber nicht er, der junge Wilde mit der langen Mähne, der Popstar unter den Fußballern, »der Rebell am Ball« (Helmut Böttiger), wurde zum Held dieser geschichtsträchtigen Begegnung, sondern sein ostdeutscher Kollege vom 1. FC Magdeburg, Jürgen Sparwasser.

Um 21:03 Uhr, in der achtundsiebzigsten Minute, machte der spätere Zwickauer Bürgermeister Jürgen Croy, damals Torwart der Betriebssportgemeinschaft Sachsenring Zwickau, einen weiten Abstoß, Erich Hamann, Hauptmann der Nationalen Volksarmee und gerade eingewechselter Mittelfeldspieler vom FC Vorwärts Frankfurt/Oder, flankte auf Jürgen Sparwasser, der den Spielzug zum 0:1 vollendete. Seitdem ist das Sparwasser-Tor Teil unseres kollektiven Gedächtnisses[1]. In der Begegnung zwischen der BRD- und der DDR-Auswahl verdichtet sich ein Stück deutsch-deutscher Geschichte: Für die einen war es ein Duell, bei dem »Deutschland gegen die DDR« spielte, und für die anderen waren es »90 Minuten Klassenkampf«[2].

Elf westdeutsche und elf ostdeutsche Autoren erzählen Geschichten über ein Spiel, bei dem sich zum ersten und einzigen Mal zwei deutsche Nationalmannschaften gegenüberstanden. Sie erzählen vom Hochmut und Fall westdeutschen Größenwahns, vom Sieg ostdeutschen Teamgeistes,

von der achtundsiebzigsten Minute, in der das berühmte Sparwasser-Tor fiel, und den Veränderungen, die dieses Ereignis bei Zuschauern und Spielern ausgelöst hat. Es handelt sich bei den Geschichten nicht nur um Erlebnisberichte, sondern auch und vor allem um Fiktionen, autobiografisch inspirierte und erfundene Erzählungen, die ihren Ursprung in den frühen Siebzigerjahren haben und in einer Zeit des kulturellen und politischen Umbruchs angesiedelt sind.

Die Siebzigerjahre – zwischen Euphorie und Ernüchterung

Auf der einen Seite sorgte Bundeskanzler Willy Brandt mit seiner Ostpolitik für eine langsame Annäherung an die Staaten hinter dem »Eisernen Vorhang«, auf der anderen Seite versprach der neue SED-Chef Erich Honecker, der Mann mit der heiseren Fistelstimme, eine Zeit lang so etwas wie begrenzte Freiheit: In Ostberlin wurde eine »Ständige Vertretung der BRD« eröffnet, DDR-Bürger durften in Intershops einkaufen und Beatmusik hören, und man ließ imperialistische »Nietenhosen« importieren – Jeans, die, wie man spätestens seit Ulrich Plenzdorfs Theaterstück »Die neuen Leiden des jungen W.« wusste, »eine Einstellung und keine Hose« waren. Westfernsehen, unter Ulbricht noch mit Gefängnisstrafen belegt, enttabuisierte Honecker mit der beiläufigen Bemerkung, das könne man »bei uns jederzeit nach Belieben ein- und ausschalten«. Das Autokennzeichen »D« wurde durch »DDR«, die »Mark der deutschen Notenbank« auf Geldscheinen durch »Mark der DDR« und »Made in Germany« durch das Warenzeichen »Hergestellt in der DDR« ersetzt – all das zeugte vom Selbstbewusstsein eines sozialistischen Staates, der aber vor allem sportlich weltweite Anerkennung genoss.

Im VEB Sachsenring Automobilwerke Zwickau lief der eine millionste Trabant vom Band, und in Wolfsburg wurde der Käfer, das bis dahin erfolgreichste Auto der Welt, gegen ein neues, generationsprägendes Modell, den Golf, ausgetauscht. Das Cerankochfeld, Birkenstock-Sandalen, Ritter-

Sport-Schokolade und Playmobil-Figuren kamen im Westen auf den Markt. Im Fernsehen wetterte Heinz Schubert als Alfred Tetzlaff gegen »Sozis« und den »Besuch aus der Ostzone«, die *Sesamstraße* löste die *Rappelkiste* ab und *Derrick* den *Kommissar*. Im Kino sorgten Filme wie »Der Exorzist« und »Der weiße Hai« auf der einen Seite für Aufregung, auf der anderen »Die Legende von Paul und Paula«. Und in Eching bei München eröffnete die erste Filiale des schwedischen Möbelherstellers IKEA.

Gleichzeitig waren die frühen Siebzigerjahre überschattet vom Terror der »Baader-Meinhof-Gruppe«, von Straßenkämpfen zwischen Demonstranten und der Polizei, von nachrichtendienstlicher Überwachung auf beiden Seiten der Grenze, von der Geiselnahme israelischer Sportler bei den Olympischen Spielen in München, vom Militärputsch in Chile, dem anhaltenden Krieg in Vietnam, dem »Bloody Sunday« in Nordirland und Spannungen im Nahen Osten.

Der Krieg um die Golanhöhen, bei dem Ägypten und Syrien Israel angriffen als Vergeltung für den Sechstagekrieg, führte zu einer Drosselung der Ölexporte, von der vor allem die USA, die Niederlande und Westdeutschland betroffen waren. Mit Treibstoffrationierung und Fahrverboten versuchten die Regierungen Ende 1973 der inszenierten Energieknappheit Herr zu werden. Die Folge war die bis dahin größte Wirtschaftskrise der Nachkriegszeit. Eine Blitzumfrage des Instituts für Demoskopie in Allensbach ergab, dass die Deutschen »alles auf der Welt« fürchteten, hauptsächlich aber Inflation, »Kanzler-Schwäche«, politischen Terror und Rohstoffmangel.

Die Sorgen und Probleme der Menschen unterschieden sich offenbar wenig von heutigen Ängsten. *Spiegel*-Titel wie »Dritter Weltkrieg um Palästina«, »Bleibt die Marktwirtschaft?«, »Schulentlassen – arbeitslos?« oder »Steuer-Reform – Die große Illusion« könnten ebenso in den letzten Monaten erschienen sein.

Auch das transatlantische Verhältnis war gespannt damals. US-Präsident Nixon drohte ähnlich wie später sein Nachfolger George W. Bush den

Nato-Verbündeten damit, Truppen aus Westeuropa abzuziehen, falls sie weiterhin »auf Extratouren gehen« würden. Ein Staatssekretär im bundesrepublikanischen Außenministerium formulierte daraufhin etwas vorsichtiger als Hertha Däubler-Gmelin im Wahlkampf 2002, dass Nixon mit seiner Ankündigung innenpolitische Skandale vertuschen wolle: »Wozu der Präsident greift, um von Watergate abzulenken, das ist doch lebensgefährlich.« Tatsächlich geriet Nixon wegen der Affäre im Frühjahr 1974 zunehmend in die Kritik. Und sein Amtskollege Willy Brandt musste wenige Wochen vor Beginn der Weltmeisterschaft zurücktreten, nachdem sein persönlicher Referent Günter Guillaume als Spion des ostdeutschen Geheimdienstes enttarnt worden war.

Sportlich begeisterten in der Bundesliga die »Fohlen« von Borussia Mönchengladbach und die Spieler von Bayern München. Beide Teams machten zwischen 1969 und 1977 sämtliche Meisterschaften unter sich aus. Der Bundesligaskandal, in dessen Verlauf Spieler und Funktionäre von Vereinen wie Schalke 04, Arminia Bielefeld und Hertha BSC der Bestechlichkeit überführt wurden, schädigte für kurze Zeit das Ansehen des westdeutschen Fußballs.

1973 spielte zum ersten Mal eine Bundesligamannschaft mit Reklame auf den Trikots: Eintracht Braunschweig warb mit einem Hirschkopf für den Kräuterlikör Jägermeister. Günter Netzer, Franz Beckenbauer, Sepp Maier, Wolfgang Overath und Gerd »Bomber der Nation« Müller, der die Bälle meist im Liegen ins Tor »müllerte«, avancierten zu Popstars, die mit ihren Frauen vor teuren Autos oder Diskos posierten, als Kommentatoren für Zeitungen und Zeitschriften schrieben und in Filmen und Fernsehserien auftraten.

Im Osten liefen die Akteure des 1. FC Magdeburg um Jürgen Sparwasser zur Hochform auf: Magdeburg wurde 1974 zum zweiten Mal DDR-Meister und besiegte im Endspiel des Europapokals der Pokalsieger den AC Mailand mit 2:0.

Das ist der Erfahrungshorizont, vor dem die zweiundzwanzig Erzählungen spielen, das sind die Themen, mit denen sich die Figuren ausgesprochen oder unausgesprochen beschäftigen. Ihre Lebensläufe spiegeln die Zeit, die Ängste und Befürchtungen, die Zweifel und Hoffnungen, die Faszination des Fußballs und die Zerrissenheit eines geteilten Landes. Elf westdeutsche Autoren stehen elf ostdeutschen in dieser Anthologie gegenüber. Sie bilden zwei Teams, die aus ihrer Sicht das Sparwasser-Tor und dessen Folgen Revue passieren lassen.

Doppelpass und Doppelführung

Rückblickend lässt das Ergebnis des einzigen deutschen Ländervergleichs verschiedene Deutungen zu. Der Sieg der DDR-Mannschaft entpuppte sich für die »Ostzonen-Auswahl« (Helmut Schön) im weiteren Verlauf der WM als Nachteil. In der zweiten Runde mussten die Spieler um Trainer Georg Buschner in der Gruppe A gegen die Teams von Brasilien, Holland und Argentinien antreten und schieden nach zwei Niederlagen und einem Remis aus dem Wettbewerb aus. Die bundesdeutsche Nationalmannschaft dagegen hatte durch den zweiten Platz einen taktischen Vorteil, und nicht wenige Beobachter waren der Meinung, dass sie das Spiel gegen die DDR-Elf verlieren wollte, um es in der zweiten Finalrunde gegen Jugoslawien, Polen und Schweden leichter zu haben.

Trotzdem ergaben sich aus dem Prestigeduell personelle Konsequenzen. Bundestrainer Helmut Schön wurde der Spielführer als eine Art Betriebsratsvorsitzender der Mannschaft zur Seite gestellt, und immer, wenn Schön gegenüber Reportern fortan etwas sagte, fügte er hinzu: »Franz Beckenbauer ist auch der Meinung.« Nur an der Doppelpass-Strategie[3], die das westdeutsche Team zum Favoriten gemacht hatte, hielt Schön ungeachtet der Kritik an seinem Führungsstil fest: »Der Doppelpass ist das Hübscheste, was es im Fußball gibt, aber nun spielen auch unsre ihn kaum noch. Der Franz Beckenbauer meint auch, wir sollten das wieder häufiger machen.«

Fußball ist unser Leben

»Warum wir heute gewinnen«, titelte die *Bild*-Zeitung vor dem Spiel gegen die DDR, »So nicht, Herr Schön«, nach der Niederlage. Aber angesichts der kommenden Gegner zeigte man sich zuversichtlich: »Noch ist Deutschland nicht verloren«. Damit war im Axel-Springer-Haus freilich nur Westdeutschland und seine Nationalmannschaft gemeint. Die Fußballexperten der *Bild* waren der Ansicht, dass sich der Osten mit dem Sparwasser-Tor selbst ein Bein gestellt und dem Westen einen wohltuenden Schock versetzt hatte.

Während die Mannschaft der DDR ausgerechnet durch eine schlecht positionierte Mauer gegen Brasilien verlor und sich weder gegen Holland noch gegen Argentinien durchsetzen konnte, erlebten die Zuschauer in der Gruppe B eine verwandelte BRD-Elf. Jugoslawien und Schweden wurden ohne große Schwierigkeiten besiegt, nur am 3. Juli lieferte sich das Team von Schön und Beckenbauer im Waldstadion, in der so genannten »Wasserschlacht von Frankfurt«, bei strömendem Regen ein spannendes Duell mit Polen. Gerd Müller schoss in der sechsundsiebzigsten Minute das entscheidende Tor und brachte die Westdeutschen im wahrscheinlich feuchtesten WM-Spiel aller Zeiten ins Finale.

Dem »Wunder von Bern« sollte das »Wunder von München« folgen: der Sieg über den »totaal voetbal« der Niederländer im Endspiel am 7. Juli im Olympiastadion. Es scheint, als hätten sich Beckenbauer & Co. während der Begegnung an das Lied »Fußball ist unser Leben« erinnert, das Jack White mit ihnen aufgenommen hatte, an Tugenden wie Kampf, Aufopferung und Freundschaft:

Fußball ist unser Leben,
denn König Fußball regiert die Welt.
Wir kämpfen und geben alles,
bis dann ein Tor nach dem anderen fällt.

Ja, einer für alle, alle für einen,
wir halten fest zusammen.
Und ist der Sieg dann unser,
sind Freud' und Ehr' für uns alle bestellt.

Der Song schaffte es auf Platz siebenundzwanzig der westdeutschen Singlecharts[4], und die Mannschaft wurde zum zweiten Mal nach 1954 Weltmeister. Der Titelgewinn schwemmte eine Flut von Publikationen auf den Markt. Jeder glaubte, sich plötzlich zur wundersamen Wandlung des westdeutschen Teams äußern zu müssen. Spieler wie Franz Beckenbauer, Uli Hoeneß und Paul Breitner, die Trainer Udo Lattek und Hennes Weisweiler und die Kommentatoren und Moderatoren Ernst Huberty, Harry Valérien, Dieter Kürten und Heribert Faßbender veröffentlichten Bücher über den »großen Sieg«, als sei gerade nicht ein Fußballturnier, sondern ein Krieg gewonnen worden.

Sparwasser – ein Mann, ein Tor

Auch der ostdeutsche Fußball profitierte vom Sparwasser-Tor. Es stärkte – zumindest kurzzeitig – das Selbstbewusstsein der DDR-Nationalmannschaft. Das Team von Georg Buschner schaffte zwar nicht den Einzug ins Finale der WM, wurde aber 1976 Olympiasieger. Das Jahr markiert zugleich eine sportliche und politische Zäsur im Osten Deutschlands. Nach der Ausbürgerung des Regimekritikers Wolf Biermann glaubten viele Künstler, Sportler und Intellektuelle nicht mehr an eine Reform des Systems und wanderten in den Westen aus. Jürgen Sparwasser blieb am 10. Januar 1988, knapp zwei Jahre vor der Wende, bei einem Altherrenturnier in Saarbrücken.

Während Beckenbauer als Teamchef im Jahr der deutschen Einheit noch einmal Weltmeister werden sollte, war Sparwasser Co-Trainer von Karlheinz Feldkamp und trainierte gleichzeitig die Amateurmannschaft von Eintracht Frankfurt. Er ist eine tragische Figur, einer, der viele wichtige

Tore geschossen hat und doch eine Art One-Goal-Wonder geblieben ist, weil ihm der Ruhm für ein Spiel, für ein Tor ein Leben lang anhaften wird, wie er in einem Interview einmal bekannte: »In den Medien ist es immer völlig übertrieben dargestellt worden, dass ich als Held gefeiert worden wäre. Das ist alles Quatsch. Natürlich habe ich durch dieses Spiel eine gewaltige Popularität gewonnen. Auf meinem Sarg müsste nur stehen ›Hamburg 1974‹, dann wüsste jeder, wer in der Kiste liegt.«

Jan Brandt

[1] Elke Wittich (Hg.): Wo waren Sie, als das Sparwasser-Tor fiel?, Hamburg, Konkret Literaturverlag 1998.

[2] Thomas Blees: 90 Minuten Klassenkampf. Das Fußball-Länderspiel BRD – DDR am 22. Juni 1974, Frankfurt am Main, Fischer-Taschenbuch-Verlag 1999.

[3] In der offiziellen ostdeutschen Sport-Sprachregelung hieß der Doppelpass übrigens »Dublette«. Der Konter wurde »Schnelles Umkehrspiel« genannt, die Vorlage war eine »Ablage« und der Steilpass ein »Langpass«. Allein die Standardsituation hat den nach der Wende vollzogenen Wortwechsel überlebt.

[4] Im Osten sang Schlagerstar Frank Schöbel »Unser Herz wird mit euch sein. / Nein, ihr spielt nicht allein. / Ja, der Fußball ist rund wie die Welt. / Überall rollt der Ball, / und wenn einer zum anderen hält, / trifft der Ball, klarer Fall.«

1_ *Großes Spiel* Seite 19

Georg Klein, geboren 1953 in Augsburg, lebt mit seiner Familie in Dollart (Ostfriesland). Er schreibt Romane und Erzählungen, die 1999 mit dem Brüder-Grimm-Preis und 2000 mit dem Ingeborg-Bachmann-Preis ausgezeichnet wurden. Im Sommer 2004 erscheint der Roman »Die Sonne scheint uns«.

2_ *Leergefegt* Seite 25

Gerhard Henschel, geboren 1962 in Hannover, aufgewachsen in Koblenz und Meppen, lebt als freier Schriftsteller in Hamburg. Von 1975 bis 1978 spielte er in der C- und B-Jugend des SV Meppen. Er veröffentlichte die Sachbücher »Kulturgeschichte der Missverständnisse« (mit Brigitte Kronauer und Eckhard Henscheid 1997), »Jahrhundert der Obszönität« (mit Eckhard Henscheid 2000) und 2003 »Die wirrsten Grafiken der Welt«. 2002 erschien der Roman »Die Liebenden«, im Frühjahr 2004 der »Kindheitsroman«.

3_ *Löschkalk* Seite 33

Jan Böttcher, geboren 1973 in Lüneburg, lebt in Berlin. Von 1979 bis 1995 spielte er beim MTV Treubund Lüneburg, erst als Stürmer, seit der B-Jugend im zentralen Mittelfeld. Nach Ende seiner aktiven Laufbahn studierte er deutsche und skandinavische Literatur in Stockholm und Berlin. Seit 1997 singt und textet er für die Band Herr Nilsson. 2003 debütierte er als Autor mit der Erzählung »Lina oder: Das kalte Moor«, im Frühjahr 2004 erschien das Hörbuch »Der Krepierer«.

4_ *Kiew* Seite 53

Tobias Hülswitt, geboren 1973 in Hannover, aufgewachsen in der Südpfalz, lernte Steinmetz, studierte am Deutschen Literaturinstitut in Leipzig und lebt heute in Berlin. Von 1980 bis 1985 spielte er beim TTG Blankenborn. Er ist Gründungsmitglied des Kreuzberger Fußballvereins Rotation Selda. 1998 war er Preisträger des 6. open mike der literaturWERKstatt berlin. Sein erster Roman »Saga« erschien 2000, sein zweiter »Ich kann dir eine Wunde schminken« 2004. Mit der Erzählung »Fußballgott« schaffte er den Sprung in die von Hubert Winkels herausgegebene Anthologie »Beste Deutsche Erzähler 2003«.

5_ *Tor* Seite 65

Henning Ahrens, geboren 1964 in Peine. Er studierte Anglistik, Geschichte und Kunstgeschichte in Göttingen, London und Kiel. 1995 promovierte er mit einer Arbeit über die Lebensphilosophie John Cowper Powys. Für seine literarischen Arbeiten wurde er mit mehreren Preisen ausgezeichnet, u.a. mit dem Wolfgang-Weyrauch-Förderpreis und dem Hebbel-Preis. Er veröffentlichte bisher zwei Gedichtbände, »Lieblied was kommt« und »Stoppelbrand«, 2002 erschien sein erster Roman »Lauf Jäger Lauf«. Henning Ahrens lebt als freier Autor und Übersetzer in Handorf bei Hannover.

6_ *Die Trophäe* Seite 79

Rainer Merkel, geboren 1964 in Köln, lebt in Berlin. Er studierte Psychologie und Kunstgeschichte in Berlin. 2001 erschien sein Debütroman »Das Jahr der Wunder«, für den er den Jürgen-Ponto-Preis erhielt.

BRD

Das Dritte Auge *Seite 93* _7

Jochen Schimmang, geboren 1948 in Northeim, aufgewachsen in Leer (Ostfriesland). Er spielte von 1958 bis 1960 bei Germania Leer, wechselte in den frühen Siebzigerjahren zu einer krypto-kommunistischen Berliner Freizeitmannschaft und kickte in den Achtzigerjahren bei einer ideologisch nicht fixierten Truppe in Köln, bis eine Meniskusoperation 1988 seine aktive Karriere beendete. 1979 erschien der Roman »Der schöne Vogel Phönix«, es folgten zahlreiche Erzählbände und Romane. Zuletzt veröffentlichte er den Roman »Die Murnausche Lücke«. Jochen Schimmang lebt als Autor und Übersetzer in Leer.

Westdeutsche Niederlage *Seite 111* _8

David Wagner, geboren 1971 im Rheinland. Er studierte Literaturwissenschaft und Kunstgeschichte in Bonn, Paris und Berlin. 2000 erschien sein Roman »Meine nachtblaue Hose«, 2001 seine gesammelten Feuilletons »In Berlin« und 2002 der Erzählband »Was alles fehlt«. David Wagner lebt in Berlin. (www.was-alles-fehlt.de)

Heimspiel *Seite 119* _9

Georg M. Oswald, geboren 1963 in München, lebt dort als Schriftsteller und Rechtsanwalt. Als Schüler war er linker Verteidiger beim SC Wessling, mit 18 Stammspieler beim FC Bayern München – am 8. Brett in der A-Klassen-Mannschaft der Schachabteilung. Er veröffentlichte mehrere Romane, darunter 1997 »Lichtenbergs Fall«, 1998 »Party Boy«, 2000 »Alles was zählt« und 2003 »Im Himmel«.

Essen *Seite 129* _10

Ralf Bönt, geboren 1963 in Lich (Hessen), aufgewachsen in Bielefeld, lebt in Berlin. Von 1976 bis 1982 spielte er beim SV Ubbedissen 09. In der A-Jugend erzielte er ein legendäres Tor von links mit rechts zum 1:0 Endstand gegen TuS Einigkeit Hillegossen 05 und erhielt kurz darauf die rote Karte. Er machte eine Lehre als Kfz-Mechaniker und studierte Theoretische Physik. Für seinen Debütroman »Icks« bekam er 1999 das Stipendium des German Book Office New York zugesprochen. Sein zweiter Roman »Gold« erschien 2000 und wurde mit dem 3sat-Preis ausgezeichnet.

Die Tradition *Seite 139* _11

Tobias O. Meißner, geboren 1967 in Oberndorf am Neckar, aufgewachsen in Berlin. Er studierte Kommunikationswissenschaften und veröffentlichte zahlreiche Romane, darunter 1997 »Starfish Rules«, 1999 »HalbEngel«, 2002 »Hiobs Spiel« und in diesem Frühjahr »Das Paradies der Schwerter«. Tobias O. Meißner lebt in Berlin.

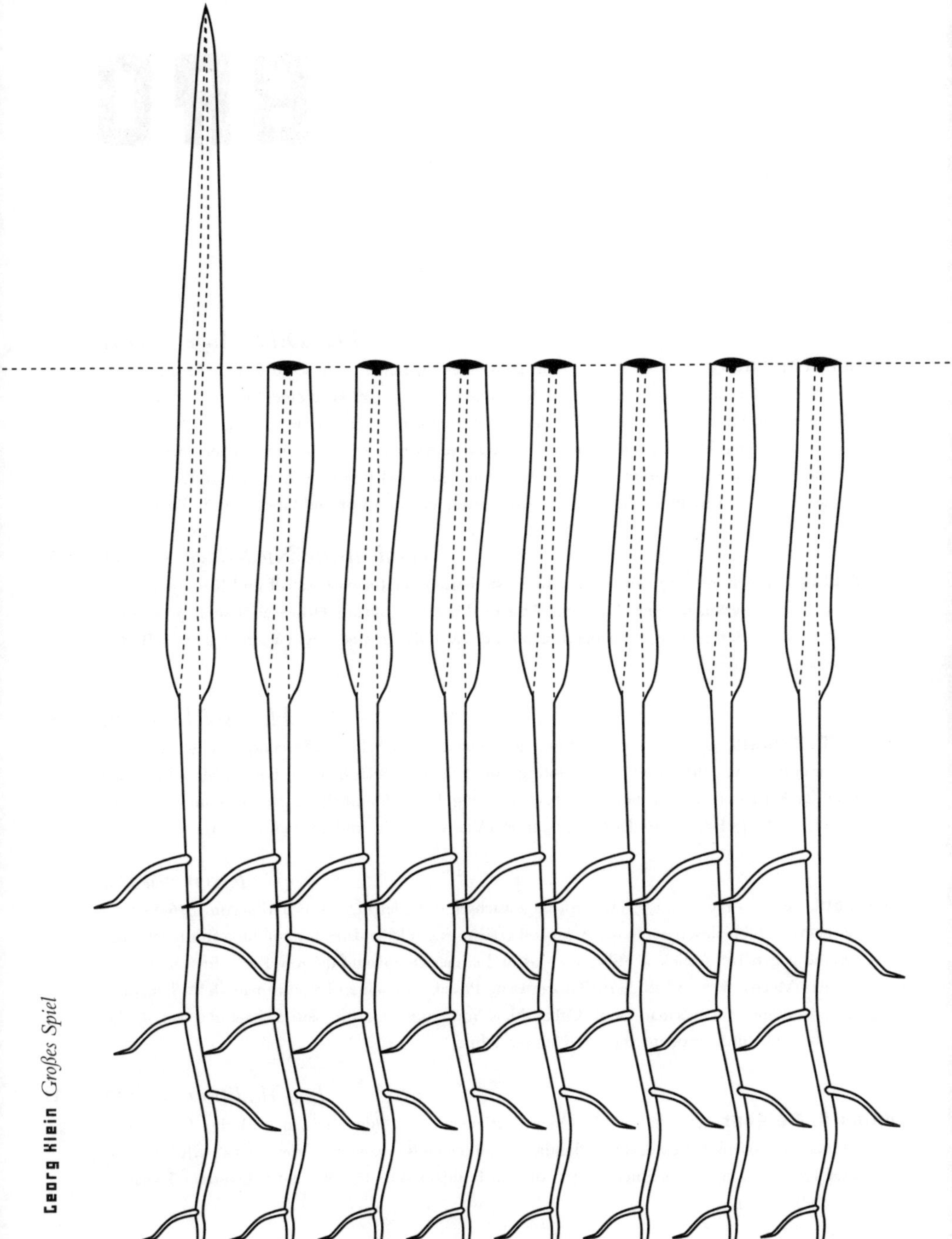

Georg Klein

Großes Spiel

1

Musst hingehen. Weiß Gott, zu Fußball muss man hingehen. Wegen dem Gras allein schon musst du hingehen. Weil du das Fußballgras gar nicht zu sehen kriegst im Fernsehen. Die Kameras sind von Geburt an blind fürs Gras. Stockblind fürs Fußballgrün des Spielfelds. Weiß Gott, weiß man, weißt du. Falls einer das nicht weiß, ist er selbst blind und taub und stumm fürs Gras und für den Fußball. Sitzt da als allerärmstes Schwein von Fan. Ist unser Fernsehfan. Ist Fernsehfan total.

Bleibt Fernsehfan ein Leben lang. Da sollte keiner drüber lachen. Musst aber auch nicht groß beweinen. Wäre zu viel der Ehre für das blinde Fernsehschwein. Ein Tröpfchen Mitleid reicht. Bisschen Barmherzigkeit, sofern Gelegenheit, für unseren Fernsehfan. Weiß ja nicht einmal, was ihm entgeht. Kann schreien, wie er will, auf seiner Fernguckcouch. Bleibt stumm. Kann schmeißen mit Chips, mit Fernbedienung auf Frau und Kind und Hund und Katz. Bleibt inoperabel blind fürs Fußballspiel. Ist taub. Er kennt das große Spiel nicht mal vom Hörensagen.

Musst also hingehen. Hundertmal hingehen, um schönes Spiel zu sehen. Tausendmal hingehen, bis großes Spiel aufgeht. Ist eine ungefähre Zahl. Mit Glück heißt sie neunhundertneunundneunzig. Und mit bisschen weniger vom selben Glück gehst du tausendundeinmal hin. Kannst losmarschieren mit deinem besten Kumpel. Noch besser ist ganz langsam latschen im Pulk mit zwei, drei gut gestimmten Kerlen. Falls du so viele Fußballfreunde hast. Bist du allein, schlurf einfach mit den Haufen von den vielen anderen, die ebenso alleine sind. Macht

nichts. Die ganze Kumpanei ist Krücke. Bedeutet nichts als eine prima Krücke fürs Gehumpel durch die Zeit, bis wieder großes Spiel kommt. Bis großes Spiel heraufkommt, um uns gleich als erstes unsere Krücken wegzuhauen.

Wenn großes Spiel kommt, wirst du ein Knöchlein, wird man ein hohles Beinlein, werden wir Federchen vom großen Spiel. Mit einem zarten Ruck reißt großes Spiel uns aus dem Männerpech, das noch am Spielfeldrand die letzten zähen Blasen wirft. Wirst schon verstehen, wenn's so weit ist. Hat bisher jeder noch verstanden, wenn es schließlich dazu kam. Wie jeder Sperling sogleich genug vom ersten Flug kapiert, sobald er Hals über Kopf aus seinem vollgeschissenen Nest fällt.

Versprochen: Nach tausendzweimal Hingehen ist es garantiert soweit. Na gut, vielleicht wird's tausenddreimal. Vielleicht musst du auch tausendviermal hin mit elend müden Beinen. Auch tausendfünfmal ist leider Gottes nicht ganz ausgeschlossen. Nimm's mir nicht krumm, wenn's tausendsechsmal wird. Hab einfach genug Geduld mit mir, mit unseren treuen Füßen und vor allem mit dem Fußball. Kommt schon. Es kommt so bombensicher wie Beinbruch oder Armbruch, kommt ganz gewiss wie große unglückliche Liebe, kommt todsicher wie unser Tod zu uns. Ist aber schöner, weil viel größer. Und das ist keine Übertreibung. Wenn großes Spiel kommt, wächst es uns über alle Köpfe, ist größer als jeder Armbruch, größer als eine unglückliche Liebe, größer als Beinbruch oder Tod.

Deutschland ist gut für Fußball. Die deutschen Ausländer, die deutschen Inländer, wir alle wissen, Deutschland ist wirklich gut für Fußball. Andere Länder sind natürlich auch nicht übel. Haben selbst prima Gras. Fast überall auf unserem Globus, sogar auf Grönland gibt es gutes Gras für guten Fußball. Eisgras, Salzgras und Elefantengras. Unglaublich, aber wahr: Sogar auf einer dürren Insel, westlich vor Afrika, auf einem Hartplatz,

gelb und kahl, nur ein paar braune Anstandshalme, kann großes Spiel passieren. Hab's selbst erleben dürfen, dort in meinem Urlaub. Es war ein großer Erholungsschock für mich. War schmerzhaft herzerweitend. Hab auf der sonnengrellen Insel genauso wenig wie daheim vorhergesehen, dass großes Spiel kommt. War aber doch soweit. Es wurde tausend. Hab Zahl wieder nicht kommen sehen. Kannst mitzählen wie Adam Riese oder wie Computer. Du wirst es nicht erzählen mit Gewalt.

Deutschland, das Land, das unsere Heimat birgt, ist gestern, heute, morgen wundergut für Fußball. Gott sei gedankt. Wenn Deutschland eines schlimmen Tages schlecht für Fußball ist, muss man sich auf die Socken machen. Gnadenlos hauen wir dann einer nach dem anderen ab. Wir gehen für immer fort. Kommst mit? Komm mit! Lernen wir besser Amerikanisch oder Chinesisch oder gar Albanisch auf unsere alten Tage noch. Hauptsache, unsere fremde neue Heimstatt ist gut für Fußball. Dann gibt es eines Tages, nach viel Müh und Not und Zeit, ein frisches Fußballglück da in Albanien. Wenn Deutschland eines bösen Tages schlecht für Fußball, darf uns nichts halten können, keine Mauer nicht. Egal wie hoch. Gib mir dein Ehrenwort. Nimm meins. Selbst eine Totmachmauer wie die alte Mauer, die damals so viele stoppen konnte, vermag uns nicht zu halten – falls so ein neues Stacheldraht- und Minendeutschland schlecht für Fußball ist.

Sag mal, weißt du: Gab's guten Fußball in dem alten Mauerdeutschland? Bin selbst nie dort gewesen, nicht mit Füßen, nicht mit Augen. Du weißt es auch nicht? Muss aber so gewesen sein. Muss manchmal tausend geworden sein hinter der Rundumblende aus Beton. Sonst wären denen alle Männer abgehauen, und Mauerdeutschland wär nur noch ein Weiberstaat gewesen, der prompt von selber ausstirbt. Musst dir mal vorstellen solche Schrecklichkeit. Ganz Deutschland eine mäus-

chenstille Steppe. Nur Wind pfeift noch durch schief gesunkene Tore, und ein letzter Heuschreck zirpt dazu mit seinen Hinterbeinen. Ganz armes deutsches Gras wartet und wartet auf die Wiederkehr des Fußballgetrampels, wartet auf die Wiederkunft von freier Männerfröhlichkeit. Wartet und wächst umsonst und wächst sich blöd. Und Maulwürfe zergraben alle Fußballrasen, graben und graben, wurmdumm ihr Leben lang. Soll Gott verhüten so was. Verzeih. Solch schlimmes Deutschland ohne Spiel und Spiel und großes Spiel, so ganz und gar verfluchtes Deutschland soll sich keiner erdenken wollen.

Fragst du: Gab's nicht mal Deutschland gegen Deutschland? Gibt's immer noch. Egal, wie viele Deutschländer sich unsere Wiesen teilen. Wir-gegen-Uns ist immer eins der anstehenden Spiele. Ach, Wir-gegen-Uns gibt's allzu oft. Ist immer schlimmer Hickhack. Ist nichts als Krampf und Mittelfeldgeknüppel. Wir spielen gegen uns wie ewig null zu null. Manchmal auch null zu eins. Manchmal auch eins zu null. Ach, Deutschland gegen Deutschland. Bleibt auch mit solchem Sparsieg bitterarmes Spiel. Bleibt Waten durch kaltes, trübes, salzig schweres Wasser. Wir müssen da wohl durch mit unseren Füßen. Wir müssen fröstelnd hin und durchgefroren wieder weg.

Musst hingehen. Du musst wieder hingehen. Solang das Gras noch grün ist. Solange Gras noch Gras ist. Sogar wenn jeder Halm aus Polyesterfaser, wirst du noch hingehen. Hast Zeit. Ein ganzes Leben hat man Zeit. Der Fußball ist ein Spiel fürs ganze Männerleben. Dein Männerleben. Dein deutschländriges Männerleben. Gib es ruhig zu. Gib's mir, gib's dir, gib es uns allen zu. Geh hin. Kommt Zeit. Geh hin. Wird Zeit. Ist Zeit. Ich bin so weit. Du kommst allein, ich komm allein, und dann spielt Deutschland. Deutschland spielt Deutschland. Tausend mal tausend. Deutschland spielt Deutschland. Noch ist es unerzählt. Deutschland spielt Deutschland. Großes Spiel.

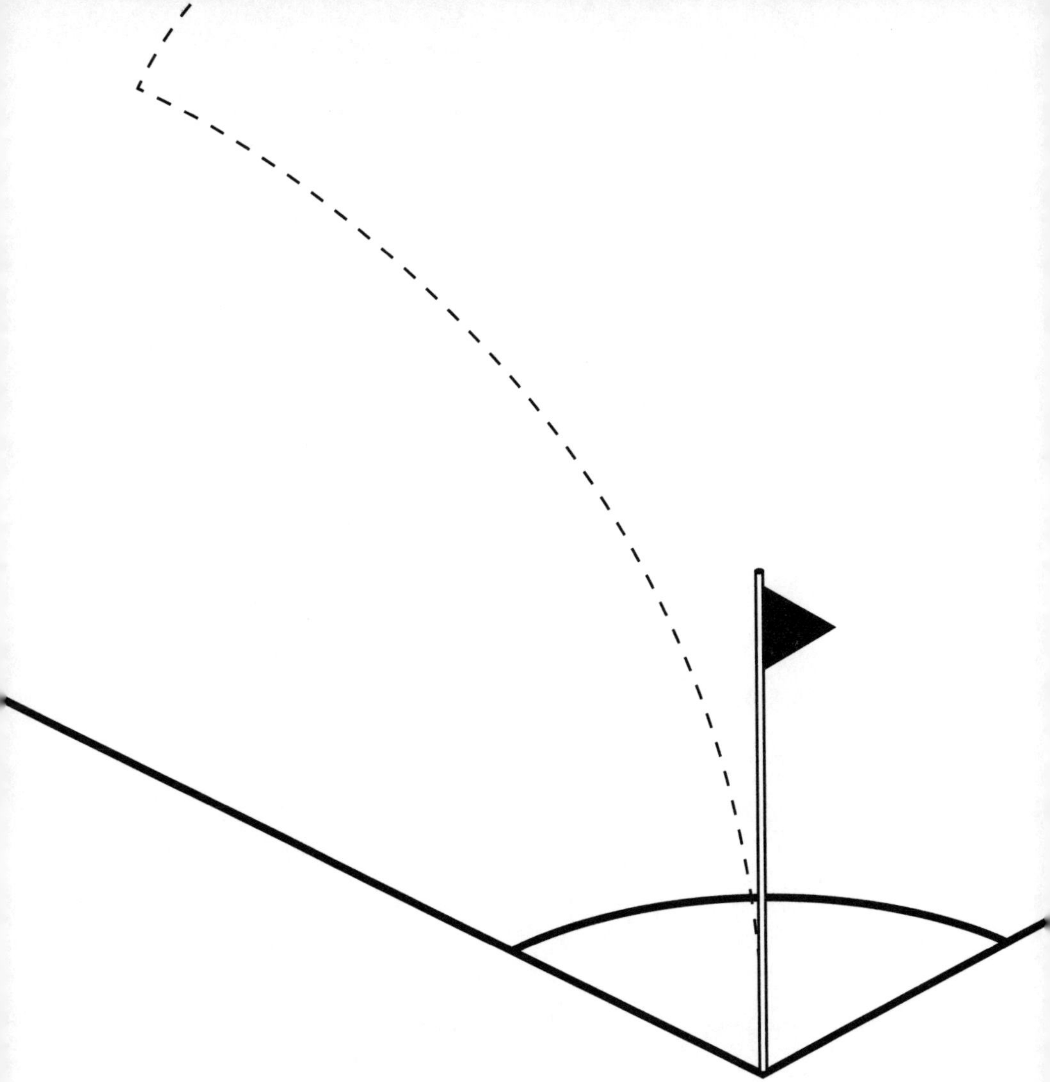

BRD *24* **Gerhard Henschel** *Leergefegt*

Gerhard Henschel

2

Leergefegt

Die Fußballweltmeisterschaft nahte. In der *Rhein-Zeitung* stand, dass die Brasilianer, die Holländer und die Italiener gefürchtet seien. Die Deutschen seien nur mittelmäßig und die Uruguayer Pleitegeier.

Ich fand ja, dass die Maskottchen Tip und Tap aussahen wie Volker und ich, aber er sagte dazu nur, dass ich einen Sockenschuss hätte. Volker hatte nur noch Scheißlaune, seit sich seine Frachtkahnpläne zerschlagen hatten.

In der *Rhein-Zeitung* stand auch, dass bei der WM 1970 das Spiel des Jahrhunderts stattgefunden habe, zwischen Deutschland und Italien, 3:4 nach Verlängerung. Diesmal wollte ich mir nichts entgehen lassen.

Zum achten Geburtstag kriegte Wiebke eine Häkeltasche mit Smiley vorne drauf und war stolz wie Oskar. Als Renate mit Wiebkes Geburtstagsgästen im Garten Federball spielte, wurde in der Nachbarschaft wieder so schauerlich auf der Geige gekratzt, dass Mama trotz der Hitze die Terrassentür verrammelte.

Beim Eröffnungsspiel knallte Paul Breitner den Chilenen ein tolles Tor rein, und Australien besiegten wir mit 3:0, mit Toren von Overath, Cullmann und Müller. Danach mussten wir gegen die DDR antreten, was irgendwie verkehrt war, weil die DDR doch auch zu Deutschland gehörte.

Das Spiel war ein Riesenreinfall. Grabowski holzte daneben, Müller traf nur den Pfosten, und als dann auch noch Sparwasser

ein Tor für die DDR schoss, hatte ich ein Kotzgefühl, das noch tagelang anhielt, obwohl inzwischen Sommerferien waren und ich zwei Einsen im Zeugnis hatte.

Weltmeister waren wir zuletzt 1954 geworden, acht Jahre vor meiner Geburt, und es war ungerecht, dass wir jetzt, wo ich am Leben war, nur noch Pech haben sollten.

An Helmut Schöns Stelle hätte ich Günter Netzer aber auch nicht erst zwanzig Minuten vor Schluss eingewechselt.

Mama und Papa waren weggefahren, nach Meppen und nach Jever, und auf dem Mallendarer Berg führte Renate den Haushalt. Einmal besprühte sie eine Stubenfliege, die an der Küchengardine saß, mit Insektengift. Die Fliege fiel auf den Boden und blieb da liegen, Beine nach oben. Renate sprühte noch mehr Gift auf die Fliege, und da fing sie an, sich wie irre zu drehen, bis sie nicht mehr konnte.

»Erzähl das bloß nicht Papa«, sagte Renate und beförderte die tote Fliege mit Handfeger und Schippe in den Komposteimer.

Beim Spiel gegen Jugoslawien standen Bonhof, Wimmer, Herzog und Hölzenbein in der Mannschaft, und es klappte wieder. Breitner schoss ein Tor aus fünfundzwanzig Metern Entfernung und Müller eins im Liegen. Jetzt konnten wir doch noch Weltmeister werden.

Gut waren aber auch die Holländer. Die besiegten Argentinien mit 4:0. Das erste Tor hatte Johan Cruyff erzielt, aber wie! An dem herausstürzenden Torwart trieb er den Ball immer weiter nach links vorbei und schob ihn dann ins leere Tor hinein, ganz lässig. Der beste Spieler aller Zeiten sollte ja Pelé sein, aber ich hatte noch nie einen so guten wie Cruyff gesehen.

Im Hobbyraum stellte ich den Treffer nach, mit einer Bocciakugel als Fußball, dem Sofa als Tor und den Sofabeinen als Tor-

pfosten. Den argentinischen Torwart musste ich mir dazu vorstellen. Vorbei und rein!

Mama und Papa waren wieder da, aber das Spiel gegen Schweden musste ich mir alleine ankucken. 0:1 Edström (26.), 1:1 Overath (50.), 2:1 Bonhof (51.), 2:2 Sandberg (53.), 3:2 Grabowski (78.), 4:2 Hoeneß (90., Foulelfmeter). Donner und Doria. Das war ja wohl mindestens so dramatisch wie das Spiel des Jahrhunderts. Ich drehte fast durch, aber da war ich der Einzige in unserer Familie.

Am Montag musste ich in Koblenz Passfotos von mir machen lassen für den neuen Wuermeling.

Bloß nicht die Augen zuhaben, wenn der Blitz kommt.

Renates Liebster war jetzt Schütze Arsch im letzten Glied bei der Bundeswehr, in der Deines-Bruchmüller-Kaserne.

Im Zweiten kam ein Wildwestfilm mit Old Surehand, der aus großer Entfernung brennende Lunten ausschießen konnte, sich aber sonst wie ein blöder Lackaffe aufführte. Wie der schon redete: »Ich danke Euch nochmals, Miss!« Und: »Eigenartig, Ihr erinnert mich an jemanden. Sie war hübsch, genau wie Ihr …« Zum Reihern.

Meinen Wuermeling musste ich selbst unterschreiben, über der Zeile »Unterschrift des Inhabers«.

Renate fuhr nach Lindau zu Tante Hanna, und abends spielten wir gegen Polen. Dafür musste erst noch das Regenwasser vom Rasen gewalzt werden, aber der wurde und wurde nicht trocken. Immer blieb der Ball in Pfützen liegen, und bei Spurts rutschten die Spieler aus und fielen auf die Fresse. Das Frankfurter Waldstadion hatte keine gute Drainage.

Die Polen spielten mit Deyna, Lato und Gadocha. Der beste Stürmer, Szarmach, fehlte zum Glück, der war verletzt. Im Tor stand der gefürchtete Elfmetertöter Tomaszweski. Als Hoeneß in der zweiten Halbzeit zum Elfmeter anlief, dachte ich gleich, das geht schief, und tatsächlich, Tomaszewski hielt! Wir hätten ja nur ein 0:0 gebraucht, um ins Endspiel zu kommen, aber es war eine Erlösung, als Gerd Müller eine Viertelstunde vor Schluss ins Schwarze traf. Gerd Müller war doch der Beste von allen. Was der schon für Tore geschossen hatte. Eins fantastischer als das andere.

Um den dritten Platz hätte ich nicht spielen wollen. Polen gegen Brasilien. Eben noch den Weltmeisterschaftstitel vor Augen und dann gegen eine andere Verlierermannschaft antreten müssen. Da ging es nur um die Ehre, und es gab für keinen groß was zu bejubeln, auch in der fünfundsiebzigsten Minute nicht, als Lato den Siegtreffer schoss.

Abends kam im Ersten Otto, was ich noch im Wohnzimmer kucken durfte, aber für den Gruselfilm zwei Stunden später musste ich alleine in den Hobbyraum runter. Das Schloss des Schreckens. Da glotzten wandelnde Leichen nachts durch die Fenster rein. Die mittlere Neonröhre britzelte laut, aber ganz im Dunkeln wollte ich auch nicht sitzen. Die Vorhänge hatte ich zugezogen. Alle paar Minuten, wenn das Bild zu flackern anfing, musste ich aufspringen und den Fernseher kurz ausmachen, damit er sich wieder bekriegte, und wenn ich auch wusste, dass unterm Sofa nur Staubflusen lagen und keine kalte glitschige Totenhand hervorschnellen und mich am Fußgelenk packen konnte, fiel es mir jedes Mal schwer, vom Sofa zum Fernseher zu hüpfen und zurück. In dem Film passierten immer schaurigere Sachen. Allein von der Musik drehte sich einem der Magen um. Ich wollte keine Memme sein, aber irgendwann konnte

ich es nicht mehr aushalten, und ich rannte, ohne den Fernseher auszumachen, die Treppe hoch und in mein Zimmer und sprang ins Bett, und das Licht ließ ich an.

Am Sonntag stellte Mama vor dem Endspiel Kirschkuchen mit Schlagsahne auf den Tisch, aber für meinen Geschmack dauerte die Abschlusszeremonie zu lange.

Papa war auf Dienstreise. Von den Spielen hatte er sich kein einziges angekuckt. Papa hatte sowieso eigenwillige Fernsehgewohnheiten. Ganz selten *Dick und Doof* oder Charlie Chaplin oder *Wickie und die starken Männer*, meistens *Tagesschau* und immer alle Sendungen mit Kulenkampff. Der sah auch so ähnlich aus wie Papa, nur fröhlicher.

Kurz vorm Anpfiff stellte sich raus, dass die Eckfahnen fehlten.

Mama schob sich gerade die Sofakissen hinters Kreuz, als die Holländer schon einen Elfer zugesprochen kriegten, und bevor man überhaupt wusste, was da vor sich gegangen war, schoss Neeskens den Ball ins Tor, und wir waren die Angeschmierten. 0:1 in der ersten Spielminute.

»Ach du dicker Vater«, sagte Mama, die aber nur pro forma für Deutschland war. Ihr gefielen die Brasilianer besser. Jetzt mussten wir alles nach vorne werfen, sonst waren wir weg vom Fenster. Nicht, dass die Holländer uns noch vernaschten. Aber 1954 gegen die Ungarn hatten wir sogar 0:2 zurückgelegen und trotzdem gewonnen.

Der Schiedsrichter war ein Metzger aus Wolverhampton. Wenn er fair war, musste er irgendwann auch uns einen Elfer geben. Das machte er dann auch, und nach dem Schuss von Breitner stand es 1:1.

Johan Cruyff wurde von Berti Vogts gedeckt, das war gut.

Kurz vor der Halbzeitpause kam Gerd Müller an den Ball, trickste drei Holländer aus und schoss das 2:1, aus der Drehung.

»Nun mach aber mal halblang!«, rief Mama, als ich jubelnd durchs Wohnzimmer sprang.

Nach dem Halbzeitpfiff lief ich raus, um zu kucken, ob auch der Mallendarer Berg so leergefegt aussah wie der Rest von Deutschland während des Endspiels. Zumindest die Theodor-Heuss-Straße sah in beiden Richtungen wie leergefegt aus. Die sah aber auch sonst immer wie leergefegt aus.

In der zweiten Halbzeit wurde es brenzlig. Da waren die Holländer am Drücker. Sie hatten Torchancen noch und nöcher, und es standen einem die Haare zu Berge. Sepp Maier hatte alle Hände voll zu tun. Mit Glanzparaden verhinderte er den drohenden Ausgleich.

Als Volker pissen ging, sicherte ich mir seinen Platz mit Lehne. Vorher hatte ich in der Sofamitte zwischen Wiebke und Mama sitzen müssen. Weggegangen, Platz vergangen.

Das Endspiel dauerte und dauerte, aber dann kam der Schlusspfiff, und wir waren Weltmeister, zum ersten Mal seit zwanzig Jahren wieder! Weltmeister!

Ich schnappte mir Volkers alten Fußball und lief damit nach draußen, um zu kicken. Die Theodor-Heuss-Straße sah immer noch wie leergefegt aus.

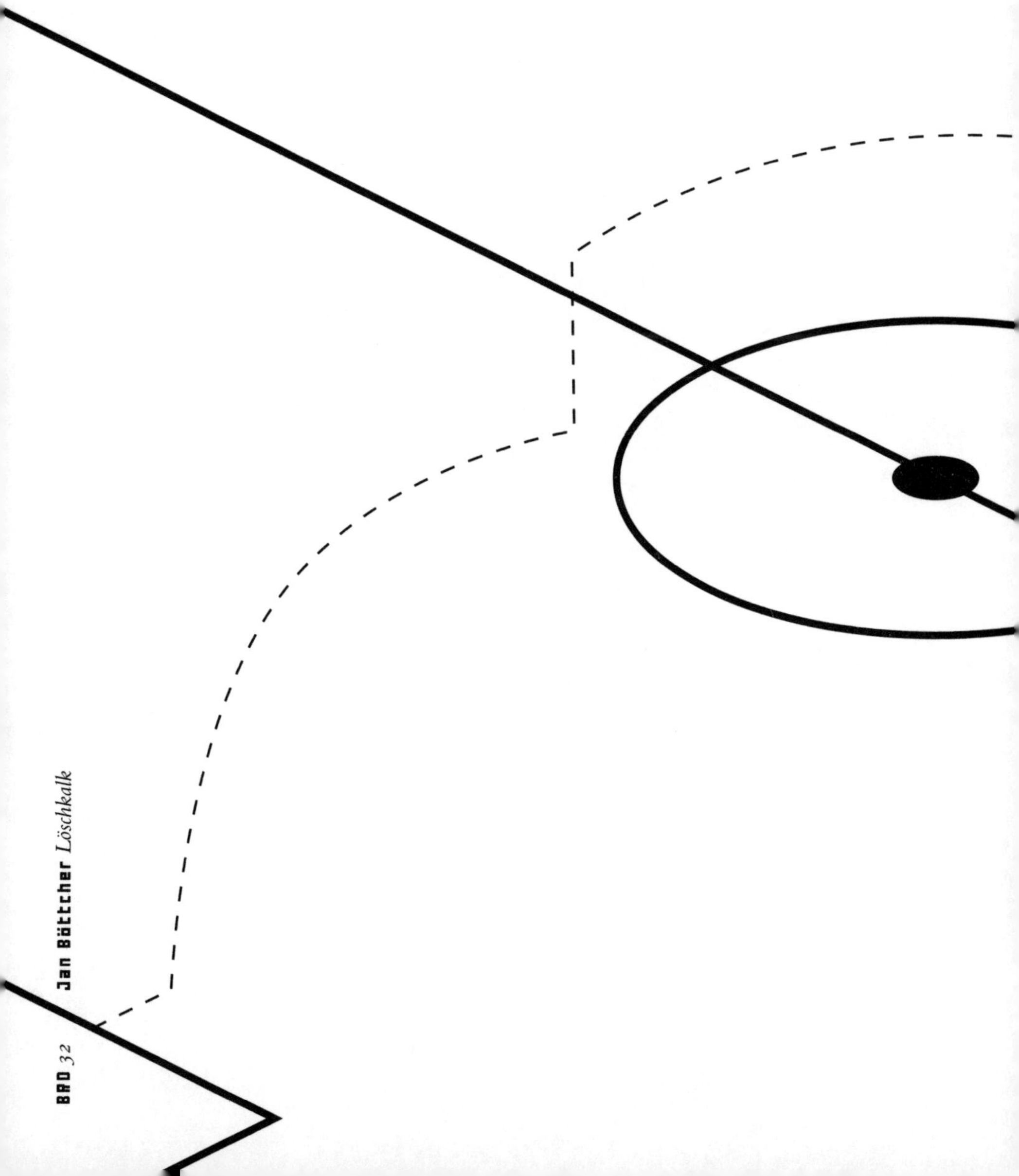

BRD *32* **Jan Böttcher** *Löschkalk*

Jan Böttcher

Löschkalk

Sie denken sicher, am liebsten laufe ich auf den Platz, vorneweg unter tosendem Applaus, während die Fans ihre riesigen Fahnen schwenken. Ich gebe zu, dass das erhebend ist. Aber wissen Sie, was immer noch das Schönste ist? Mich auf das Spiel vorzubereiten, langsam in der Kabine die Tasche auszupacken und alles nebeneinander auf die Holzbank und den Tisch zu legen. Zu duschen – ich dusche immer auch vorher –, mir die Haare zu waschen und zu fönen. Mich einzucremen. Das knisternde Polyester, wenn ich das frische Hemd über die Haut ziehe. Bei mir wird in der letzten Viertelstunde nicht mehr gesprochen, das hat sich bewährt, und ich glaube, die meisten meiner Assistenten schätzen das sehr. In diesen Minuten erst wird die Aufgabe spürbar, auf die ich mich zu konzentrieren habe. Ich muss Ihnen gestehen, dass ich die meisten Momente, in denen ich mich wachsen fühlte, in der Umkleidekabine erlebt habe, nicht auf dem Platz. Ich sehe die vollen Ränge bereits vor mir, die Vereinsfarben hüpfen hin und her: Schwarz-gelb wird schwarz-rot, grün-weiß wird weiß-rot. Das Stadion verliert seinen Namen. Ich bin dann so unabhängig, so ungebunden. Und mehr noch: Ich fühle, dass alles so ist, wie es sein soll – und alles soll so sein, wie es ist: die Rote in der Gesäßtasche, das Schreibkärtchen und die Gelbe an der Brust, dazu der Kugelschreiber und die Pfeife. Mit fünf Dingen gilt es auszukommen, denn nur diese sind für uns vorgesehen.

Sie haben natürlich nie gesehen, wie sich mein Bruder bewegt. Wie er seinen Bierbauch die halbe Platzrunde von der Tribüne zur Vereinskneipe hinüberschleppt. Stellen Sie sich die letzten Schritte einer Aufziehente vor, kurz bevor das Räderwerk in ihr still steht. Er watschelt, er ist so dick, dass er seine Beine nicht sehen kann, wenn er an sich herabblickt. Und wissen Sie überhaupt, wie er wohnt? Er wohnt im Kabuff unter der Holztribüne, in einem Klappbett zwischen den Geräteschränken. Schnarcht und wälzt sich und trägt Baumwolltrainingsjacken in den blassesten Farben. Er steht pünktlich um neunzehn Uhr vor dem Spielautomaten in der Vereinskneipe und versucht, die Melodie zu erzeugen, mit der das Gerät zu Sonderspielen hochgetrieben wird. Es ist mir ein Gräuel und ein Rätsel zugleich, dass dieser dicke Mensch mein Bruder sein soll, und es jagt mir einen Schauer des Entsetzens über den Rücken, dass ich die Schmutzschleuderei, die jetzt aus allen Blöcken und Kurven der Pressewelt auf mich niedergeht, im Grunde ihm zu verdanken habe. Ihm und seiner fehlenden sportlichen Laufbahn, die er mir schon jahrelang als Treue gegenüber unserem Heimatverein verkauft. Platzwart sein und Platzwart bleiben – das scheint sein Lebensziel. Nie wird er einsehen, dass er einfach dort versackt ist, wohinein man ihn geboren hat.

Es gäbe auch kaum mehr über ihn zu sagen, wenn ich mich nicht gerade in diesen Tagen dunkel daran erinnern müsste, dass wir zusammen aufwuchsen. Ball und Knall und Garagentor. Wir waren es, die auf der Eisenbahnbrücke standen und in beide Richtungen deuteten: »Da ist die Stadt und da das Land. Und wir sind weder noch.« Wir wohnten an der Ausfallstraße, auf Karten oft auch Entlastungsstraße genannt. Das waren unsere zwei Geheimnisse: Wir entlasteten das Stadtbild, und wir waren Ausfälle – nirgendwo zugehörig.

Ich muss Ihnen erzählen, dass es eine Zeit gab, in der ich selbst zu diesem Dicken aufblickte. Er ist zwei Jahre älter als ich, der große Bruder. Als sich Mutter sterilisieren ließ, war ich noch sehr klein und konnte nicht wissen, was es für mich bedeuten würde: dass einfach niemand mehr nachrücken konnte und dass nun die elend langen Jahre meines Lebens begannen, in denen ich unten stand. Natürlich versuchte ich, mich zu orientieren. Ich suchte Idole, sortierte Idole aus. Mein Vater bestand damals darauf, dass ich fürs Mittelfeld geboren sei. Also spielte ich im Mittelfeld, trat sogar die Ecken von rechts, war sehr laufstark – aber es gelang mir niemals, eine spielentscheidende Rolle zu übernehmen. Vater vermutete hinter meiner Kondition ein Talent, und erst kürzlich hat er mir gestanden, er habe jahraus, jahrein auf nichts anderes als mein Traumtor gewartet. Er habe auf meine Einwechslung hingefiebert, als ich aus der Stammelf gefallen war, und selbst als ich nur noch sporadisch zum Einsatz kam, hoffte Vater an allen Auswärtsspielfeldrändern des Bezirks weiter auf dieses Wahnsinnsding, den Schuss aus dreißig Metern, der sich wie ein Strich durch die Landschaft zieht und im gegnerischen Winkel einschlägt. Ich möchte ihm an dieser Stelle für das Vertrauen danken – und mich im selben Atemzug bei ihm entschuldigen: Ja, ich habe beim Begräbnis seiner Mutter bereits mein schwarzes Schirihemd getragen. Es hing doch schon ein halbes Jahr lang neben dem grünen Vereinstrikot in meinem Kleiderschrank. Niemals wollte ich den Affront, nie hätte ich Vater von seinen cholerischen Minuten befreien wollen, die ihn selbst so befreiten. Ich wusste doch, wie viel er unter der Woche für uns tat und dass der Schiri samstags sein sehnlichstes Ventil war.

Heute zähle ich in diesem Metier zu den Besten der Welt, und es kann mir relativ egal sein, wie sich mein dicker Bruder über

die Aschenbahn schleppt, um die Kneipe zu erreichen, oder wie sehr mein Vater unter meiner Entscheidung gelitten hat, zur Pfeife zu greifen. Das alles ist bloß wieder da, weil es jetzt auf keinem der Fernsehkanäle um meine Funktion als Schiedsrichter geht, nirgendwo um meine internationalen Verdienste. Es geht noch nicht einmal um meine größten Fehler, die auch zweifellos schwer nachzuweisen wären. Ich wünsche mir ja geradezu, man würde mir einen Fehler aus dem Spiel präsentieren, den ich freimütig eingestehen könnte. Ich wünsche mich auf einen fremden Platz, sei es Old Trafford oder Meazza, auf dem Feuerzeuge und Bierbecher auf mich niederregnen, weil ich versagt habe. Oder dass man mir Fernsehbilder zeigt, in denen ich auf einen Schwalbenkönig reingefallen bin. Ein ungesehenes Handspiel. Eine Tätlichkeit hinter meinem Rücken.

Was mich in diesen Tagen für die Medien interessant macht, ist siebenundzwanzig Jahre her. Aus einer Zeit, in der ich kaum wusste, was unparteiisch sein bedeutet. Mein dicker Bruder war damals Platzwart im gesamten Landkreis. Man heuerte ihn an, dann kam er kreiden. Ich saß beim Bezirksligisten Betzendorf in der Kabine, war schon frisch geduscht, ich dusche immer vor dem Spiel, aber das sagte ich ja schon. Es klopfte, herein kam Jürgen Kautz, Chef an der Würstchenbude und Maskottchen der Gastgeber. Jürgen sagte, ich zitiere wortgetreu: »Ich hab hier Löschkalk liegen, ne halbe Tonne, das krieg ich grad nicht los. Dein Bruder kann das abholen, wenn du vernünftig pfeifst.« Das war die ganze Rede, er drehte sich in der Tür zu mir um – und ich nickte. Weil ich verstand, was er meinte, nicht weil ich einverstanden war. Ich kannte nur das Wort, mein Bruder musste es einmal benutzt haben: Löschkalk.

Eines sollen Sie wissen: Wenn das Spiel läuft, bin ich ein anderer Mensch. Meine Frau, die nichts von Fußball versteht, hat es mir

auf ihre ungeschickte Art einmal bestätigt. Sie sagte, ich sähe viel aufmerksamer aus. Sie meinte es bestimmt nicht böse, und doch war etwas dran. Außerhalb des Spielfeldes sehe ich nicht so viel. Wenn man meine Testergebnisse hernähme, die ich in diesen Spielsimulatoren beim DFB erziele, man müsste mich aus dem Verkehr ziehen. Doch was zählt, ist auf dem Platz. Dort denke ich manchmal, der Rasen und die hohen Ränge verleihen mir Flügel, die kein Fußballspieler je an sich gespürt hat. Die Zahlen sagen es deutlich: 2000 und 2002 bin ich der »König der Ballhöhe« gewesen. Das ist so ein Titel, den wir uns verleihen. Wie kann ich Ihnen allen hier beschreiben, was dahinter steht? Es geht damit los, dass ich mich sehr gut vorbereite, indem ich schon am Mittag ins Stadion komme und überprüfe, ob der Platz bespielbar ist. Und noch bevor wir essen gehen, lasse ich mir den Spielberichtsbogen geben. Der liegt während des Essens neben mir, dann gehe ich die Spielernamen durch. Ich muss vor Überraschungen gefeit sein und später alle beim Namen nennen können. Nur wer Respekt gibt, kann Respekt erwarten.

Ein unauffälliger Schiri sei der beste Schiri, sagen manchmal selbst die Fernsehexperten. Die haben natürlich keine Ahnung. Das Pfeifen richtet sich nach dem, was mir die zweiundzwanzig anderen anbieten. Und wer sich zurücknimmt, wo Regeln mit dem Fuß getreten werden, wird sich nie in der Weltspitze etablieren. Ich sage Ihnen ehrlich, dass mir die Feldverweise, die ich aussprach, auf meinem Weg nicht geschadet haben. Ach, und da ist noch etwas, worin ich mir von Ihnen Klärung erhoffe. Kennen Sie meinen Laufstil, ja? Ist das etwa ein »Stolzieren«, wie die Medien jetzt behaupten?

Dass am Ende auf dem Sportplatz die Hölle los war, weil ich verlängern ließ und in der Nachspielzeit Elfmeter für Betzendorf gab zum 3:2, war damals schon kein Fehler und wird heute

keiner werden. Ich war nicht unerfahren, und ich erinnere mich, wie ich von dem Vorwurf der Bezirksligisten überrascht wurde, ich sei gekauft. Ich hatte während des Spiels nicht einmal an die Szene mit Kautz gedacht, erst nach dem Schlusspfiff holte sie mich ein. Da habe ich, als ich in die Kabine zurückkam, das erste Mal gezittert. Ich weiß es jetzt noch, fast drei Jahrzehnte später. Und als ich halb nackt, nur mit dem Handtuch bekleidet, dastand, kam Jürgen Kautz ein zweites Mal herein und sagte nur: »Okay, gleich Montag, der Löschkalk, ab zwölf bin ich hier.«

Ich brachte meine jugendlichen Linienrichter nach Hause, die beide voll auf meiner Seite waren, was die Spielleitung betraf. Dann fuhr ich selber heim, legte mich aufs Sofa, um schließlich meinen Bruder anzurufen. Das ist es, was ich mir nie vergeben werde. Nur war er damals schon knapp bei Kasse und über den Kontakt zum Kalk-Kautz sehr dankbar. Eine halbe Tonne, er konnte das kaum glauben. Löschkalk war in Wasser gelöster Kalk mit alkalischer Wirkung. Ich erfuhr erst viel später, dass das Zeug die Schleimhäute des Körpers angreift: Wenn es regnete und der Ball mit den Linien in Berührung kam, dann Einwurf, Kopfball – schon trieften den Spielern die Nasen, tränten ihnen die Augen. Aber das haben Sie jetzt ja alle tausendmal in den Zeitungen gelesen. Ich wusste es nicht. Mein Bruder nutzte den Löschkalk über ein Jahr lang, er zog so ziemlich jedes Spielfeld unseres Bezirks damit. Trotz der Tränen, die deshalb vergossen wurden, brachte es die Sache damals nicht einmal bis zur Randnotiz.

Und jetzt dieser Eklat. Ich hatte bereits zwei Interviews zur Sache gegeben, als man mich in die erste Fernsehshow rief. Haben Sie mich gesehen? Dort wiederholte ich, dass dieses Land doch wirklich andere Sorgen habe. War das nun gleichgültig,

stimmt das etwa nicht? Ja, Schleimhautentzündungen. Ja, ja, Löschkalk. Der Moderator wusste es genauer, er sagte: »Kal-zi-um-hy-dro-xid.« Jede Silbe der chemischen Verbindung schob er feierlich im Gaumen hin und her, bevor er sie ausstieß. Auf der Großbildleinwand wurden dazu Kinder eingeblendet, deren Augen gerötet waren. Dann auch Rötungen auf der Haut. Schließlich tränende Augen in Nahaufnahme. Das Studiopublikum reagierte, als ginge es um Kinder in der Dritten Welt, die vor dem Hungertod stehen. Buhrufe gegen mich, mitleidiges Raunen bei jeder neuen Einblendung. Schließlich zog der Moderator einen Zettel aus dem Jackett.

»Ich habe hier eine Kopie Ihres Vertrages.«

»Was für ein Vertrag denn?«

»Mit Herrn Jürgen Kautz, Betzendorf 1974.«

»So ein Unsinn.«

»Hat es nie gegeben?«

»Hat es nie gegeben.«

»Und wenn doch?«

»Dann hat ihn jemand gefälscht.«

Meine Frau sagte später zu mir, dass es ungewöhnlich für die Medienmenschen war, mich so klar und offen antworten zu hören. Dass es nicht der richtige Tonfall war. Von Fälschung zu sprechen, wo doch das eigene Gedächtnis so vielen in Politik und Kultur schon einen Streich gespielt hat.

»Ich will Sie hier nicht vorführen«, sagte der Moderator süffisant, »aber es ist mit Sicherheit ein Vertrag, auf dem Ihr Name zu lesen ist.«

Meine Frau sagte, ich hätte nicht aufstehen, ihm nicht das Papier aus der Hand reißen sollen. Für solche Szenen sei eine Talkshow nicht der richtige Ort. »Man spricht über sein Leben, man gesteht Fehler ein oder nicht, aber man steht nicht von seinem Platz auf, schon wegen der Mikrofonierung nicht.«

Ich musste lachen. Ein Zeichen dafür, dass ich zutiefst verstört war. Ich fragte meine Frau, ob ich so etwas nötig hätte. »Sag es mir, muss einer, der ein Champions-League-Halbfinale zwischen Juventus Turin und dem FC Barcelona geleitet hat, sich zu derartigen Unverschämtheiten äußern?«

Sie zog die Schultern hoch: »Löschkalk ist Löschkalk.«

Hören Sie, nur weil es diesen Mehnert – eine unsägliche Figur – nach Betzendorf verschlagen hat, soll ich darunter leiden? Schon seine Stimme: ein ostdeutsches Gesäusel, das mir sofort das Gefühl gab, da fühlt sich jemand angegriffen. Obwohl die Karten doch andersrum verteilt waren. Ich sage ehrlich, mein erster Eindruck war, dass ich es mit einem dieser Geplagten zu tun habe, der seine Stasiakten sammelt und erst Ruhe gibt, wenn auch der letzte Spitzel aufgedeckt ist. Ein tief in sich gekränktes und leidendes Subjekt, das sich ständig auf irgendwelche Bürgerrechte beruft. Einer, der bestimmt zwei Jahre nach der Vereinigung das gesamte BGB auswendig hersagen konnte. Und der es, wenns um ihn persönlich geht, auch anwendet, weil ihm die Wende zumindest eines zurückgegeben hat: ein Recht auf sich.

Mehnert hat sich bis in die Betzendorfer Rechnungen Jahrgang vierundsiebzig durchgewühlt, um diese Ladung Löschkalk aufzufinden. Vor mir gibt er natürlich vor, nur für die Mannschaft zu handeln, die er in höhere Klassen bringen will. Ich fragte ihn, was diese Ladung Kalziumhydroxid vor siebenundzwanzig Jahren mit einem Fußballteam zu tun habe, das immer noch in der Bezirksklasse dümpelt. Da hat er das erste Mal aufgelegt – und sich danach zwei Wochen lang verleugnen lassen. Als ich ihn wieder anrief und ihm sagte, das Land habe auf solche Bürokraten wie ihn nur gewartet, da lachte er wie eine blöde Sau, faselte von gesamtdeutscher Korrektheit

und fragte mich unvermittelt: »Sind Sie wegen Rudi Glöckner so unglücklich?«

»Wegen wem?«

»Der einzige deutsche Schiri, der je ein WM-Endspiel gepfiffen hat, noch dazu vor über hunderttausend Leuten, im Azteken-Stadion von Mexiko City.«

»Ich kenne den Mann nicht.«

»Na, er kommt ja auch aus der DDR. Ich war vor zwei Jahren bei seiner Beerdigung. Ein toller Kerl. Hat übrigens auch vierundsiebzig bei der WM gepfiffen, natürlich nicht jenes Spiel, das Sie immer noch nicht weggesteckt haben.«

Ich habe keine Ahnung, woher Mehnert wusste, dass er mich mit der WM-Schmach gegen seine DDR tatsächlich traf. Ich bot ihm an, die halbe Tonne Löschkalk als ordentliche Kreide an den Verein zurückzugeben, auch wenn ich weder Schuld noch Schulden in mir trüge. Mein Bruder könnte wie damals mit dem Tieflader vorfahren, schlug ich vor. Auf die Art von Kungelei habe er nur gewartet, meinte Mehnert, das sei ja wohl das Letzte, würdelos.

Sie müssen es mir glauben, mein Zorn entstand allein aus seiner Lust, mich anzugreifen. Noch am selben Tag weihte er die *Hamburger Morgenpost* ein. Ich hatte die Type unterschätzt, und ich begann erst jetzt, mich über Mehnert zu informieren. Ich fand heraus, dass er mehrfach als Sponsor kleinerer Vereine in den Neuen Ländern aufgetreten war, sich immer wegen mangelnden Erfolgs der Clubs zurückgezogen hatte, um es woanders wieder zu versuchen. Er hatte eine Softwarefirma aus Hamburg zu sich nach Chemnitz gelotst, sich selbst an der Fusion gesundgestoßen, und er beflockte jahrelang jedes Trikot, das man ihm anbot, mit seinem Namen. Mehnert, Mehnert, auf hundert Seiten Internet nur Mehnert – und Fußball, seine große Leidenschaft. Warum aber las so einer sich

die Rechnungen und Vermerke eines westdeutschen Bezirksligisten durch?

Ich träume oft von meinen Spielen. Auch von solchen, die erst noch zu pfeifen sind. Spielzug um Spielzug. Meine langen, ausgreifenden Schritte, wenn ich an den Ort eines Geschehens eile. Es gibt auch einen Traum, der immer wiederkehrt, ich nenne ihn den Handschlag-Traum. Ich kreuze die Arme vor dem Körper und reiße sie dann zur Seite in die Waagerechte. Es ist die Geste, mit der ich Spiele abpfeife. Ich nehme die Pfeife aus dem Mund, und noch bevor sie in der Hosentasche verschwinden kann, stehen Spieler aus beiden Mannschaften neben mir, um mir zu gratulieren. Ich stehe einfach da und empfange ihren Händedruck. »Großartig!«, sagen sie. »Tolle Leistung!« – »Souverän«, meint der eine, »Alles richtig gemacht«, ein anderer. Jetzt kommt es von überall her, von viel mehr als zweiundzwanzig Spielern, in allen Sprachen: »Muy bien!« – »Superbe!« – »Bravo!« – »Thanks a lot!« Erst wenn die letzte Hand geschüttelt ist, gehe ich langsam vom Platz. Die Zuschauer applaudieren mir, einer meiner beiden Assistenten zieht sein schwarzes Hemd aus und wirbelt es über dem Kopf wie ein Lasso. Ich klopfe meinem Partner auf die nackte Schulter, dann ziehe auch ich mein Trikot über den Kopf und tausche es mit ihm. Sprechchöre von den Tribünen feiern uns. Der zweite Assistent wedelt mit seiner Linienrichterfahne vor den Fans. Ich zeige ihm dafür die rote Karte. La Ola rauscht heran. In diesem Handschlag-Traum stehen sie in allen Blöcken für mich auf.

Auch in der Nacht nach der Talkshow träumte ich von diesem Jubel. Dort, wo man in die Katakomben des Stadions hinabsteigt, verengt sich der Weg, auf beiden Seiten von Maschendraht begrenzt. Im Traum hält man uns Autogrammkarten entgegen, wir zücken unsere Stifte und unterschreiben. Und als ich das in

dieser Nacht geschehen ließ, mir wahllos eine Karte aus der Menge griff, den Kugelschreiber senkte und ihn hob, als ich die Karte an meinen Fan zurückgeben wollte, sah ich, dass nicht ich darauf abgebildet war – sondern jemand, der eine Kreidekarre vor sich herschiebt.

Ich saß aufrecht auf dem Sofa im Wohnzimmer, den Mond im Gesicht, und musste weinen. Wie hatte ich vergessen können. Ich hatte so konsequent ignoriert, was damals war, dass ich mein Leben nicht einmal in jenem Moment, wo es so nachdrücklich um Vorgeschichte ging, zur Verfügung hatte. Meine Jugend, meine Anfänge, jeder Tag wie ausgeblendet. Erst der Traum gab mir den Rückblick wieder. Wie oft hatte ich meinem Bruder hinterhergehechelt, seine Unterschrift geübt und nachgeäfft. Ich saß auf dem Sofa und hörte Vater sagen, es ginge Mutter den Umständen entsprechend. Sie bliebe aber noch im Krankenhaus. Sie hatte sich sterilisieren lassen, ich blieb der Kleinste. Aber das war nicht der Teil, den mir der Traum vorführen wollte, ich drehte den inneren Film zurück: Es war gar nicht meine, sondern seine Signatur unter dem vermeintlichen Vertrag. Ich hatte sie im Fernsehstudio nur kurz betrachten können, bevor die nächste Frage auf mich eindrang. Als mein Bruder den Löschkalk abholte, hatte er einen Vertrag mit Jürgen Kautz geschlossen.

Ich ging in die Küche und trocknete meine verheulten Augen mit Papiertüchern. Löschkalk, Junge. Auf dem Kühlschrank war mit Magneten ein Pressefoto festgemacht, das mich als Komiteemitglied für die WM 2006 zeigt. Im Anzug, direkt neben der Lichtgestalt.

Ich fuhr am nächsten Tag zu meinem Bruder, klopfte an seinen Holzverschlag unter der Tribüne. Ein widerwärtiger Gestank nach Alkohol, Schweiß und altem Leder kam mir entgegen. Eine

Glühbirne, vierzig Watt. Zehn Quadratmeter. Er saß auf seiner Pritsche und starrte die Wand an, seine ausgeblichenen Hände neben sich. Seine Füße reichten nicht bis zum Boden, auf den Fußspitzen ließ er seine kreideweißen Holzschuhe in der Luft tanzen. Zu dem, was dann geschah, fiel mir erst später im Auto das richtige Bild ein: als sei mein Bruder mit dem Kreidewagen auf der langen Gerade des Spielfeldrandes unterwegs, und man selbst wartet siebzig, achtzig Meter, bis er zur Eckfahne kommt und endlich abbiegt – so wartete ich nach jedem Satz, bis er verstand und nickte. Es war erschütternd, es schien unendlich mühsam für ihn, mir zu folgen. Ich erzählte ihm von Madrid, von Raúl, von dem Mann, den ich am liebsten spielen sah. Von Menschen, deren Technik, Laufverhalten, Schusskraft mich süchtig machten nach Fußball. Ich hatte sie alle live gesehen, sie waren direkt neben mir gelaufen. Mein Bruder stand auf, ging aus dem dunklen Raum und setzte sich auf eine Holzbank. Zehn Sandstufen unter uns die Tartanbahn, dann das Grün.

»Du siehst doch, wie ich aussehe«, sagte er, »hab grad noch geweißelt. Das Spiel fängt in einer Stunde an.«

Ich fragte ihn nach Betzendorf.

»Ich weiß nicht, wie stark die sind. Spielen ganz oben mit bislang.«

»Und, haben wir ne Chance?«

Er verzog das Gesicht, mürrisch, ohne dadurch die Frage zu beantworten.

»Du warst im Fernsehen, frisch blondiert«, sagte er stattdessen.

»Deshalb bin ich hier.«

»Aha.«

Seine vom Wangenfett verengten Augen gingen nur auf den Fußballplatz hinunter. Mein Bruder spielte den dicken Cowboy, der von nichts wusste. Aber das zog bei mir nicht mehr.

»Du hast die Scheiße unterschrieben. Diesen Vertrag, den sie mir unter die Nase gehalten haben.«

»Nicht, dass ich wüsste, Brüderchen.«

»Wenn du das jetzt leugnest …«

»Leugnen?«, sagte er und drehte seinen Oberkörper Stück für Stück zu mir. »Ich leugne es nicht, ich sage es dir: kein Vertrag.« Er wollte seinen Ellenbogen auf die Rückenlehne der Bank legen, aber es gelang ihm nicht. Ich fuhr mir mit den Händen durch die Haare.

»Weißt du eigentlich, was ich zu verlieren habe?«

»Kein Vertrag«, wiederholte mein Bruder. »Und du scheinst ja auch keinen gemacht zu haben.«

Unten auf dem Platz wärmten sich die beiden Mannschaften auf, unser Team und die Betzendorfer. Erst jetzt las ich auf den Rücken der blauen Trainingsjacken: *Mehnert – bringt System ins Spiel.*

»Ich wollte zum Spiel bleiben.«

»Dann bleib, die Kassierer kommen rum.«

»Kennst du deren Sponsor?«, fragte ich.

Mein Bruder zog die Packung Zigaretten, die sich die ganze Zeit auf seinem Oberschenkel abgezeichnet hatte, aus seiner Jogginghosentasche. Dann bewegte er den Kopf um Millimeter hoch und runter.

»Karl-Friedrich Mehnert, Stasioffizier.«

»Wie bitte?«

»Schätze, seine Kohle liegt in Liechtenstein. War in der oberen Riege zugange.«

»Und das wisst ihr hier alle?«

»Nicht alle. Die Zeitungen halten dicht.«

»Das kannst du mir doch nicht erzählen, seit wann hält in dieser Kleinstadt jemand dicht? Weißt du, wie der mich abwechselnd am Telefon zugeschleimt und abgeschmettert hat? Der

ist ja überhaupt erst auf den Mist gekommen. Wenn der nicht wäre …«

»Ich weiß.«

Ich war so wütend, dass mir nichts mehr einfiel.

»Da drüben steht er«, sagte mein Bruder. »Der in dem weiten Anzug.«

Die Mannschaften kamen vom Platz, stiegen die Sandstufen hinauf, gingen an uns vorbei in die Kabinen. Die letzte Viertelstunde vor dem Spiel, in der ich gewöhnlich nichts sage. Ich löste mich von meinem Bruder und ging auf der Tartanbahn, am Hammerwurfring und den Hochsprungmatten vorbei, auf die andere Seite des Spielfeldes. Ob Mehnert mich erkannt hatte? Drei oder vier Alteingesessene aus dem Verein hatten mich begrüßt, aber es war kein Trubel um meine Person entstanden. Die Talkshow am Abend zuvor war noch kein Gesprächsthema, aber das konnte sich nach dem Spiel ändern. Was wurde hier eigentlich gespielt? Wenn mein Bruder den Vertrag nicht unterschrieben hatte, blieben nur Kautz und Mehnert. Verdiente jemand womöglich an mir, hatte Mehnert diesen Wisch an die Presse verkauft? Je mehr Gedanken ich mir machte, desto enger liefen alle Konstruktionen auf eine Einsicht zu: Irgendjemand wollte, dass ich nicht länger zur Pfeife griff.

Ich stand allein auf der Gegengeraden und verfluchte die Welt. Wie so oft, wenn ich abladen wollte, was mich innerlich quälte, hielt ich mich an mein engstes Umfeld. Aber so sehr ich versuchte, den Frust gegen meine Familie zu lenken, es wollte mir nicht gelingen. Und als ich mir vorstellte, die Wut an meiner Ehefrau auszulassen, trat auch sie mir ganz selbstbewusst entgegen.

Das Spiel war langweilig, zur Halbzeit führten die Betzendorfer Gäste schon mit 3:0. In der Pause ging ich hinüber zu

meinem Bruder, um ihm meinen Entschluss mitzuteilen. Seine Augen waren jetzt nur noch Schlitze, ich wusste wieder nicht, ob er überlegte oder ob meine Sätze noch nicht in ihm angekommen waren. Nach einer Weile nickte er schwer: »Ich helfe, aber ich bin nicht dabei.« Mehr brauchte ich nicht hören. Ich ging an ihm vorbei in sein Kabuff und suchte nach den Gegenständen. Dann legte ich sie sauber nebeneinander aus und ging hinaus zur zweiten Halbzeit.

Betzendorf gewann mit 5:1. Betzendorf feierte, was nur gut war. Die Dämmerung setzte ein, als die Spieler noch duschten. Mein Bruder war es, der Mehnert ansprach, er habe da eine D-Jugend-Mannschaft, die hier auf dem Platz trainiere und die dringend neue Trikots brauche. Mit diesem Auftrag lockte er ihn in den Holzverschlag – und zog ihm dort mit der Handkante eins über. Mehnert muss wie ein Sandsack umgefallen sein. Als ich in den Raum trat, befürchtete ich das Schlimmste. »Der kommt gleich wieder zu sich«, winkte der Dicke ab.

Dann waren wir nach langer Zeit für fünf Minuten wirklich Brüder, bis Mehnert geknebelt und gefesselt auf dem Holzstuhl vor uns saß. Als er die Augen öffnete, war mein Bruder verschwunden, und auch die Mannschaften schienen in kleinen Gruppen zur Vereinskneipe hinübergegangen zu sein. Mehnert und ich sahen uns an. Er wusste, dass ich wartete, bis draußen vor der Tribüne die letzten Stimmen verklungen waren.

»Sind Sie wahnsinnig geworden?«, fragte er, als ich ihm den Knebel runterdrückte. »Wissen Sie, was Sie das kostet?«

»Jetzt stelle ich die Fragen, Herr Mehnert, und zwar genau drei.«

Niemals hätte ich ihn selbst niederschlagen können. Ich hatte schweißnasse Hände, ich musste mich zusammenreißen.

»Erstens: Haben Sie diesen Vertrag, den ein gewisser Herr Kautz aufgesetzt hat, eigenhändig mit meinem Namen unterschrieben?«

»Nein.«

»Ich warne Sie.«

»Nein. Wissen Sie, was mit Ihnen passiert? Sie werden ausgezählt wie Rudi Glöckners Linienrichter, den hat man bei uns in Chemnitz mit der eigenen Fahne versohlt. Na, klingelts? Glöckner, Sie wissen doch, der einzige deutsche WM-Finale-Schiri aller Zeiten.« Mehnert lachte laut.

Ich presste ihm seine Krawatte wieder zwischen die Zähne und griff nach dem bereitgelegten Hörschutz. Er hielt alle Geräusche von demjenigen fern, der ihn auf die Ohren stülpte. »Man verwendet so etwas auf der Baustelle«, sagte ich. Mehnert glotzte mich verwirrt an. Dann griff ich in die Hosentasche, holte die Fox 40 heraus, eine der schrillsten Schiedsrichterpfeifen, die im Handel zu haben ist – und holte Luft. Mehnerts Hände zuckten unter dem Seil. Ich blies mit aller Kraft in die Pfeife. Dreimal, jeweils eine Sekunde lang. Und setzte den Hörschutz wieder ab.

»Zweite Frage: Haben Sie diesen Vertrag, den ein gewisser Herr Kautz aufgesetzt hat, eigenhändig mit meinem Namen unterschrieben?«

Er schüttelte den Kopf.

»Frage zwei b: Hat Kautz selbst meine Unterschrift gefälscht?«

Mehnert zog die Schultern hoch.

»Würden Sie mir schriftlich geben, dass Jürgen Kautz, Würstchenbudenchef in Betzendorf, diese Unterschrift getätigt hat? – Das ist noch nicht die dritte Frage, das ist nur eine Ergänzung.«

Er stöhnte unter dem Tuch. Er tat so, als wolle er reden. Aber als ich den Knebel nochmals abnahm, fing er nur wieder an,

mir zu drohen: »Haben Sie eine Ahnung, was ich mit Ihnen mache, wenn ich hier raus bin?«

»Sie wollen mir also nicht schriftlich geben, dass –«

»Ich gebe Ihnen gar nichts.«

»Dann kommen wir direkt zu Frage drei: Glauben Sie, dass es in der Macht dieser kleinen silbernen Pfeife hier liegt, Ihnen das Gehör wegzublasen?«

Seine Augen weiteten sich, ansonsten regte er sich nicht. Ich stülpte den Schallschutz wieder fest über meine Ohren und stellte mich mit der Pfeife neben ihn, beugte mich herab, ging schließlich neben ihm auf die Knie, weil ich direkt in sein Ohr blasen musste. Plötzlich öffnete sich die Tür zum Kabuff. Mein Bruder stand erschrocken da, sagte etwas, warf die Tür wieder zu und war verschwunden.

Die Worte meines Bruders waren die letzten, die Karl-Friedrich Mehnert in seinem Leben hörte. Mehnert schrieb sie später auf und entlastete dadurch meinen Bruder von allem, was noch kommen sollte. Er musste hinter der Tür gelauscht und abgewartet haben, das fette Schwein. Kam in dem kurzen Moment herein, in dem ich selbst taub war und Mehnert gerade noch hören konnte. »Was ist denn hier los?«, soll mein Bruder in den Raum gerufen haben und dann: »Ich hol Hilfe!«

Wie Sie wissen, hat der DFB mich geladen, das alles lastet auf mir wie ein Fluch. Ich bin sonst kein Mensch, der lange zweifelt, aber wenn ich in Ihre Gesichter sehe und wie Sie hier vor mir auf Ihren Stühlen hin und her rutschen wie nervöse Fans, bin ich verunsichert. Je länger ich zu Ihnen spreche, desto klarer wird mir, dass Sie mich nicht entlasten werden. Soll ich Ihnen was sagen? Ich misstraue Ihnen allen so sehr, dass ich mir vorstellen kann, auch Sie gehen aus diesem Raum und beteiligen sich an der Hetzjagd. Sie können sich die Unruhe sparen. Die

Buhrufe, die unqualifizierten Bemerkungen – das hab ich alles schon beim Fernsehinterview erlebt. Hören Sie auf zu tuscheln. Haben Sie überhaupt jemals erfahren, dass anderer Menschen Träume mehr sind als Pläne, die man gewissenlos durchkreuzen darf? Das ist Ihnen egal, nicht wahr? Hauptsache, die Mannschaft ist gesetzt und das Stadion mit dem Shuttlebus vom Flughafen erreichbar. Immer schön durch die Gegend kugeln, wie mein feister Bruder. Hauptsache Chips und Bier und *Es gibt nur einen Rudi Völler.* Jemanden ins Abseits stellen, das geht immer, aber über Abseits zu entscheiden, das können Sie noch nicht mal nach der dritten Zeitlupe. Sie sind unfähig, weil Sie willenlos sind, ich habe in meiner Laufbahn viel mit willenlosen Menschen zu tun gehabt. Sie wissen noch nicht einmal, ob Sie 2006 einen deutschen Schiri auf dem Platz sehen wollen. Und es geht gegen Ihre Seele, dass ein Landsmann den Mut hat, über Frankreich und England zu entscheiden, über die Euphorie in Ostasien, über Tanz und Totenstille auf den Straßen Südamerikas.

Ich werde weiter pfeifen.

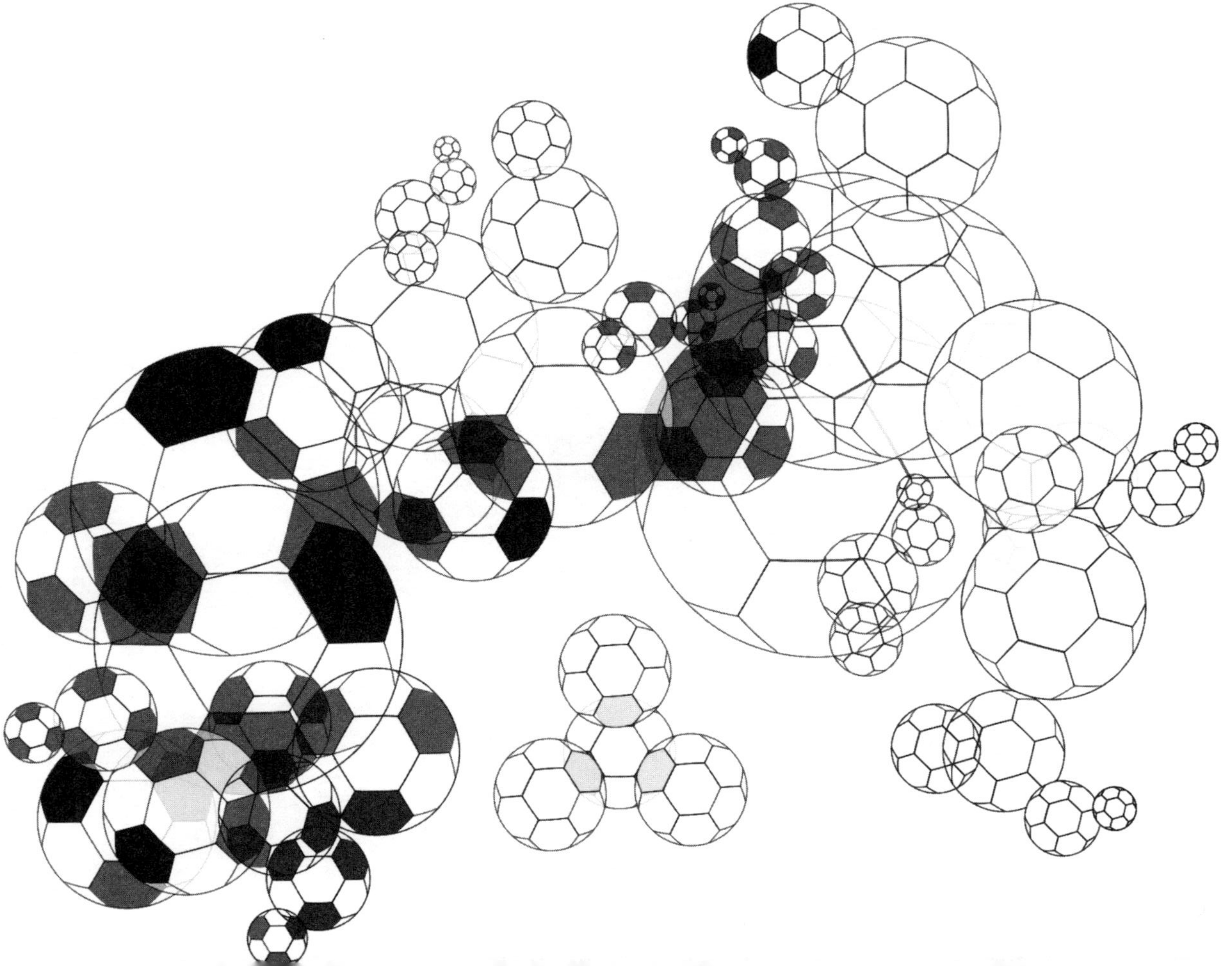

Tobias Hülswitt 4

Kiew

»Willst du die Redaktion eines kleinen Sonderteils zur Weltmeisterschaft für uns machen?«, fragte mich der Chefredakteur des Stadtmagazins, und ich sagte: »Klar, das mach ich.« Ein paar Jahre früher hätte ich noch »logisch« statt »klar« gesagt, aber es war das Jahr 1998 und das Wort logisch wurde nicht mehr benutzt, zumindest nicht in meinen Kreisen, und es ist lustig, dass ich von »meinen Kreisen« spreche, denn ich war gerade erst aus dem Westen nach Leipzig gekommen und hatte noch gar keine eigenen Kreise. Später, als ich schließlich welche hatte, musste ich feststellen, dass sie komplett aus Leuten bestanden, die genau wie ich aus dem Westen gekommen waren. Und so, wie ich im Osten nur mit Zugezogenen befreundet gewesen war oder solchen, die wie Zugezogene geworden waren, weil sie seit der Wende zu oft im Ausland gewesen waren, so war ich vorher im Westen, in der Gegend, in der ich groß wurde, fast nur mit Leuten befreundet gewesen, deren Großeltern, genau wie meine, im Zweiten Weltkrieg erst aus dem Osten vertrieben und dann im Westen reich und glücklich wurden. Oder mit solchen, die zwar aus der Gegend, in der ich groß wurde, stammten, sich aber von ihren Familien so entfremdet hatten, dass auch sie wie Zugezogene geworden waren.

Ich hatte weder jemals die Redaktion eines kleinen Sonderteils noch irgendwelcher anderer Teile für diese oder irgendeine andere Zeitschrift gemacht. Alles, was ich bisher für das Stadtmagazin geschrieben hatte, war ein zweihundert Wörter langer Text über eine neue Handballerin beim Leipziger Handball-

verein. Ich weiß ihren Namen noch: Marie Ange Gogbe. Sie war die beste Handballerin Afrikas, und als ich sie zu einem Gespräch traf, hatte ich gleich das Gefühl, sie würde nicht lange in Leipzig bleiben. Es war mein erster Einsatz als Journalist, und witzigerweise war ich nicht nervös, weil sie die beste Handballerin Afrikas war – ich wäre nicht einmal bei der besten Handballerin der Welt nervös gewesen, weil Handball einfach kein richtiger Sport ist –, sondern ich war nervös, weil ich dachte, vielleicht glauben Marie Ange Gogbe und die Pressebeauftragte des Leipziger Handballvereins mir nicht, dass ich Journalist bin. Und ich hätte es ihnen nicht verübeln können, denn ich glaubte es mir selber nicht. Und als ich dort saß und Marie Ange Gogbe Fragen stellte wie: »Was halten Sie denn vom Umbau des Leipziger Bahnhofs in eine Shopping Mall?«, hatte ich das Gefühl, dass ich nicht lange Journalist bleiben würde.

Jedenfalls bekam ich einen Schreibtisch mit einem Telefon in einem Großraumbüro des Stadtmagazins. Auf dem Schreibtisch lag eine Liste von Themen, die zur Gestaltung des Sonderteils bereits existierten. Ich hielt mich strikt an diese Liste, weil mir vor Aufregung überhaupt nichts anderes einfiel, nicht einmal die kleinste eigene Idee fiel mir ein. Ich hatte zugesagt, weil ich dachte, super, jetzt lernst du den Journalismus einfach beim Tun und musst ihn nicht extra studieren. Nichts von dem, was ein Journalist können muss, hatte ich jemals getan. Gut, ich hatte geschrieben – aber Gedichte. Das ist etwas anderes. Und abgesehen vom Schreiben wusste ich nicht einmal, was die Dinge waren, die ein Journalist können muss. An den anderen Schreibtischen in meinem Großraumbüro saß ein ganzer Haufen junger Journalisten und Journalistinnen, die für das Stadtmagazin arbeiteten, und nach zwanzig Minuten wusste ich, was ein Journalist unbedingt können muss: telefonieren.

Ich konnte zwar telefonieren – aber nur, wenn ich allein war. Sobald mir jemand dabei zuhörte, jemand anderes als der, mit dem ich telefonierte, wurde ich rot, redete Unfug und wiederholte mich ständig. Wenn ich dann zum Beispiel gerade »Guten Tag« oder »Vielen Dank« und mein Gesprächspartner ebenfalls »Guten Tag« oder »Gern geschehen« gesagt hatte, dann sagte ich gleich noch einmal »Guten Tag« oder »Vielen Dank« – keine Ahnung, wieso. Und weil mir das peinlich war, vor meinem Gesprächspartner wie vor dem Dritten, der zuhörte, wurde ich unsicher und fing an zu stottern. Jetzt, wo ich Journalist des Stadtmagazins war, hörte mir nicht nur ein Dritter, sondern ein ganzes Büro voller Dritter zu.

Ganz oben auf meiner Liste stand: »Wie begehen Sie die Weltmeisterschaft? Sechs Leute befragen.« Darunter waren Ideen notiert, wen ich befragen könnte. Idee Nummer eins: Wolfram Löwe. Idee Nummer zwei: alle möglichen Leute. Ich ging ins Büro des Chefredakteurs, der die Liste geschrieben hatte, und fragte ihn, wer Wolfram Löwe sei.

»Du weißt nicht, wer Wolfram Löwe ist?«, fragte er entsetzt, und dann sagte er: »Ach stimmt, du kommst ja aus dem Westen.«

Und wenn ich nicht gewusst hätte, dass im Verhältnis zwischen Westdeutschland und Ostdeutschland immer wir Westdeutschen die Sieger sind, hätte ich mich in dieser Sekunde vielleicht ein ganz klein wenig diskriminiert fühlen können. Ich fühlte mich allerdings allein schon deshalb nicht diskriminiert, weil ich wusste, dass man Konflikte zwischen zwei Völkern nicht persönlich nehmen darf, sonst kommt man in Teufels Küche. Und ich erinnerte mich an drei Iren und einen Engländer, die mich einmal beim Trampen mitgenommen hatten. Der Engländer war mit den drei Iren befreundet, und sie sagten mir in seiner Gegenwart, dass einzelne Engländer immer in Ordnung seien, nur in Gruppen, und besonders in so großen

Gruppen wie einer ganzen Nation, seien sie das Schlimmste, was der Welt passieren könne.

Nun erklärte mir der Chefredakteur, wer Wolfram Löwe war: Wolfram Löwe war lange Jahre DDR-Fußballnationalspieler gewesen und hatte 1974 in einer Mannschaft mit Jürgen Sparwasser gespielt.

»Ach!«, sagte ich. »Und wer ist Jürgen Sparwasser?« Seit frühester Kindheit wusste ich aus dem Fernsehen, dass Leute, die nicht fragen, wenn sie etwas nicht wissen, dumm bleiben, und dass es besser ist, für einen Augenblick das Gesicht zu verlieren, als für immer dumm zu bleiben.

Jetzt sprang der Chefredakteur von seinem Stuhl auf. »Du weißt nicht, wer Jürgen Sparwasser ist?« Das war mir unangenehm, weil die Tür zum Großraumbüro offen stand und alle darin, die gleich darauf zuhören würden, wie ich mit Wolfram Löwe telefonierte, jetzt auch noch mitbekamen, dass ich nicht wusste, wer Jürgen Sparwasser sei.

»Vierundsiebzig? Weltmeisterschaft?«, rief der Chefredakteur. »Mann, da habt ihr, also, da hat die BRD doch gegen die DDR verloren, Mann, das war doch das Duell der Staaten, das einzige Mal, dass wir gegeneinander gespielt haben, und ihr habt 0:1 verloren. Und Jürgen Sparwasser hat das Tor geschossen!« Er schmunzelte, als er »ihr habt verloren« sagte, weil er wusste, dass man das so nicht mehr sagen sollte, »ihr« und »wir«, weil unsere beiden Völker schon lange und im Grunde schon immer zusammengehörten. Er wusste, dass ich mir denken konnte, dass er sich mit der DDR niemals wirklich identifiziert hatte und wie komplex das Verhältnis zur Nationalmannschaft eines Staates sein muss, in dem man lebt, den man aber nicht mögen kann. Er schmunzelte und sagte es so, dass ich mir aussuchen konnte, wie vielschichtig ich die Wörter »ihr« und »wir« in seiner Rede verstehen wollte.

»Ach so«, sagte ich, »stimmt ja«, obwohl ich keine Ahnung hatte, ob das, was er mir sagte, stimmte. Aber ich ging davon aus, wie ich immer davon ausgehe, dass das, was nette Leute mir sagen, stimmt. Und dann fügte ich hinzu: »Ich erinnere mich da nur so schlecht dran, weil ich da noch so jung war.«

»Wie alt warst du denn?«

»Eins«, sagte ich, und er lachte. Ich lachte auch, weil ich froh war, dieser peinlichen Situation mit einem Witz entkommen zu sein.

»Nee, ruf den mal an, der is' 'ne Legende«, sagte mein Chefredakteur, und ich ging zurück an meinen Schreibtisch und zu meinem Telefon. Ich war jetzt dreifach nervös. Erstens, weil ich telefonieren musste, während ein ganzes Büro voller Kollegen mir dabei zuhören konnte. Zweitens, weil ich mit einem Star telefonieren musste, von dem ich nicht wusste, wie bekannt er genau war, und ich nicht wollte, dass er merkte, dass ich nichts über ihn wusste. Und drittens, weil er ein ehemaliger Fußballnationalspieler war, also einer, der mal zu den besten Spielern seines Landes gehört hatte, und es ganz egal war, wie er hieß, denn ich wäre bei jedem Fußballnationalspieler, mit dem ich telefonieren müsste, nervös geworden.

Ich legte mir also ein paar Fragen zurecht wie »Wer wird Weltmeister?«, »Wie können wir Ronaldo stoppen?« und »Interessiert sich Ihre Frau auch für Fußball?« Ich schrieb mir die Fragen groß auf ein weißes Blatt Papier, das ich direkt neben das Telefon legte, damit ich während des Gesprächs immer darauf schauen konnte und den Faden nicht verlor. Dann suchte ich im Telefonbuch die Nummer von Wolfram Löwe und fand sie. Bevor ich abhob und wählte, saß ich einen Augenblick da und dachte an die Tage, als ich ein Kind gewesen war und meine Mutter alle wichtigen Anrufe für mich erledigt hatte. Und ich überlegte, dass dies eines der Dinge sei, die ich meiner

Mutter unbedingt noch einmal vorwerfen müsse, nämlich dass sie immer alle wichtigen Anrufe für mich erledigt hatte, sogar noch zu der Zeit, als ich gar kein richtiges Kind mehr war und einige der wichtigen Anrufe durchaus bereits alleine hätte erledigen können. Aber da sie es stets für mich tat, weil ich mich nicht traute, lernte ich nie, es selber zu tun. Dabei hätte sie mich dazu zwingen und sich selber noch als Dritte daneben stellen müssen. So aber hatte ich bis zu diesem Tag, an dem ich als Journalist im Büro des Stadtmagazins saß, zwar gelernt, wichtige Anrufe selber zu machen, da ich schon länger nicht mehr zu Hause lebte – aber in Gegenwart Dritter fühlte ich mich dabei immer noch wie ein Kind.

Mir stand der Schweiß auf der Stirn, als ich die Nummer wählte. Es tutete, und ich dachte in einem fort: Du tust es! Du tust es jetzt wirklich! Du wirst mit ihm sprechen! Und ich dachte: Wahnsinn, in Ostdeutschland kannst du, wenn du den Namen eines ehemaligen Nationalspielers kennst, einfach im Telefonbuch nachschauen und ihn anrufen. Wahrscheinlich wohnt er nur drei Straßen von dir entfernt, und du könntest auch gleich hingehen und mit ihm Kaffee trinken. Und ich fragte mich, ob das im Westen genauso war, aber das glaubte ich nicht. Und jetzt, wo ich wusste, dass ich gleich mit ihm sprechen würde, war es plötzlich nicht mehr so schlimm. Es war nicht schlimmer, als es ist, wenn man in kaltes Wasser springt. Meistens, wenn man in kaltes Wasser springt, ist schon jemand drin, der einem sagt: »Wenn du erst drin bist, ist es gar nicht mehr kalt!« Und genauso sagte ich nun zu mir selbst, gleich bist du drin, und du wirst sehen, es ist gar nicht so kalt.

Seine Frau nahm ab. Sie gab mir eine andere Nummer, die seines Büros beim VfB Leipzig. Das war der Verein, bei dem er früher gespielt hatte und für den er jetzt arbeitete und der vor

der Wende Lokomotive Leipzig hieß, was ein viel schönerer Name ist als VfB. Ich wählte die neue Nummer.

Nun nahm Wolfram Löwe ab und sagte: »Löwe.«

Mir schlug der Puls so kräftig im Hals, dass ich nicht sprechen konnte.

»Hallo«, sagte Herr Löwe auf Sächsisch, »hier ist Löwe.«

»Ja, hallo!«, sagte ich nun, nachdem ich kräftig geschluckt und Luft geholt hatte. Ich nannte ihm meinen Namen, erklärte, in wessen Auftrag ich anrief, und dann sagte ich: »Guten Tag.«

»Guten Tag«, sagte er, und ich sagte noch einmal: »Guten Tag.«

Jetzt stutzte Herr Löwe, und die Kollegen hinter mir im Großraumbüro dämpften ihre Gespräche und hörten mir zu, weil sie merkten: Hier ging womöglich etwas schief.

Einige Jahre später saß ich in einem Passfotoautomaten, der mitten im Warteraum eines Einwohnermeldeamts stand, und machte Passfotos, als der Automat auf einmal mit mir zu sprechen begann. Er hatte eine Frauenstimme, gab mir Anweisungen, wie ich mich hinsetzen sollte, wie ich den Oberkörper zur Seite und den Kopf ins Bild drehen sollte und wie ich unter den gemachten Bildern eine Auswahl treffen könne. Die Tatsache, dass draußen ein ganzer Wartesaal voller Fremder saß, die zuhören konnten, wie dieser Automat mit seiner Frauenstimme mit mir sprach, war mir so unangenehm, dass ich bis heute auf den Passbildern meines Ausweises, meines Reisepasses und meiner Bahncard ein völlig bescheuertes Grinsen grinse, und zwar aus Verlegenheit.

»Herr Löwe«, sagte ich am Telefon im Großraumbüro des Stadtmagazins, »es ist ja nun bald Weltmeisterschaft, und da wollten wir Sie gerne zu fragen, wie Sie diese Weltmeisterschaft begehen. Kucken Sie alle Spiele?«

Herr Löwe war ein netter Mensch, so wie die meisten Sachsen sehr nette Menschen sind. Und als ich mit Wolfram

Löwe telefonierte und er mir bereitwillig alles erzählte, was ich wissen wollte, war ich nach wenigen Sätzen plötzlich überhaupt nicht mehr nervös, sondern hatte im Gegenteil dieses Gefühl, das ich oft habe, wenn ich mit Menschen aus dem Osten in Berührung komme: dass sie zutrauliche Tiere sind, die nicht weglaufen, wenn sich ihnen jemand in böser Absicht nähert. Nicht, dass ich mich Herrn Löwe in böser Absicht genähert hätte. Ich hatte nur das Gefühl, dass wir Menschen aus dem Westen grundsätzlich und wahrscheinlich von unserer Erziehung her weniger nette Absichten haben als die aus dem Osten. Auch wenn ich nie besonders ehrgeizig war und meine Eltern keine schlechten Menschen sind, war ich doch dazu erzogen, mich immer irgendwie voranzubringen. Für Menschen im Westen ist das normal, und oft, wenn ich mit Menschen aus dem Osten in Berührung komme, bin *ich* mir unangenehm, weil ich denke, an jedem meiner Worte müssen sie merken, was für ein schlechter Mensch ich im Vergleich zu ihnen bin.

Wolfram Löwe sagte, er werde sich die Endrunde komplett anschauen, und ich meinte: »Nur die Endrunde?«, was vollkommener Blödsinn war, da sich kein normaler Mensch die gesamte Weltmeisterschaft anschaut, und auch ein ehemaliger Fußballnationalspieler ist natürlich ein normaler Mensch. Nachdem ich mit Wolfram Löwe telefoniert hatte, war ich so glücklich wie fast nie zuvor in meinem Leben. Ich hatte das Gefühl, in wenigen Minuten mehrere große Schritte auf einmal in meiner persönlichen Entwicklung vorangekommen zu sein. Ich hatte in einem Großraumbüro telefoniert – und es war gar nichts Schlimmes passiert. Ich hatte zum ersten Mal in meinem Leben mit einem ehemaligen deutschen Nationalspieler gesprochen, auch wenn ich seinen Namen nie zuvor gehört hatte.

Nach dem Gespräch ging ich ins Netz, das ich damals noch Internet nannte, und suchte alles, was es über Wolfram Löwe zu

finden gab, denn jetzt wollte ich wissen, was für ein Mensch er war. Ich stieß auf eine Seite, auf der alle Daten über die Weltmeisterschaft 1974 gesammelt waren, und dort sah ich, dass er in dem Spiel gegen die BRD gar nicht dabei gewesen war. Und dass er Stürmer, Jürgen Sparwasser aber nur Mittelfeldspieler gewesen war. Ich überlegte, ob es für Löwe bitter gewesen war, in diesem Spiel auf der Bank zu sitzen und einen anderen das Tor schießen zu sehen, das von der Position her eigentlich er hätte schießen müssen. Dann gab ich bei Lycos den VfB Leipzig ein und gelangte auf eine Seite, die eine Tabelle aller Mannschaften der deutschen Gauligen zwischen 1933 und 1945 zeigte. Der VfB Leipzig, der nämlich bereits VfB hieß, bevor er in der DDR in Lokomotive umbenannt wurde, stand dort auf Platz zweiundvierzig, während auf Platz zehn ein Verein mit dem Namen Vorwärts Rasensport Gleiwitz stand. Und da meine Großeltern nach dem Krieg aus dieser Gegend in den Westen gekommen waren, gab ich nun bei Lycos Vorwärts Rasensport Gleiwitz ein. Die Suche ergab nur wenige Treffer. Einer davon war eine Seite, auf der jemand seine Fußballsammelbilder aus der Vorkriegszeit auflistete. In einem anderen Teil dieser Homepage zeigte er Buchcover von Fußballbüchern über das Dritte Reich, und in einem Banner machte ein Verlag Werbung für ein Buch über ein Spiel in Kiew im Jahre 1942.

Ich fragte mich, was für ein Spiel das gewesen sein könnte, mitten im Krieg, über das ein ganzes Buch geschrieben worden war, und klickte das Banner an. Es führte auf die Seiten eines Internetbuchhändlers, wo das Cover des Buches abgebildet und eine Rezension darüber zu lesen war. »Dynamo – Defending the Honour of Kiev«, hieß das Buch. Der Rezensent fasste zusammen, es hätten Spieler von Dynamo Kiew gegen eine Auswahl der deutschen Flakabwehr antreten müssen, und es sei den Ukrainern verboten worden zu gewinnen. Aber sie konn-

ten nicht anders, sie gewannen Hin- und Rückspiel, 5:1 und 5:3. Wenige Tage nach dem zweiten Sieg kamen die ukrainischen Spieler ins Gefängnis, und einige von ihnen wurden in ein Todeslager verschleppt.

Am nächsten Morgen ging ich in die Leipziger Unibibliothek und suchte in allen Fußballlexika nach diesem Spiel. In einem fand ich einen Eintrag, der berichtete, 1971 sei vor dem Stadion in Kiew ein Denkmal für die ermordeten Spieler errichtet worden. Aber vermutlich habe es dieses Spiel nie gegeben. Recherchen ergäben keine Bestätigung. Wahrscheinlich, so der Verfasser des Lexikonartikels, hätten die Sowjets das Denkmal zu Propagandazwecken errichtet. Aber das glaubte ich nicht. Aus irgendeinem Grund war ich mir sicher, dass es dieses Spiel gegeben hatte.

Einige Monate später saß ich auf dem Augustusplatz neben einem Kiewer auf einer Bank. Ich erzählte ihm alles, was ich über das Spiel wusste, und fragte ihn, ob er Genaueres wisse. Er war etwa vierzig, hatte diese Zeit also nicht selber erlebt. Er strich sich den Bart, dachte nach, und dann sagte er: »Ja, davon habe ich auch schon gehört. Aber ob es wahr ist …« Er zuckte mit den Schultern. Wir sahen der Fontäne zu, und nach einer Weile begann er zu erzählen, wie er nach Deutschland gekommen und wie seine Frau ihn hier verlassen habe und er in eine tiefe Depression gestürzt sei. Es war eine lange und bedrückende Geschichte, und es war schwierig, etwas Tröstliches dazu zu sagen.

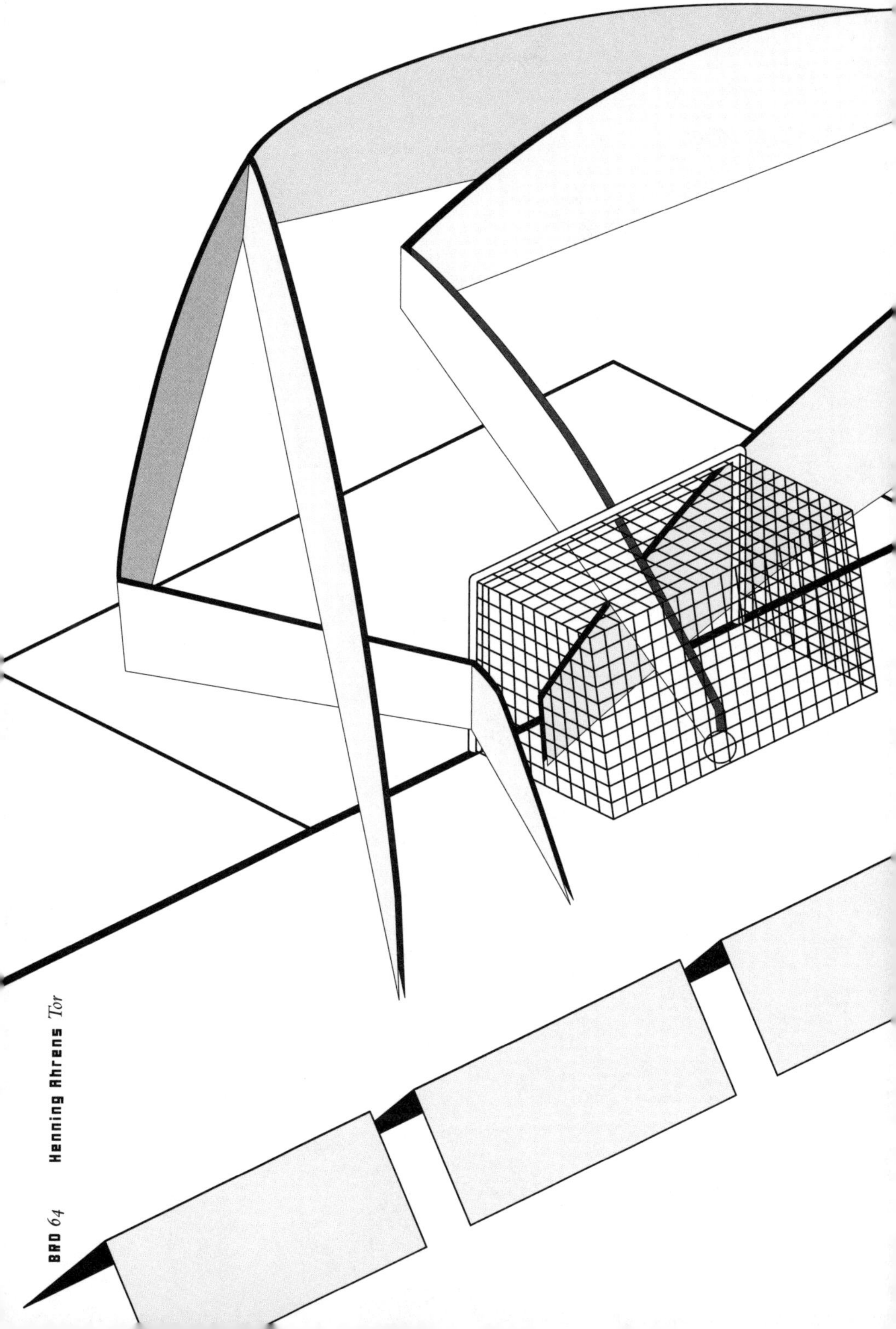

Henning Ahrens

Tor 5

»Wir spielen Fußball um die Frau«, sagte Joe. »Wer das erste Tor schießt, ist ihr Lover.«

Ich starrte ihn an. Fußball war nicht mein Fall, und außerdem war ich mit der Frau zusammen, die er meinte.

»Ich bin Sparwasser«, sagte Joe. »Und du bist – Breitner?«

Er ging zum Holzstapel und lud sich vier Scheite auf, mit denen er die Tore markierte. Die Nacht tauchte den Garten von Haus bis Zaun in ihr Dunkel. Vor der funkelnden Glut des Lagerfeuers lagen ein paar Drogentote. Leere Weinflaschen, Wasserpfeifen, umgekippte Klappstühle, und Joe bückte sich und holte den Ball unter einem Busch hervor.

»Damit spielen sonst meine Söhne«, sagte er und kickte ihn in meine Richtung.

Der Ball, gelb und mit hohlen Wangen, rollte mir bis vor die Füße. Als ich mich erhoben hatte und drauftrat, hörte ich ihn japsen und diagnostizierte akuten Luftmangel, aber zu dem Zeitpunkt hatte ich schon zu viel Rotwein intus und zu oft an den Joints gezogen, die Joe den ganzen Abend über gedreht hatte.

»Was ist los?«, fragte er. »Zu feige? Ich habe Maike immer gesagt, dass es ihr noch mal das Genick brechen wird, wenn sie zu sehr auf Äußerlichkeiten achtet.«

Ich hob den Kopf. Ich mochte Joe und wusste nicht, wozu das Spielchen gut sein sollte. Durch das Loch in seinem Pullover schimmerte die Haut. Die Glut tauchte den Rasen in ein trübes Rot. Über die Schulter warf ich einen Blick zum Haus. Maike war nicht in Sicht.

Wir kamen aus dem Westen der Stadt und fuhren zu einer Party in den Osten. In eine Peripherie fuhren wir, in der Gewerbegebiete, Brachen und Siedlungen zu einer Steppe verschmolzen, deren Bewohner mithilfe der Produktpalette von Bauhaus und OBI die Illusion von Geborgenheit zu erzeugen versuchten. Wie Wasser glitzerte die Hitze auf dem Asphalt, und als wir vor dem Haus aus dem Auto stiegen, roch es nach Kiefern und einem Kraut, dessen Blätter Maike abrupfte und zwischen ihren Fingern zerrieb.

»Riech mal!«, sagte sie, und ich roch.

Wir gingen um das Siedlungshäuschen herum und betraten es durch den Wintergarten. Ich nickte einer blonden Frau zu, die in einem Korbstuhl am Fenster saß, rauchte und mich mit unbewegter Miene taxierte. Lachen in der Küche, darunter dasjenige Maikes, und als ich ihm folgte, sah ich sie schon mit unserem Gastgeber am Tisch stehen. Begegnet war ich ihm noch nie, kannte ihn aber vom Erzählen: Joe genannt, trug er das Haar sehr kurz, und Maike zupfte an seinem roten Pullover und meckerte über das Loch im Ärmel. Ich stand in der Tür und wartete darauf, vorgestellt zu werden. Der Mann war mein Vorgänger in Gunst und Bett und was sonst noch zur Liebe gehört, und da ihn Maike zwar stets ein wenig verächtlich behandelte, aber dennoch nicht ganz von der Angel ließ, war ich gehemmt.

Joe gab mir die Hand und riet mir, von seinem Braten zu kosten. Er war mir sympathisch. Ich wollte nichts essen, sondern schenkte mir ein Glas Rotwein ein und ließ meine Freundin mit ihrem Ex allein. Das Haus verströmte eine marode Behaglichkeit, denn Joe war einer jener Freaks mit Heimwerkertalent und Nestbauinstinkt, wie man sie auf Dörfern häufig findet. Das Material für die Einrichtung seines Siedlungshäuschens hatte er sich aus Gebäuden geholt, die seit der

Wende ungenutzt verfielen. Was zählte, waren Patina und Geschichte jedes einzelnen Stücks, und die Küche war ein Konglomerat von Jugendstilkacheln, von aus ihrem ursprünglichen Zusammenhang geklopften Fliesen und einer steinernen Viehtränke, die zum Spülbecken umfunktioniert worden war.

Ich kehrte in den Wintergarten zurück. Dort war ein Kamin im Bau, und im Korbstuhl saß noch die blonde Frau, deren Namen ich nicht kannte und auch nie erfahren sollte. Ich stellte mich neben ihren Stuhl an das Fenster. Sie schwieg. Ich schaute in den Garten, der kaum größer war als das Haus: Eine Feuerstelle, ein Holzstapel, ein paar Büsche und Bäume, und da kamen neue Gäste, und ich trat den Rückzug ins Innere an. Maike, das sah ich auf dem Weg zum Wohnzimmer, stand mit Joe am Herd und rührte in einer gusseisernen Pfanne. Ich huschte in die Küche, schenkte mir Rotwein nach und huschte wieder hinaus. Die beiden hatten mich nicht bemerkt.

»Also – wie siehts aus?«, sagte Joe. »Kicken wir? Was dem Sieger blüht, weißt du ja.«

Ich wusste es.

Einer der am Feuer liegenden Drogentoten hob den Kopf. »Was ist los?«, fragte er.

»Fußballspiel«, antwortete Joe. »DDR gegen BRD. Er ist Breitner, ich bin Sparwasser.«

Der Tote griff nach seiner Bierflasche. »Gutes Spiel!«, sagte er. Trank einen Schluck und senkte sich dann wieder ab.

»Aber lange her«, lallte ein zweiter Toter.

»Die Zeit ist reif für eine Revanche!«, rief ein Dritter.

Ein vierter Toter stemmte sich auf dem Unterarm hoch. »Die Zeiten«, verkündete er und wies aus unerfindlichen Gründen in den Himmel, »haben sich geändert.«

»Scheiß drauf!«, sagte der Zweite. Er stimmte ein Lied der Jungen Pioniere an, doch seine Zunge verhedderte sich im Text. Bevor er wieder zu Boden sackte, spuckte er aus.

»Na los!«, sagte Joe zu mir. »Ist doch nur ein Spiel.«

Das wusste ich, doch leider nahm ich Spiele meist sehr ernst. Unentschlossen starrte ich in die Glut. Die Toten waren wieder tot, und am Himmel standen viele Sterne. Viel mehr als über dem Stadtzentrum. So viele wie über einem Dorf.

Im Wohnzimmer angekommen, sah ich mich um. Auch hier Fundstücke, die zum dekorativen Einsatz gelangt waren, und neben dem Sofa eine Musikanlage und ein Ordner mit CDs. Ich blätterte darin. Neben dem Trinken war das Tanzen der einzige Ausweg aus ausweglosen Situationen, aber noch war niemand blau genug, um den ersten Schritt zu wagen. Noch war niemand da, der so gern tanzte, dass ihm alles egal war.

Als Maike eintrat, versuchte ich gerade, die Handschrift auf den selbst gebrannten CDs zu entziffern.

»Fühlst du dich wohl?«, fragte sie.

»Ja«, sagte ich, um sie nicht zu beunruhigen, und trank einen Schluck Wein. »Wer sind die Leute hier?«

»Alte Freunde«, antwortete sie. »Und mach mir diesmal bitte keine Szene. Benimm dich.«

Mit diesen Worten verschwand sie wieder, und ich sah ihr nach. Ich liebte ihre Beine, und ich liebte ihren Gang. Es war der Gang einer Teenagerin, und vielleicht war es der Kontrast zu ihrem wahren Alter, der mir so gefiel. Aber sie hatte wie üblich Abstand gehalten, und sie hatte mich ermahnt, und die Handschrift auf den CDs war unleserlich. Möglicherweise waren es guatemaltekische Titel. Oder ukrainische. Ich trank noch einen Schluck, und als der Druck von hinten Gäste in das Wohnzimmer spülte, stand ich auf. Joe kam herein, die Hand

auf der Schulter einer Frau mit rabenschwarzem Haar. Sie trug einen Kimono und war sehr schmal, und als ich an Joe vorbei aus dem Zimmer ging, rollte er mit den Augen und flüsterte: »Das ist die Georgierin!«

Ich lächelte und schob mich an einem Typen mit Brille und Anzug vorbei, der es sehr eilig zu haben schien, das aparte Schmuckstück einzuholen.

Der Flur war voller Leute, und ich schlängelte mich bis zum Wintergarten durch und sah, als ich an die Fensterfront trat, dass man im Garten, auf den sich die Dämmerung senkte, ein Feuer entfacht und Stühle aufgestellt hatte. Einige Gäste sangen DDR-Liedgut, andere lagen auf Decken, und auf einer erspähte ich Maike. Sie unterhielt sich mit einem alten Freund und zog an einer Wasserpfeife. Ich ging in die Küche. Joe war dort, er schien überall gleichzeitig zu sein und riet mir, von seinem Braten zu kosten, von dem nur noch wenig übrig war. Ich füllte mein Glas. »Weißt du«, sagte ich, um ein Gespräch zu beginnen, aber da war er schon wieder verschwunden, und als ich im Wintergarten stand, in dem die blonde Frau immer noch im Korbstuhl saß und schweigend rauchte, sah ich, wie er sich neben Maike auf die Decke legte. Sie wandte sich zu ihm um und betrachtete ihn mit einem abschätzigen Blick. Joe deutete über ihre Hüfte auf den alten Freund, und sie lachte.

»Sag endlich was!« Joe nickte dem Ball zu. »Ja oder nein? Oder bist du schon zu blau? Das ist ein Zweikampf, und der Preis ist eine Frau.«

Das wusste ich, aber ob meine Unentschlossenheit daran lag, dass ich zu blau war oder keinen Zweikampf führen mochte, wusste ich nicht. Und auch nicht, ob ich nicht mochte, weil ich dieses Spielchen für überflüssig hielt oder weil sich der Preis nicht lohnte. Ich trat auf den Ball. Er ließ sich mühelos eindellen.

Der zweite Drogentote hob den Kopf, angelte nach einem Glas und wollte erneut das Lied anstimmen. Auch diesmal gelang es ihm nicht.

Da kam die schmale Georgierin auf uns zu. Ihren Namen hatte ich vergessen. Immerhin tanzte sie gut, und sie fragte: »Wo ist er?«

Sie meinte ihren anhänglichen Verehrer mit Brille und Anzug, ein Architekt aus Schöneberg, der offenbar den ganzen Abend Händchen halten wollte.

»Zersägt und aufgestapelt«, erwiderte Joe und zeigte auf das Holz. »Stör uns nicht. Hier geht es um nichts weniger als die Liebe!«

Die Georgierin zog die Brauen hoch. Sie ließ ihre Augen aufschlagen. Sie machte das sehr gut.

»Nicht um deine, wenn du das denken solltest«, sagte Joe. »Du bist nicht unsere Gewichtsklasse. Wir brauchen ein paar Kilo mehr.« Er sah mich an. »Stimmt doch, Breitner, oder?«

Ich musste wider Willen grinsen. Maikes Gewicht war tatsächlich optimal, und ich liebte es, wenn sie ihr Bein auf meinen Bauch schob. »Stimmt, Sparwasser«, sagte ich.

In diesem Moment waren wir alte Freunde.

»Wann ist Anpfiff?«, fragte der erste Tote.

»Werft eine Münze!«, rief der Dritte. »Die Zeit ist reif für eine Revanche. Die BRD muss endlich gewinnen!« Er streute Blicke um sich. »Wo ist mein Bier?«

Joe zog ein Portmonee aus der Hosentasche. Er öffnete den Druckknopf. Wie im CD-Ordner war auch in seiner Börse alles sortiert: Kreditkarten, Scheine, Münzen.

Er warf einen Euro in die Luft. »Kopf oder Zahl?« Er sah mich an. Sein Blick war plötzlich hart geworden.

Musik, und im nächsten Augenblick kam die Georgierin in das Wohnzimmer, schüttelte sich die Schuhe von den Füßen und

begann, zwischen den Dekofundstücken zu tanzen. Joe drehte sich einen Joint und diskutierte mit Brille & Anzug, wie der Verehrer der eurasischen Schönheit inzwischen hinter vorgehaltener Hand genannt wurde. Genau wie ich war auch er kein alter Freund, genau wie ich kam auch er aus dem Westen.

»Wer mündig wird, lässt nicht mehr über sich verfügen«, sagte Brille & Anzug und ließ die Wörter wie Backsteine auf den Tisch fallen.

Mittendrin lag das Feuerzeug. Joe griff danach. »Nein«, sagte er. »Bestimmt nicht.« Sein Blick glitt zur Georgierin, deren Füße rhythmisch über die Dielen streiften. Er zündete sich den Joint an, und da trat Maike ein. Als sie die Frau tanzen sah, blieb sie stehen. Schaute sich um und schoss, als sie mich entdeckte, einen Blick auf mich ab. Ich lächelte. Mit einem Ohr verfolgte ich die Diskussion, mit einem Auge das Geschehen auf der Tanzfläche, den Rest meiner Sinnesorgane hatte ich auf Maike gerichtet, die längere Zeit verschwunden gewesen war. Sie starrte, und wie immer, wenn ihr Rauschmittelkonsum eine bestimmte Grenze überschritten hatte, gefror ihre Miene. Ich trank noch einen Schluck. Sie hatte eines der beweglichsten Gesichter, die ich kannte – Gefühle huschten darüber hinweg wie Lichtflecken und Wolkenschatten über eine Ebene –, und wenn es erstarrte, empfand ich Mitleid und Angst, und beides aus demselben Grund: weil sie sich in diesem Zustand selbst entglitt. Da saß ich, zwischen den alten Freunden ihrer Ostwelt, und nun schlitterte Maike auf einer Weinpfütze in den Nebel der Joints und wurde noch ungreifbarer für mich als sonst.

Brille & Anzug schmachtete das Objekt seiner Begierde an.

Joe betrachtete ihn verächtlich.

Ich stand auf und ging zu Maike. »Lass uns tanzen«, sagte ich und nahm ihre Hand.

Sie entzog sie mir. »Ich tanze aber nicht mit dir«, sagte sie.

»Und warum nicht?«

»Weil ich dich liebe«, erwiderte sie.

Das war ein Grund, den ich zwar akzeptieren musste, aber nicht begriff. Außer der Georgierin tanzte noch die blonde Frau, und sie tanzte verbissen, und Maikes Weigerung hatte nichts mit Liebe zu tun. Sie hatte damit zu tun, dass sie nicht geführt werden wollte, und sie wollte nicht geführt werden, weil sie die Kontrolle behalten wollte, und nun – sie setzte sich zu Joint und Joe an den Tisch – war sie dabei, sich selbst zu verlieren. Vermutlich hing beides miteinander zusammen, und ich schob mich auf die Tanzfläche, denn das Tanzen war der einzige Ausweg aus ausweglosen Situationen, und blau genug war ich auch dafür. Schnappte mir die Georgierin und wirbelte sie herum, bis die Farben ihres Kimonos vor meinen Augen zum bunten Strudel verschmolzen, zog mir ebenfalls die Schuhe aus und tanzte weiter. Sah aus den Augenwinkeln, dass Joe meine Füße anstarrte, als könnten sie ihm den Kern meines Wesens verraten, aber Hornhaut und geplatzte Adern verrieten nur eines: dass ich nicht mehr der Jüngste war.

Auch Maike starrte. Sie konnte nicht mehr anders.

Ich drehte die Georgierin ein bisschen schneller, und halb war mir bewusst, dass ich in diesem Augenblick eines jener Spiele spielte, die ich eigentlich nicht vertrug.

Als Brille & Anzug auf uns zukam, war Joe schon ziemlich genervt. »Los, Breitner, entscheide dich!«, sagte er. »Kopf oder Zahl?« Und, an den Architekten gewandt: »Was ist?«

»Habt ihr Milli gesehen?«

Offenbar war das der Name der Georgierin. Ich schaute ihren Verehrer an, der verzweifelt seine Brille putzte.

Die Drogentoten erwachten wieder zum Leben.

»Apart mag sie sein«, rief der erste Tote, »aber was verraten dir ihre schmalen Lippen?«

Der Zweite gurgelte das Pionierlied.

»Nach Frauen sucht man nicht«, lallte der Dritte, erhob sich und schwankte zu einem Busch. »Man findet sie.«

»Wir wollen gerade Fußball um sie spielen«, sagte Joe. »Wer das erste Tor schießt, darf sie ficken. Machst du mit?«

»Erst die Nationalhymnen!«, rief der vierte Tote.

Der Anzug setzte sich die Brille auf. »Keine Ahnung, warum ihr Ossis so vulgär seid«, sagte er. »Haltet ihr das für cool? Oder für rebellisch?« Er zeigte auf das Siedlungshäuschen. »Und trotzdem ein Haus wie Muttis Schoß. Um das Ficken geht es euch doch gar nicht. Ihr wollt euch bloß im warmen Nest vor der Welt verkriechen.« Er wandte sich ab.

»Du hast Glück, dass mein Papa nicht da ist!«, rief ihm Joe hinterher. »Er hätte dir den Arsch versohlt!«

In der Nacht waren die Geräusche heller als am Tag, und ich hörte den Urin des Toten auf Blätter prasseln.

»Zahl«, dachte ich. »Das ist neutraler.«

Einmal stand Maike auf und kreuzte, ohne mich anzusehen, auf der Tanzfläche meinen Weg. Dann setzte sie sich wieder. Rauchte und trank, sprach mit einem alten Freund, wobei sie ihm eine Hand auf das Knie legte, und hin und wieder zuckte ihr Blick zu den Tanzenden.

Als ich das Wohnzimmer verließ, folgte sie mir und stellte mich vor der Toilettentür.

»Was soll das?«, zischte sie. »Warum tanzt du mit der Frau?«

»Wenn du nicht mit mir tanzt …«, sagte ich.

»Ich bin, wie ich bin!« Sie starrte mich an. »Kapier das endlich!«

Da spürte ich meine Wut. Seit unserer Ankunft war sie auf Abstand gegangen, um in ihrer alten Welt mit Joe und ihren alten

Freunden abzuhängen, und mit einem Mal war es mir egal, ob mich nur verletzte Eitelkeit, Eifersucht und frustrierte Rockzipfeligkeit quälten oder etwas anderes. Reineres. Edleres. Besseres.

»Und auch noch barfuß«, sagte sie verächtlich. »Wie diese Tusse.«

»*Du* machst, was du willst«, sagte ich, »*ich* mache, was ich will!« Das hatte ich zu laut gesagt, und einige der alten Freunde wandten sich nach uns um. Ich drückte die Klinke.

Maikes Miene erstarrte. »Mach mir nicht wieder eine Szene. Benimm dich! Ich will mich hier amüsieren«, zischte sie.

»Leck mich doch!«, schrie ich in meiner Wut und knallte die Toilettentür hinter mir zu. Dummerweise hatte ich vergessen, draußen das Licht anzuknipsen, und als ich nach kurzem Aufenthalt im Dunkeln wieder in den Flur trat, wurde ich zum Gegenstand halb mitleidiger, halb spöttischer Blicke. Wahrscheinlich hatte ich mich zum Narren gemacht, aber das ließ meine Wut nur noch wachsen, und als ich Maike mit Joe im Wohnzimmer am Tisch sitzen sah, ging ich in den Garten. Die Nacht beruhigte mich ein wenig, und neben dem Feuer, dessen Flammen hilflos über den Holzresten zuckten, entdeckte ich eine Weinflasche.

»Zahl«, sagte ich.

»Ah!«, sagte Joe. »Na endlich.« Er warf die Münze. »Glück gehabt, Breitner.« Er streckte mir die Hand hin, und ich sah die Eins. Schob den Ball auf den Mittelpunkt zwischen Tor und Tor. Und zögerte wieder. Joe stand erwartungsvoll vor mir, und dann pfiff einer der Toten auf zwei Fingern. Die anderen riefen: »Sparwasser! Sparwasser!« Von seinen alten Freunden angefeuert, stürmte Joe auf mich zu. Ich schob den Ball nach links, und die selbst ernannte Reinkarnation des DDR-Stürmers lief ins Leere, stolperte, schlug einen Purzelbaum und war wieder auf

den Beinen. Dass er noch so agil war, wunderte mich, denn ich fühlte mich schwer, sah in diesem Spiel keinen Sinn und konnte es nicht ernst nehmen. Gab dem Ball einen Tritt und folgte seiner eiernden Spur in Richtung gegnerisches Tor, aber da sauste Joe an mir vorbei, erkämpfte sich die Pille und schoss zu den begeisterten Rufen seiner alten Freunde fast ein Eigentor.

»Einwurf rot!«, schrie der vierte Tote, der sich im Rausch für den Schiedsrichter zu halten schien, und winkte mit einem Taschentuch in Richtung meines Tores.

Ich zuckte mit den Schultern. Als ich mich umsah, erblickte ich den Rest der Gäste, die sich im Wintergarten versammelt hatten, um dem Kampf zuzuschauen, bei dem es angeblich um nichts Geringeres als die Liebe ging.

Zum Glück war Maike nicht darunter.

»Auf wen soll ich werfen?«, schrie Sparwasser, über seinem Kopf das gelbe Ei.

Als ich, während die alten Freunde um mich herum langsam im Koma versanken, vor dem Feuer saß und Wein trank, trat Joe ins Freie. Seine Bewegungen waren kantig, seine Schritte schnell. Aus irgendeinem Grund schien auch er wütend zu sein, und als er auf mich zukam, fragte ich mich, warum.

Er stellte sich zwischen die Glut und mich.

»Du bist zu feingliedrig für Maike!«, sagte er. Und dann, nach einer Schweigeminute und mit Nachdruck: »Ein halbes Jahr Wildern reicht. Du oder ich!«

»Highnoon?«, fragte der erste Tote. »Haben wir etwa die Nacht verschlafen?«

Ich stellte die Weinflasche zwischen meine Beine und sah amüsiert zu Joe auf. Offenbar hatten ihm meine nackten Füße, die inzwischen wieder in Turnschuhen steckten, doch zu einer Erkenntnis verholfen.

»Wir spielen Fußball um die Frau«, sagte Joe. »Wer das erste Tor schießt, ist ihr Lover.«

Ich starrte ihn an. Fußball war nicht mein Fall, und außerdem war ich mit der Frau zusammen, die er meinte.

Zwei gelbe Bälle flogen in die Nacht, und da mich der Alkohol narrte, rannte ich dem falschen nach. Meine Füße waren aus Blei, und ich hatte das Gefühl, mich in einem jener Träume zu befinden, in denen man vor einer tödlichen Gefahr fliehen muss, aber nicht vom Fleck kommt. Als ich den Kopf wandte, folgte ihm mein Blick mit einigen Sekunden Verspätung.

Unter dem sternenüberblitzten Himmel stürmte Sparwasser mein Tor. Seine Fans johlten.

Ich blinzelte. Wollte loslaufen, aber das Einzige, was mir mein Körper zu diesem Zeitpunkt noch gestattete, waren ein paar torkelnde Schritte. Dann saß ich auf dem Hintern im Gras. Donnernder Jubel sagte mir, dass ein Tor geschossen worden war. »Sparwasser! Sparwasser! Sparwasser!«, grölten Stimmen. Pfiffe und Lachen, und Joe, den Ball unter dem Arm, kam auf mich zu und streckte mir die Hand hin.

»Du hast wenig Einsatz gezeigt, Breitner«, sagte er, als ich auf die Beine kam.

Das war das Letzte, was ich von ihm hörte. Die Faust gereckt, ging er zum Siedlungshäuschen und verschwand im Wintergarten. Das war das Letzte, was ich von ihm sah. Und da Maike offenbar nicht mit in die Stadt zurückfahren wollte, kramte ich den Autoschlüssel aus der Hosentasche und ging unsicheren Schrittes zur Straße. Vor einem Chrysler PT Cruiser sah ich Brille & Anzug. Er diskutierte mit seiner Georgierin. Sie zeigte zum Haus, in dessen Fenstern alte Freunde saßen, er zeigte auf sein Auto, das er mit dem Smart-Key immer wieder entriegelte und verschloss. Jedes Mal blinkte es an allen runden Ecken.

Geblendet öffnete ich meine Fahrertür. Stieg ein und fuhr davon. Weit kam ich nicht, denn ich konnte mich nicht zwischen den beiden Mittelstreifen entscheiden, und als ich schließlich an einer Baubrache hielt und die Rückenlehne meines Sitzes herunterdrehte, hörte ich die Grillen. Sie zirpten sehr laut. Ich sah die Sterne. Sie blitzten sehr grell. Als ich meine Augen schloss, drehte sich alles.

»War das jetzt Spiel oder Ernst?«, dachte ich noch.

Die Antwort gab mir der Blackout.

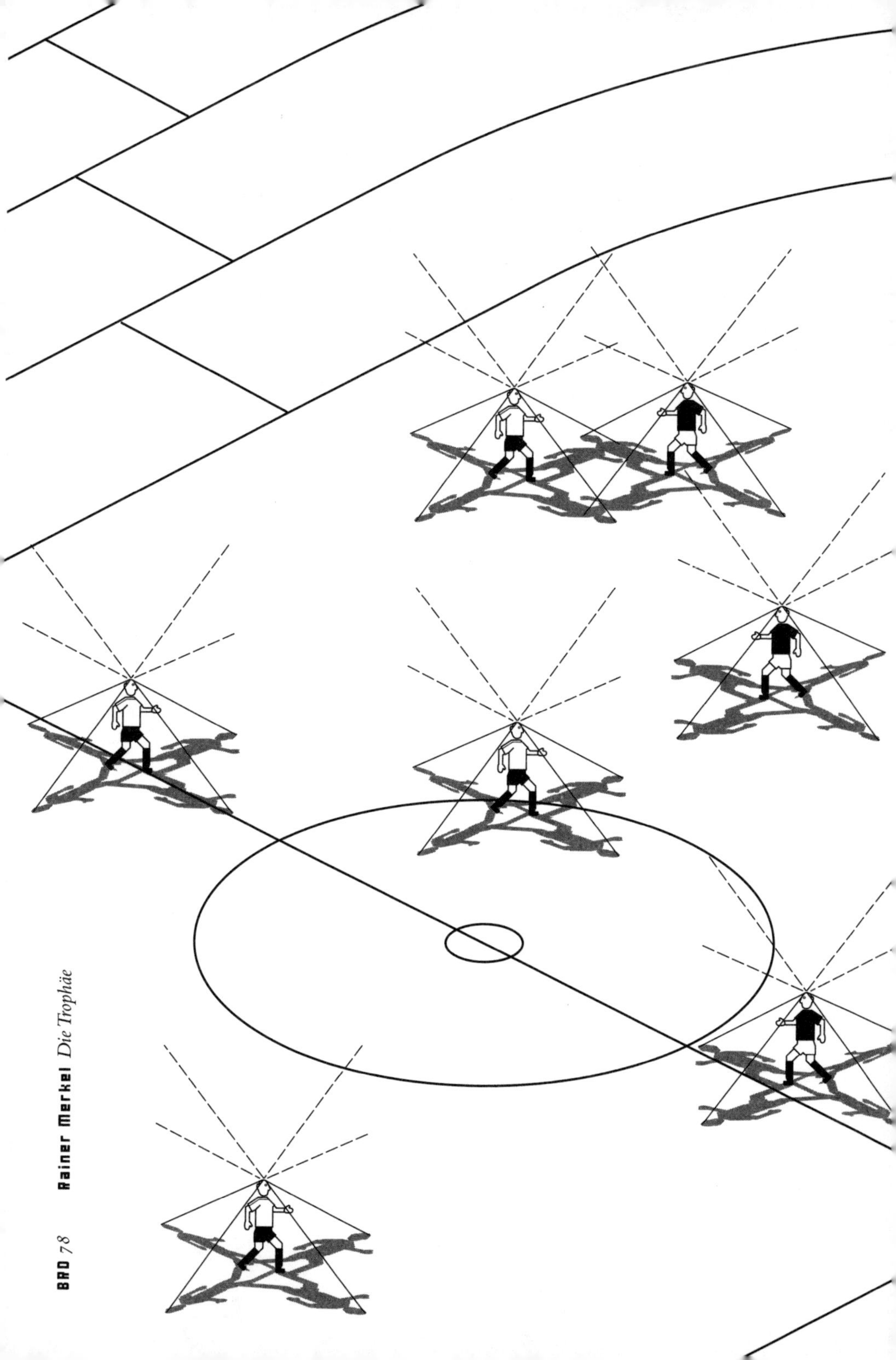

BRD *78* **Rainer Merkel** *Die Trophäe*

Rainer Merkel **6**

Die Trophäe

Für Oliver Vogel

1974 hatten meine Eltern plötzlich die Idee, meinen Klassenkameraden A. zu uns nach Hause einzuladen. A. war der beliebteste und mysteriöseste aller Zwölfjährigen, die ich jemals kennen gelernt habe. Seine Existenz blitzte für einen halben Sommer auf. Eine Utopie reiner, kristalliner Freundschaft in den windzerzausten Salzwüsten des nördlichen Chile. Ich sehe noch immer seinen tranceartigen Augenaufschlag. Seine somnambule Lässigkeit. Sein Vater arbeitete in einem Observatorium in La Silla, im Norden von Chile, und vielleicht war es das, was meine Eltern so anziehend fanden. Sie bedrängten mich, ihn zu uns einzuladen, und mit Beginn der Weltmeisterschaft, im Juni, kehrten sie immer wieder zu diesem Thema zurück. Eine Weile wurde darüber diskutiert, wie wir, beziehungsweise meine Eltern, es anstellen sollten. Mein Vater schlug das erste Gruppenspiel vor, das ideal schien, aber meine Mutter, die als Religionslehrerin eindeutig feinsinniger und einfühlsamer war als mein Vater, der Deutsch und Mathematik unterrichtete, glaubte, dass gerade das Spiel gegen Chile nicht geeignet sei. Nach einer langen Diskussion, an der ich mich aber gar nicht beteiligte, musste ich meiner Mutter zustimmen. Sie hatte herausgefunden, dass das Spiel aus psychologischen Gründen zu kompliziert sei. A. war zwar nur in den Sommerferien in Chile, aber sein Vater arbeitete das ganze Jahr dort, und eine Niederlage des Landes, in dem A. seine Sommerferien verbrachte, könnte ihn kränken, und das sei keine gute Ausgangsposition.

»Wenn wir das Spiel gewinnen, ist dein Freund vielleicht traurig, und umgekehrt wirst *du* wahrscheinlich traurig sein, und ein Unentschieden gibt es doch nicht, oder?« Meine Mutter schlug dagegen das Spiel gegen die DDR vor.

»Ich sehe gerade, dass das Spiel an einem Samstagabend ist«, sagte mein Vater, aber die Idee war schon zu weit gediehen, und meine Mutter ließ sich nicht mehr davon abbringen.

»Und wenn es euch gefällt, dann könnt ihr die anderen Spiele auch noch anschauen.«

»Es wird keine anderen Spiele geben«, sagte mein Vater, der nicht besonders optimistisch war.

»Dann können sie zusammen traurig sein«, sagte meine Mutter und sah schon einen tränenreichen Abend vor sich, an dessen Ende sie mit uns über unsere Gefühle sprechen konnte. Im Nachhinein denke ich, dass die ganze Fußballweltmeisterschaft-Verführungsidee meiner Mutter ein Versuch war, mein Verhältnis zu Fußball zu verändern und es ganz allmählich zu entzaubern und zu säkularisieren. Mein Vater schlug noch einmal Australien vor, aber meine Mutter fand Australien langweilig. Wir mussten noch nicht einmal abstimmen, wie es meine Eltern sonst am Ende von Familienratssitzungen taten.

»Wir dürfen keine Zeit verlieren«, sagte sie, »andere haben vielleicht schon die gleiche Idee.« A. war sehr beliebt, und ich sollte ihn deswegen schon am nächsten Tag einladen. Ich lag die halbe Nacht wach und überlegte, wie ich es schaffen könnte, den beliebtesten und mysteriösesten Klassenkameraden, den ich je gehabt hatte, zu einem Fußballspiel einzuladen. Er sagte nie mehr als ein, zwei Sätze, die aber von großer, geradezu magischer Bedeutung waren. Oft nickte er nur oder wiederholte das, was er gesagt hatte, noch einmal, als wollte er Kraft sparen. »Gibt es denn überhaupt keine Sonne in Chile?«, fragte man ihn, während er über den ewigen Regen im Süden sprach, und

er sagte: »Sie scheint im Norden. Im Norden ist Wüste. Die Atacama, die trockenste Wüste der Welt.« – »Und wo arbeitet dein Vater?«, fragte man ihn. »In der Atacama«, sagte er und schaute müde zu Boden, während er auf dem Steinfußboden des Pausenhofs mit den Füßen die schier endlose, rückgratartige Gestalt Chiles nachzuzeichnen begann. Ich hätte schon vor der Weltmeisterschaft, schon vor dem Spiel gegen die DDR auf ihn zugehen und ihn fragen sollen. Er hätte die Trophäe sein können, mit der ich meine Eltern von meiner sozialen Leistungsfähigkeit hätte überzeugen können.

»Du wirst schon sehen, ihr werdet euch bestimmt blendend verstehen«, sagte meine Mutter. »Vielleicht lädt er dich mal nach Chile ein.« Freundschaften waren für sie, wenn es nicht um die Beziehungen zu überirdischen Instanzen ging, eine Sache der Strategie. Ich absolvierte mein tägliches Gebet, in dem ich Gott darum bat, dass A. schon abgereist war, weil sein Vater am Sternenhimmel eine Supernova entdeckt hatte, die jetzt nach ihm benannt werden sollte, aber es war vergeblich. Mit schlechtem Gewissen schaute ich das erste Spiel an. Ich saß im Wohnzimmersessel und starrte auf den Fernseher, der in seinem Holzfurniergehäuse wie in einer Schatztruhe untergebracht war. Er war Teil einer großen Schrankwand, die das halbe Wohnzimmer ausfüllte, und ich saß mit schweißnassen Händen, vor Glück zitternd, in der Sessel-Schrank-Fernseher-Konstellation, die die nächsten fünf Jahre meines Lebens beherrschen sollte. Mein Vater saß in seinem Arbeitszimmer und schaute die Spiele, wie ich später herausfand, heimlich auf einem kleinen Schwarzweißfernseher, während er behauptete, er müsse als Vorbereitung für den Unterricht noch schnell einen Roman lesen.

»Hast du ihn eingeladen?«, fragte meine Mutter am nächsten Tag.

»Wir helfen dir dabei«, sagte mein Vater matt. Ich hatte den gleichen Heimweg wie A., aber ich brauchte noch weitere zwei Tage, bis ich es schaffte. Es war sehr schwierig, mit ihm Schritt zu halten, er schien es immer sehr eilig zu haben.

»Du könntest ihn zum Endspiel einladen«, sagte mein Vater. Deutschland hatte sein erstes Spiel gerade mit viel Mühe gegen Chile gewonnen, und mein Vater hatte Mitleid mit mir.

»Kommt gar nicht infrage«, sagte meine Mutter. »Außerdem habe ich gelesen, dass die DDR den Generalsekretär der sozialistischen Partei Chiles gerettet hat, und überhaupt sind jetzt ganz viele Chilenen in der DDR.« Ich spürte die zunehmende Komplexität des Spiels. Bis dahin hatte ich es nicht wirklich für möglich gehalten, dass es außer A.s Vater noch etwas anderes in Chile gab. Ich dachte an die archaischen, unwegsamen Landschaften, die Wälder im Süden, in denen die Menschen vor lauter Regen gebückt gingen, und ich dachte an die Wüste, deren Stille, wie A. behauptete, ohrenbetäubend war.

»Es müssen traurige Menschen sein«, sagte meine Mutter und hatte sich auf der Stelle in A. verliebt. Ich zögerte noch einen Tag. Dann sprach ich ihn an. Aus irgendwelchen Gründen, die für immer rätselhaft blieben, willigte er sofort ein.

Das Spiel fand unter geradezu bizarren Bedingungen statt. Eigentlich waren Flutlichtspiele gottesdienstähnliche Veranstaltungen, für die ich mich reinigen und in entsprechende rituelle Bekleidung hüllen musste. Ich vertraute mich ganz den Spielern an. Sie waren wie Seelenverwandte, die meine inneren Bewegungsabläufe auf dem Rasen in Spielzüge verwandelten und mich, unter dem künstlichen Licht des Stadions imitierten. Ich untersuchte den Rhythmus ihrer Bewegungen, die Abfolge ihrer Schritte, wie sie kurz innehielten und stehen blieben, als würden sie nachdenken. Am äußersten Rand, am

Rand meines körperlich-imaginären Apparats, war das Gebilde der Nationalmannschaft meine äußerste und kraftvollste Schutzschicht, mit der ich mich vorsichtig in die Welt hinauswagte. Meine Eltern waren sehr aufgeregt. Sie saßen auf Stühlen, während A. und ich, von ihnen eingerahmt, auf zwei identischen, mit robbenfellartigem Bezug ausgestatteten Sesseln saßen. Auf Beistelltischen standen Schälchen mit Ablenkungsversuchen meiner Mutter, die ununterbrochen aufstand und A. etwas anbot. Es war, als fürchtete sie, er könnte verhungern. Es hätte der einsamste und leuchtendste Tag der Fußballweltmeisterschaft sein können. Normalerweise wären meine Eltern zu einer ihrer Samstagabendpartys gegangen, in ihrem autistischen Lehrerfreundeskreis, der aus exakt vier verschiedenen Paaren bestand, in denen sich in spiegelbildlichen Entsprechungen Lehrer und Lehrerinnen mit ähnlichen Berufsgruppen vermischten, und ich wäre dann allein zu Hause gewesen, in vibrierender, glücklich machender Symbiose mit dem erschütternd aufregenden Bedrohungsszenario der Niederlage vor Augen. Eine Niederlage war undenkbar. Es war nur eine theoretische Möglichkeit, ein fast unmerklich zarter Unwahrscheinlichkeitskitzel. Meine Mutter gab sich alle Mühe. Sie versuchte, das Gespräch nicht abreißen zu lassen. Sie fragte A. nach seinen Eltern. Sie fragte ihn nach seinen Lebensgewohnheiten.

»Du hast die anderen Spiele sicher mit deiner Mutter gesehen, oder?«, fragte sie.

A. schüttelte den Kopf.

»Ich *kann* gar nicht Fußball spielen«, sagte er. Das Spiel war zu diesem Zeitpunkt schon eine halbe Stunde alt, und mein Vater war in ein brütendes Schweigen verfallen, während ich ab und zu noch auf die Gesprächsangebote meiner Mutter einging. Ich sagte vielleicht: »Ich kann auch nicht richtig spielen«

oder: »So gut spiele ich auch wieder nicht.« In meiner Erinnerung war das Spiel sehr langsam. Die Nationalspieler liefen vorsichtig und bedächtig. Der Fernseher glühte selbstgefällig, das Flutlicht strahlte beseelt auf die Spieler, hinter denen die Schatten eigenartige Verzerrungen und Verdoppelungen erzeugten. Vielleicht waren die Schatten aufgrund der tiefer stehenden Flutlichtmasten etwas länger als heute. In meiner Erinnerung waren es sehr lange, gewänderartige Schatten, die den Spielern weniger folgten, als dass sie sie hinter sich herzogen, so als wären es Kreuze.

»Wenn du deinen Vater nach dem Spiel anrufen willst«, sagte meine Mutter, »das Telefon ist im Nebenzimmer.« A. nickte vorsichtig, wie er überhaupt von großer Höflichkeit und Zurückhaltung war.

»Sie haben einen sehr schönen Fernseher«, sagte er. Er beugte sich ein bisschen vor, um den Fernseher in Augenschein zu nehmen. Meine Mutter strahlte.

»Wir haben ihn für die Olympischen Spiele gekauft«, sagte sie. »Ich interessiere mich ein bisschen dafür. Also jedenfalls viel mehr als für Fußball. Ich mag Dreisprung und, ach ja, Hochsprung.« Sie lächelte, und er nickte etwas peinlich berührt in sich hinein, als hätte sie einen schmutzigen Witz gemacht. Mein Vater sagte nichts. Er konzentrierte sich auf das Spiel. Ich hatte Schwierigkeiten, den Kommentar des Sprechers von den Konversationsbemühungen meiner Mutter zu trennen. Eigensinnig rannten sich die Spieler immer wieder fest, während andere in ihrer Großspurigkeit und Überheblichkeit über den Platz schauten, als bewunderten sie die Aussicht von einem Hügel. Die Arroganz ihrer Bewegungen war so berauschend, dass selbst meine Mutter sich ihr nicht entziehen konnte.

»Siehst du«, sagte sie zu meinem Vater, »die Deutschen spielen so überheblich.«

Niemand sagte etwas.

»Ich finde, dass wir als Deutsche nicht so überheblich spielen sollten. Oder? Was denkst du?«

»In Chile ist Fußball eine Religion«, sagte A. »Alle Chilenen *lieben* Fußball.« A. schlug die Beine übereinander. Eine Weile saßen wir in verkrampfter Entspanntheit da. Ich sehnte die Halbzeitpause herbei, vor der ich mich allerdings im gleichen Moment fürchtete.

»Interessierst du dich überhaupt für Fußball«, fragte meine Mutter, als A. zu Beginn der Pause erleichtert aufsprang.

»Bestimmt interessiert er sich für Fußball«, sagte mein Vater schnell, aber es war schon zu spät.

»Ich interessiere mich mehr für Gedichte«, sagte A.

»Na, alle Achtung«, sagte mein Vater und stand auf.

»Sollen wir den Fernseher nicht ausschalten?«, fragte meine Mutter. A. steckte die Hände in die Hosentaschen. Meine Mutter wirbelte mit neuen Speisen und Aufmerksamkeiten um ihn herum. Sie klappte einen der beiden Schatztruhenflügel des Fernsehers zu, während sie den anderen aus unerfindlichen Gründen offen stehen ließ. Meine Eltern standen um A. herum, als sei er ein aus dem Fernseher entsprungener Star, dem sie den Rückweg abzuschneiden versuchten.

»Ist Pablo Neruda nicht erschossen worden?«, fragte meine Mutter und schaute etwas verloren auf den Fernseher.

»Bei uns werden keine Schriftsteller erschossen«, sagte A. Mein Vater nickte. Eine Weile stockte das Gespräch.

»Wie sieht denn so ein Tag in Chile aus?«, fragte meine Mutter.

»Wir müssen Uniform tragen«, sagte A.

»Gehst du denn in den Sommerferien auch in die Schule?«, fragte mein Vater.

»Und Sie singen dann die Nationalhymne?«, fragte meine Mutter, die A. aus Versehen auf einmal zu siezen anfing. Sie

unterhielten sich eine Weile, während ich mich nicht aus dem Sessel heraustraute.

»Nachts hat mein Vater immer im Observatorium zu tun«, sagte A.

»Das stelle ich mir sehr aufregend vor«, sagte meine Mutter. »Begleiten Sie ihn manchmal?«

»Nur im Winter. Im Sommer ist es zu heiß. Manchmal sind die Flüsse überflutet, aber mein Vater fährt Mercedes.«

»Mmh«, sagte mein Vater, dessen Begeisterung für A. etwas nachzulassen schien.

»Es ist eine ganz fremde Welt für uns«, sagte meine Mutter, »nicht wahr?« Sie sprang schnell einen Schritt zur Seite und schloss auch noch die andere Hälfte des Fernsehschranks. Ich sprach ein schnelles, stummes Gebet, das weniger an Gott als an meinen Vater gerichtet war. Ich wusste, dass das Spiel für das Weiterkommen der deutschen Mannschaft unerheblich war, sie hatte sich schon für die nächste Runde qualifiziert, aber ich sehnte mich doch danach, dass in der zweiten Halbzeit noch etwas passieren und der Mannschaft der DDR, wie es mein Vater vor dem Spiel angekündigt hatte, eine Lektion erteilt werden würde. »Sie werden völlig überbewertet«, hatte er gesagt. »Wahrscheinlich werden sie vor dem Spiel gefoltert, sonst könnten sie niemals so viel laufen.« Fünfzehn Minuten lang standen wir mit A. in ungezwungener Partyatmosphäre im Wohnzimmer herum. A. hielt das von meiner Mutter überreichte Schälchen mit auf Plastikspießen aufgehäuften Käse-Trauben-Kombinationen in der Hand und schaffte es, es ihr nach Ende der Halbzeitpause leer zurückzugeben. In diesem Moment war es schmerzlich, zu sehen, dass er einen Kopf größer war als ich. Ein paarmal wanderte der Blick meiner Mutter besorgt zwischen uns hin und her.

»Siehst du mal«, sagte sie zu mir, »er schreibt Gedichte. Das kannst du doch auch, oder?«

»Er macht zu viele Rechtschreibfehler«, sagte mein Vater.

»Aber nicht im Auto«, sagte A. »Da kann ich nicht schreiben. Mein Vater fährt sehr schnell.«

»Hat nicht die CIA den Streik der Lastwagenfahrer bezahlt?«, fragte meine Mutter. Mein Vater zuckte zusammen.

»Wir haben sie mit Kampfflugzeugen angegriffen. 11. September, das ist der chilenische Nationalfeiertag.«

»Die Lastwagen?«, fragte mein Vater. Er drehte sich zu dem verschlossenen Fernsehschrank um. Ich glaubte von dort verdächtige Geräusche zu hören, ein Stimmengewirr, ein feierliches Rauschen, ein Zeichen, dass das Spiel wieder angefangen hatte.

»Es geht weiter«, sagte mein Vater. A. reagierte nicht und lächelte meine Mutter an. Eine Weile standen sie in der Mitte des Raumes, als hätten sie ein Rendezvous.

»Nein«, sagte meine Mutter noch, »das habe ich nur gelesen. Und das Gewehr ist wirklich von Fidel Castro?« Ich hatte auf einmal ein ungutes Gefühl. Die ständigen Ablenkungen hatten mein Vertrauen in die deutsche Mannschaft erschüttert. Eine Weile noch standen meine Mutter und A. hinter uns, dann setzten sie sich wieder hin.

»Wenn Sie gewinnen, ist das eine zum Himmel schreiende Ungerechtigkeit«, sagte A. plötzlich. Für einen Moment dachte ich, dass er wirklich keine Ahnung von Fußball hatte. Mein Vater stand auf und drehte den Ton lauter. Wir lehnten uns zurück. A. blickte mit gespielter Neugier auf den Bildschirm. Für fünf oder zehn flüchtige Minuten begannen wir, das Spiel zu genießen.

Ich war es gewöhnt, dass uns die DDR in allen Sportarten überlegen war. Eine Übermacht, gegen die vor allem meine Mutter aufbegehrte und in einem geradezu religiösen Eifer ankämpfte. »Sie halten sich wohl für Götter«, sagte sie, und mein Vater sagte: »Es sind nur die Funktionäre. Die Sportler selbst können gar

nichts dafür.« »Natürlich können sie etwas dafür. Schließlich glauben sie daran.« Während der letzten Minuten des Spiels rechnete ich nicht mehr damit, dass noch etwas passieren würde. Ich wünschte mir nur, dass ich noch Gelegenheit haben würde, mich in Ruhe von A. zu verabschieden. Aber dazu kam es nicht mehr. Es passierte ganz plötzlich. Sie kamen aus einem tiefen, pazifischen Blau, eine eiskalte Flüssigkeit, die durch die Abwehr unserer Mannschaft hindurchströmte. Ich erschauerte in meinem Sessel. Es war ein pfeilschneller und blitzartiger Vorstoß. Ein klinisches, kaltherziges Vorgehen, ohne Erbarmen und Verzeihen. Zuerst schaute A. nur dumpf auf den Fernseher. Er brauchte eine Weile, bis er sich entschieden hatte. Das ganze Spiel über hatte er so gewirkt, als würde er an einer Bushaltestelle sitzen und auf einen Bus warten, dessen Ankunft ihn aber auch nicht sonderlich interessierte. Beim ersten Gruppenspiel war mir die Leidenschaft der chilenischen Anhänger noch aufgefallen, obwohl ich die Protestrufe und das »Junta No« der Putschistengegner für den Ausdruck nationaler Begeisterung gehalten und mit Anfeuerungsrufen der normalen Zuschauer verwechselt hatte. Mein Vater sagte später: »Er ist ein bisschen kühl, oder?« Und meine Mutter sagte: »Er sieht auch gar nicht aus wie ein Chilene.« Später wollte sie herausgefunden haben, dass er weniger ein Dichter als der verwöhnte Sohn eines Großgrundbesitzers gewesen sein muss, der es gewohnt war, dass andere Menschen für ihn arbeiteten.

»Hast du gesehen, wie er sich von mir hat bedienen lassen?«, sagte sie zu meinem Vater. »Und diese Geschichte, wo ihm das Dienstmädchen das Kartoffelwasser über den Arm gegossen hat.« Sie sah das Unglück voraus. Sie wurde schon nervös, als der Angriff auf unser Tor nur eine Andeutung war und mein Vater und ich noch dachten, dass unsere Abwehr die Flut, die über sie hereinbrach, noch aufhalten könnte.

»Er hat sich eben einfach vertan«, sagte mein Vater. Aber meine Mutter bestand darauf, dass man eindeutig habe sehen können, wer wer gewesen sei, und dass es schon sehr schwierig sei, zwei Länder miteinander zu verwechseln, die sich so sehr voneinander unterschieden. A. verwechselte sie, er riss die Arme hoch und jubelte, während meine Mutter schrie. Ein historischer Moment, bei dem ich in dumpfer Ergebenheit nur die Augen schloss. Null zu eins. In meiner Erinnerung war das Spiel danach zu Ende, obwohl es noch zehn Minuten lang weiterging. Ich erinnere mich nur noch vage, wie wir A. zur Tür geleiteten und uns von ihm verabschiedeten.

»Vielen Dank«, sagte er und gab mir und meinem Vater die Hand, als hätten wir ihm Asyl gewährt.

Meine Mutter stand vor dem Fernseher, als wir zurückkamen. Sie hatte die Türen des Fernsehschranks geschlossen und sah uns mit gekränktem Gesichtsausdruck an.

»Ich glaube, er lügt«, sagte sie. »Er ist niemals in Chile gewesen. Und es gibt bestimmt auch kein Observatorium.«

»Bestimmt nicht«, sagte mein Vater müde und verschwand in seinem Arbeitszimmer, um einen Roman zu lesen oder so zu tun, als würde er einen Roman lesen. Damals gab es noch nicht die tröstenden, akribischen Nachbetrachtungen und Analysen, ohne die ich heute keine Niederlage einer Mannschaft, die ich verehre, ertragen kann. Die Niederlage gegen die DDR war die erste meines Lebens, und selbst das Endspiel, das an einem Sonntagnachmittag stattfand, eine mühselige Travestie verlorener Eleganz, ein Diebstahl am helllichten Tag, tröstete mich nicht darüber hinweg. Ich erinnere mich mit Schaudern an meine Mutter, wie sie sich am Wohnzimmersessel festklammerte und mühsam ihre Gefühlsaufwallungen zu unterdrücken versuchte, während ich auf dem Fußboden saß und mir wünschte,

ich könnte in der chilenischen Wüste sein, der salzige heiße Wind würde mir um die Ohren wehen, und dann würden auf einmal die weißen Kuppeln des Observatoriums auftauchen, das aber in Wirklichkeit ein Fußballstadion war. Es war vielleicht Ausdruck meiner kindlich überspannten Phantasie, dass ich mir vorstellte, ich würde in die Katakomben hinabsteigen und dann ganz plötzlich im grellen Sonnenlicht unter dem weiten chilenischen Himmel stehen. A. würde auf der Tribüne sitzen und mir zujubeln.

Jochen Schimmang

Das Dritte Auge

7

O-TON HERIBERT FASSBENDER: »Croy, der fängt und wirft ab. Wirft auf Hamann. Der Auswechselspieler von Vorwärts Ostberlin hat die Mittellinie überdribbelt. Sieht sich jetzt Beckenbauer gegenüber, zieht es vor, steil zu spielen, auf Sparwasser, schöne Aktion, Schussmöglichkeit, und ... Tooor!«

Unsere älteren Zuhörer erinnern sich sicher an dieses berühmte Tor von Jürgen Sparwasser. Das Sparwasser-Tor. Es fiel am 22. Juni 1974, im einzigen Spiel der BRD*-Nationalmannschaft gegen die* DDR*-Elf. 1974 – da fand die letzte Fußballweltmeisterschaft in Deutschland statt. Es war ein Jahr des Umbruchs. Die Menschen hatten Angst vor Arbeitslosigkeit, vor Reformen – und terroristischen Anschlägen. Zu Gast im Studio ist heute der Sicherheitsexperte Theo Münks. Bei der Weltmeisterschaft 1974 – insbesondere beim Spiel der beiden deutschen Mannschaften – war Münks als Geheimdienstler für die Sicherheit in den Stadien zuständig. Guten Abend, Herr Münks.*
Guten Abend.

Anfang der Siebzigerjahre, nach den Aktionen der RAF *und der Geiselnahme arabischer Terroristen während der Olympischen Spiele in München, herrschte in Westdeutschland Alarmstufe rot. Was erschien Ihnen bei der Begegnung* BRD – DDR *wahrscheinlicher: ein Sieg der* DDR *oder ein Anschlag?*
Wir von der Sondergruppe Kontrolle Berlin/Hamburg waren uns schon vor dem Spiel über den Spielausgang einig. Uns war klar, dass es auf sportlichem Gebiet für die andere Seite eine

einmalige Chance war, im Klassenkampf auf deutschem Boden eine Spur zu hinterlassen, eine Duftmarke gewissermaßen, die über den üblichen Geruch von Lysol hinausging, wie ihn beinahe jeder Westdeutsche vom Transit her kannte. Es gab sogar Spekulationen, wir könnten das Spiel absichtlich verlieren, um nur Gruppenzweiter zu werden und in der Zwischenrunde einfachere Gegner zu haben.

Ich war übrigens erst kurz vor Beginn der Spiele zur Gruppe gerufen worden, weil Kollege Gädke sich an meine Fachkenntnisse im Fußball erinnerte. Ich war eine lebende Datenbank, und obwohl mein eigentlicher Arbeitsbereich damals in der Überwachung der Universität Tübingen lag, stellte man mich kurzfristig zur Gruppe WM ab.

Aber um auf Ihre Frage zurückzukommen, wir waren uns einig, dass die DDR wenigstens ein Unentschieden, wenn nicht einen Sieg holen würde. Nur Brüggemann hielt dagegen und lag so auf einer Linie mit den Kollegen von der anderen Seite, die zwei Tage vor dem Spiel nach und nach aus der Normannenstraße zum DDR-Kader stießen und die wir natürlich sofort erkannten. Sie trauten ihrer Mannschaft offensichtlich nicht viel zu. Dafür hatten sie ein paar Wochen zuvor mit dem Rücktritt Willy Brandts einen Coup gelandet. Mit einem Anschlag haben beide Seiten aber nicht gerechnet.

Wieso nicht?

Wir glaubten, alles im Griff zu haben. Jedenfalls, was das linke Spektrum betrifft. Die Kader der ersten Generation saßen hinter Gittern, und wir trauten den Nachfolgern logistisch ein solches Unterfangen nicht zu. Das sollte sich bald ändern, wie schon im Jahr darauf die Entführung von Peter Lorenz zeigte. Aber in den Sommerwochen vierundsiebzig lagen wir mit unserer Einschätzung zunächst richtig. Wir hatten keine Hin-

weise auf Bewegungen in diese Richtung. Lediglich hinsichtlich der Spiele, an denen Zaire, Haiti, Argentinien und Chile teilnahmen, gab es erhöhte Aufmerksamkeit.

Das erste Spiel der Nationalelf gegen Chile fand am 14. Juni 1974 in Berlin statt. Es stand sicherlich unter besonderer Beobachtung. Im Jahr zuvor war es in Chile zum Militärputsch von General Pinochet gekommen. Viele erinnern sich vielleicht noch an die Bilder aus dem Fußballstadion in Santiago, in dem Tausende von Regimegegnern inhaftiert worden waren. Das Spiel hatte also nicht nur eine sportliche, sondern auch eine politische Bedeutung, oder?
Ich darf an dieser Stelle sagen, dass ich mit den Maßnahmen der Generäle in Chile nicht einverstanden war. Aber die chilenische Mannschaft war nun mal als Vertreter eines souveränen Staates hier und musste wie alle anderen geschützt werden. Und tatsächlich haben wir schon im Vorfeld einen Anschlag verhindert. Eine Gruppe Exilchilenen hatte während des Spiels eine Bombe zünden wollen, die mindestens zwanzig oder dreißig Tote zur Folge gehabt hätte. Wir hatten die Jungens aber schon längere Zeit im Raster und konnten sie etwa eine Woche vor dem Spiel in Gewahrsam nehmen. Dennoch war während des Spiels natürlich erhöhte Aufmerksamkeit geboten, und wir waren in Zweiergruppen ständig auf Patrouille. Deshalb sahen wir wenig vom Spiel, vom Schlafwagenfußball der Chilenen und dem müden Gekicke der Deutschen. Breitners frühes Tor bekam ich nur über den Jubel mit. Abends telefonierte ich mit einem Freund, der das Spiel im Fernsehen gesehen hatte und mich nach meinem Eindruck fragte. »Ich habe kaum etwas von dem Spiel gesehen«, sagte ich. »Hast du ein Glück«, sagte er.

Der Freund wusste von Ihrer Tätigkeit?
Ja.

Sie haben von 1968 bis 1972 in Westberlin studiert und waren anfangs in der Protestbewegung engagiert. Wie haben denn Ihre Freunde von früher auf Ihre berufliche Laufbahn reagiert?
Das war natürlich nicht einfach. Für viele von ihnen war ich ein Verräter. Sie gingen davon aus, dass ich sie während unserer Studienzeit »bespitzelt« habe, wie sie sich ausdrückten. Die meisten Freundschaften waren nach meinem Uniabschluss beendet, aber sie gingen ohnehin nicht sehr tief.

Wie kommt jemand, der Germanistik und Philosophie studiert hat, zum Geheimdienst?
Ich hatte gehofft, ein Stipendium der Studienstiftung des deutschen Volkes zu bekommen, aber das hat dann leider nicht geklappt. Ich glaube, das Amt ist deshalb auf mich aufmerksam geworden, wie genau, kann ich nicht sagen, denn in meine Personalakte habe ich nie Einblick erhalten. Was mich mit sechsundzwanzig zum Amt führte, außer der Aussicht auf sichere und ausreichende Bezüge, war meine Liebe zur Raffinesse, zur Volte, zum Trick, mein Hang zum Eleganten. Ganz gewiss hatte ich mir über die praktische Arbeit falsche Vorstellungen gemacht, hatte den täglichen Stumpfsinn, die Routine nicht auf der Rechnung, die dreckigen Kaffeetassen überall in den Büros, die dümmlichen Zoten und die nie abreißenden Geburtstagsfeiern, die Flasche Weinbrand im untersten Fach des Schranks …

Oft aber wurden meine Bedürfnisse nach Raffinesse und Eleganz auch erfüllt. Ich meine nicht solche Banalitäten wie tote Briefkästen. Aber einmal musste ich mich zum Beispiel in einem Hotel, wo wir für drei Nächte ein Zimmer gebucht hatten, in bestimmten Abständen im Foyer sehen lassen und einmal zu Mittag essen. Ich darf es nicht erklären, aber es war ein reines Ablenkungsmanöver, und ich mochte daran das

Verschwenderische, das Missverhältnis zwischen großzügigem Aufwand und dem verfolgten Zweck. Auch unter diesem Aspekt hätte ich mir jetzt einen Einsatz lieber in einer anderen Gruppe gewünscht als in unserer doppeldeutschen. Da gab es zwar auch Missverhältnisse zwischen Aufwand und Zweck, aber das hatte nichts Großzügiges.

Gab es nichts am deutschen Fußball, was Ihnen gefiel?
Ich war ein Fan des holländischen Fußballs, vermittelt vor allem über Ajax Amsterdam, und ich wäre lieber in Hannover und Dortmund eingesetzt gewesen als in Hamburg, um den einzigartigen Johan Cruyff zu sehen, Ruud Krol und Johnny Rep, Johann Neeskens und Arie Haan. Der Dienst nimmt auf solche Wünsche jedoch keine Rücksicht.

Immerhin hatten wir einen Beckenbauer, das war gewiss nicht wenig. Wir hatten ja auch die Erinnerung an die belgischen Wochen zwei Jahre zuvor, als wir Europameister geworden waren in einem Stil, dass keiner mehr glaubte, es seien Deutsche gewesen, die da gezaubert hatten. Dabei muss man sich eigentlich nur an Namen wie Schwarzenbeck, Höttges und Wimmer erinnern, um zu begreifen, dass es sehr wohl Deutsche waren. Dann natürlich der Doppelpass, von dem alle glaubten, wir hätten ihn erfunden, oder speziell der FC Bayern. Das war natürlich Quatsch, denn den Doppelpass hatten die Ungarn schon zwanzig Jahre zuvor gespielt.

Der Chef – nicht die Legende Herberger, sondern sein Schüler Helmut Schön –, der Chef glaubte: Das mit der Eleganz und Schönheit, das machen wir noch einmal. Ging aber nicht, das sah man gleich beim ersten Spiel gegen Chile. Netzer war nicht dabei, und das war gut so, weil er völlig neben der Kappe war. Stattdessen spielte Overath, und als Fast-Kölner freute mich das ganz besonders, obwohl er von den Fans ausgepfiffen wurde.

Herr Münks, kommen wir noch einmal auf Ihre Funktion als Geheimdienstmitarbeiter zurück. Das nächste Spiel der DFB-Elf gegen Australien schien im Gegensatz zu Chile eine sichere Sache zu sein, sowohl sportlich als auch sicherheitstechnisch. Konnten Sie sich nach dem Spiel gegen Chile entspannen?
Ganz so einfach war das nicht. Wir schätzten das Spiel gegen Chile sicherheitspolitisch zwar als das kritischste in der Gruppe ein. Aber deshalb durften wir in unserer Aufmerksamkeit nicht nachlassen. Von Berlin ging es nach Hamburg, und ich fühlte mich besser. Berlin verursacht mir bis heute Beklemmungen, wissen Sie. An Hamburg, wo ich für ein halbes Jahr einmal eine Freundin hatte, habe ich viel freundlichere Erinnerungen. Für mich als Rheinländer und gläubiger Katholik sind aber beide Städte mit ihrer protestantischen Kühle immer eine Art Exil geblieben.

Wir waren in einem Hotel in der Nähe des Volksparkstadions untergebracht. Australien war nicht nur fußballerisch, sondern auch sicherheitspolitisch ein leichter Gegner. Man konnte natürlich nie ausschließen, dass irgendein Verrückter wegen der Aborigines-Frage ein Transparent auf dem Rasen entrollen oder eine Bombe zünden wollte, aber wir hatten im Vorfeld alles sondiert, und es passierte ja auch nichts. Australien passte einfach zu uns. So groß war der Unterschied fußballerisch eigentlich nicht, wenn ich es recht bedenke, und wenigstens hat Overath ein Tor geschossen, und es hat zu einem 3:0 gereicht.

Wie haben Sie sich auf die zweite politische Begegnung der Gruppe eins, auf das Spiel der BRD gegen die DDR vorbereitet?
Locker. Bestimmt lockerer als die Mannschaft. Ich weiß, dass ich am nächsten Tag mit Gädke zusammen im Hotel das Spiel der Holländer gegen die Schweden gesehen habe, und obwohl da kein Tor fiel, waren wir uns doch einig, dass die Holländer

eigentlich nur sich selbst aufhalten konnten. Ich erinnere mich jetzt, wir waren zu dritt, der Kollege Breuer war auch dabei, der zweite Rheinländer aus der Gruppe, und der sagte: »Fußball total? Die spielen auch nur Fußball, aber eben viel besser als unsere.« Später erschien mir der Satz besonders pikant, weil das Wort »unsere« aus Breuers Mund doppeldeutig war. Das konnten wir aber damals noch nicht wissen. Erst zwei Jahre später kam raus, dass er seit Jahren für die andere Seite arbeitete.

Ansonsten beobachteten wir die Ankunft der Ostkollegen. Man kannte sich natürlich, tat aber so, als habe man keinen blassen Schimmer, wer der andere sei. Ich erinnere mich, dass ich am Abend vor dem Spiel zwei von ihnen in einer Kneipe in Altona traf – nicht zufällig versteht sich, denn wir vertrieben die Zeit damit, uns gegenseitig zu beschatten. Sie gaben sich als normale DDR-Schlachtenbummler aus, als so genannte Touristen, und wir diskutierten den morgigen Spielausgang. Alle beide – es waren die Kollegen Klein und Klump, die wir intern nur Plisch und Plumm nannten – gaben ihrer Mannschaft keine Chance, während ich selbst die Chancen unserer Elf skeptisch beurteilte.

Welche Erinnerungen haben Sie an das Wetter, an das Licht, an die Stimmung dieser Tage?

Es war ja Frühsommer. Unter diesem Aspekt waren die Hamburger Tage schön. Was mich heute überrascht, ist die Tatsache, dass ich kaum noch weiß, wie die Stadt und die Menschen damals aussahen. Ich weiß nicht einmal, was ich damals für Kleidung trug und wie lang meine Haare waren. Aus diesen ganzen Siebzigerjahren gibt es von mir erst wieder Fotos ganz am Ende, 1979, als ich längst in Köln meinen eigenen Schreibtisch hatte und meine eigene Abteilung leitete. Wenn ich die Fotos der Spieler von damals sehe, die langen Haare leicht gewellt,

dazu die Koteletten, außerdem manche noch mit Heckspoiler – also, wenn ich das sehe, muss ich annehmen, dass ich ähnlich ausgesehen habe. Aus irgendwelchen Gründen habe ich noch ein Foto, wie Jürgen Grabowski eine Boutique in einer Wiesbadener Passage eröffnet, vielleicht ein Jahr nach der Weltmeisterschaft. Man sieht ihn dort mit einem Glas in der Hand und enormen Schlaghosen.

Ich kann mich an die Zeit nicht mehr so gut erinnern. Zum Beispiel habe ich ein Bild im Kopf, wie ich während der Hamburger Tage aus einem Geldautomaten hundert Mark ziehe, aber es gab damals noch gar keine Geldautomaten. Das muss also bei einem anderen Einsatz in Hamburg gewesen sein, und vielleicht war es auch gar nicht in Hamburg, sondern in Frankfurt oder Bochum. Ich bin ja viel herumgekommen in unserem Land.

Am 22. Juni 1974, bei der ersten und einzigen Begegnung der beiden deutschen Teams, war fast das gesamte Bundeskabinett anwesend. Neben den Regierungsvertretern saß auch Helmut Kohl, der damals noch CDU-Fraktionsvorsitzender im Bundestag war. Und natürlich die beiden Ständigen Vertreter, Michael Kohl und Günter Gaus, die erst am Tag zuvor in das Amt eingeführt worden waren. Hatten Sie nicht Angst, dass etwas passieren könnte?

Nein, wir hatten ein gutes, sicheres Gefühl. Morgens nach dem Frühstück gab es in einem kleinen Tagungsraum des Hotels Lagebesprechung. Darin wurden die Einsatzkräfte auf die verschiedenen Teile des Stadions verteilt, immer in Zweiergruppen, ich mit Breuer. Natürlich gab es im Stadion ohnehin jede Menge Polizei und andere Sicherheitskräfte. Finanzminister Apel und die anderen hatten ja eigene Bodyguards dabei. Unsere Aufgabe bestand darin, gleichsam mit dem Dritten Auge zu sehen, wie das bei uns im Jargon hieß. Also nicht die

potenziellen Randalierer beobachten, sondern den potenziellen Einzeltäter.

Aber bevor es richtig losging, hatten wir Zeit zur freien Verfügung. Ich habe einen Spaziergang durch Hamburg gemacht, auf den Spuren meiner ehemaligen Freundin. Ich ging in die Buchhandlung Felix Jud und habe mir angeschaut, was es Neues an Büchern gab.

Sie hatten die Ruhe, vor dem Spiel durch die Stadt zu schlendern und Bücher zu kaufen?
Natürlich! Vergessen Sie nicht, was ich studiert habe! Jetzt, im vorzeitigen Ruhestand, habe ich sogar eine Promotion in Philosophie begonnen. Es gab eine hübsche Szene in der Buchhandlung. Nachdem ich zehn Minuten in Büchern geblättert hatte, kam Herr Jud persönlich und fragte mich, ob er irgendwie helfen könne. »Ich will nur mal sehen, was es Neues gibt«, antwortete ich. »Was«, rief er, »neue Bücher wollen Sie haben? Ja, haben Sie denn die alten schon alle gelesen?«

Und, haben Sie ein neues Buch gekauft?
Nein, ein altes, das ich noch in meinem letzten Schuljahr gelesen hatte. Böll, Ende einer Dienstfahrt. War immer eines meiner Lieblingsbücher gewesen. Wie Sie sich vorstellen können, war Böll bei uns im Amt suspekt und fest im Visier, aber man muss sehen, dass wir fast alle weit weniger eng und schematisch dachten, als man das von uns bis heute annimmt. Der Feind ist letztlich überall, damit muss man leben. Jedenfalls hatte ich plötzlich eine Taschenbuchausgabe dieser schönen Erzählung in der Hand, und dann hatte ich einen so ungeheuer starken Anfall von Heimweh, dass ich ein paar Tränen nicht unterdrücken konnte. Ich komme nicht direkt aus Köln, sondern aus einem kleinen Kaff im Linksrheinischen, das dieses Birglar in der

Erzählung sein könnte, dieses Städtchen, wo die Verhandlung stattfindet. Und da hatte ich Heimweh. Doppeltes Heimweh, nach dem Rheinland und nach meinen letzten Schuljahren.

Nicht gerade die beste Voraussetzung, um sich abends auf den Dienst zu konzentrieren.
Stimmt. Um wieder in die Gegenwart zurückzukommen, habe ich mir ein paar Zeitungen gekauft, mich in ein Restaurant gesetzt und die Sportteile durchgesehen, mit den Vorschauen und Spekulationen zum Spiel. Um mich herum wurde es langsam voll, und an einem der Nebentische ging es auch um Fußball. Einer meinte, das Spiel sei längst verkauft, um von der DDR Zugeständnisse zu bekommen. »Der Schmidt«, sagte der, »ist genauso ein linker Vogel wie der Brandt, der tut bloß härter.« Die anderen haben aber bloß gelacht oder den Kopf geschüttelt. Die haben sich mehr darüber aufgeregt, dass kein Hamburger in der Mannschaft war. Damals bot sich aber auch niemand an, Kaltz war noch nicht so weit, und Peter Hidien – einer meiner Lieblingsspieler – hatte einen Karriereknick. Ich habe mich plötzlich sehr allein gefühlt und bin ins Hotel zurück. Wir hatten ja noch viel Zeit, Dienstantritt im Stadion war erst um achtzehn Uhr. Das Spiel begann um neunzehn Uhr dreißig. Als ich im Hotel ankam, war es gerade mal halb zwei.

Was haben Sie gemacht, um die Zeit zu überbrücken?
Erst mal Mittagsschlaf. Das ist ja auch bei den Mannschaften sehr beliebt oder sogar Pflicht vor großen Spielen. Berti Vogts soll ein ganz großer Schläfer gewesen sein. Ich habe mich gewissermaßen in die Seele der Spieler hineinversetzt.

Haben Sie eigentlich selber mal Fußball gespielt?
Ja, sicher. Zu Hause in der Jugend, wenn ich auch nicht sehr gut

war. Defensives Mittelfeld. Und in Berlin hatten wir eine Truppe, die sich am Samstagnachmittag immer irgendwo in Schmargendorf traf, da hatten wir einen Platz zur Verfügung, richtig mit Toren. Das waren meistens Studenten, aber es waren auch ein paar junge Arbeiter dabei. Das war ja die Zeit, wo die Studis das Proletariat entdeckten. Dem Volke dienen und so.

Das haben Sie ja dann nicht gemacht.
Doch, doch, ich habe dem Volke sehr wohl gedient, nur anders, als die das damals wollten. Ich habe sehr wohl dem Volke gedient, das lasse ich mir nicht wegreden.

Wie haben Sie an jenem Nachmittag dem Volke gedient?
Ich habe bis halb vier geschlafen, dann geduscht und im Bett noch etwas Böll gelesen. Das war so schön, dass ich nicht die geringste Lust hatte, ins Stadion zu gehen und mit Breuer zusammen nach ungewöhnlichen Bewegungen Ausschau zu halten. Aber natürlich habe ich mich dann fertig gemacht, und wir sind zusammen abmarschiert – das muss man so sagen. Wir waren in unserem Auftreten zwar äußerst zivil, aber wenn man uns so als Gruppe gesehen hat, dann muss jeder gemerkt haben, dass hier keine normalen Zuschauer auf dem Weg ins Stadion sind. Der Beruf prägt eben die ganze Erscheinung, das habe ich immer wieder festgestellt.

Die Stimmung im Stadion muss doch enorm aufgeheizt gewesen sein: Deutschland gegen Deutschland, zwei Länder – getrennte Brüder, zwei Ideologien, die sich im Volksparkstadion gegenüberstanden.
Das wird aus der Rückschau doch völlig überbewertet. Zunächst mal war's langweilig. Bis Spielbeginn waren es ja noch anderthalb Stunden. Nach und nach kamen die Zuschauer, nirgendwo etwas Auffälliges. Breuer erzählte mir zotige Witze, die

ich nicht komisch fand. Und dann das Spiel! Ich bin ganz ehrlich, wenn ich sage, dass es von allen Spielen, die ich damals im Stadion oder Fernsehen gesehen habe, dasjenige ist, an das ich die blasseste Erinnerung habe. An was ich mich noch am deutlichsten erinnere, das sind die blauen Trikots der DDR-Jungens. Es war ein ganz merkwürdiges Blau, irgendwie extrem künstlich. An den Grenzübergängen spielte blau ja keine Rolle, sondern grün. Trotzdem erinnerten mich die Trikots an meine früheren Transitreisen nach Westberlin während des Studiums. Jedenfalls irritierte mich dieses Blau irgendwie, und vielleicht irritierte es auch die westdeutsche Mannschaft.

Sie sagen westdeutsche Mannschaft, nicht deutsche.
Wir sahen das damals alles ganz nüchtern. Es gab zwei Staaten, ob uns das nun gefiel oder nicht. Mir persönlich war ja ohnehin alles, was sich in Richtung Osten bewegte, ziemlich fremd, auch wenn ich in Berlin studiert hatte. An die Wiedervereinigung habe ich nie einen Gedanken verschwendet. Es galt, unsere Bundesrepublik zu schützen, das war der Auftrag.

Die Mannschaft von Helmut Schön hat sich auf dem Spielfeld aber nicht gerade mit Ruhm bekleckert.
Nein. Ich habe gleich gesehen, dass da viel Krampf im Spiel war, aber das war ja nichts Neues. Ich glaube nicht, dass die verlieren wollten, aber sie hatten einfach keine Idee, wie man gegen die DDR ein Tor schießt. Als zwanzig Minuten vor Schluss Netzer ins Spiel kam, wusste ich, dass nichts mehr läuft. Er tat mir auch Leid, wie sollte er sich denn in so kurzer Zeit in diese Mannschaft einfinden? Das war eine ganz andere Situation als im Pokalendspiel gegen den 1. FC Köln, als er sich selbst eingewechselt und den Siegtreffer zum 2:1 erzielt hatte. Und er kam ja jetzt auch sozusagen nicht mehr aus Mönchen-

gladbach in die Mannschaft, sondern aus Madrid. Der war doch damals ein Exot.

Und das Sparwasser-Tor? Sehen Sie es vor sich?
Äußerst schemenhaft. Es fing, glaube ich, mit einem Abstoß an.

Von Croy, dem DDR-Torwart, ja.
Ein ziemlich weiter Abstoß. Und dann bekam irgendein DDR-Spieler den Ball und flankte, und da kam eben dieser Sparwasser. Ich glaube, Maier hatte wirklich keine Chance. Sparwasser täuschte einen Schuss an, wenn ich mich recht erinnere, er ließ Höttges oder Beckenbauer und Vogts ins Leere laufen und zog dann mit rechts ab. Als das Spiel zu Ende war, sind Breuer und Brüggemann Richtung Reeperbahn.

Und Sie sind mitgegangen?
Nein. Wir mussten noch den Abmarsch aller Zuschauer abwarten. Es war also ziemlich spät. Breuer zog mit Brüggemann ab, Gädke lud alle anderen zum Bier ein. Aber ich hatte keine Lust. Ich bin mit der S-Bahn zu den Landungsbrücken gefahren und habe da lange auf die Elbe geschaut, in die Dunkelheit.

Nach dem Spiel kam es zu einer öffentlichen Diskussion. Die Niederlage wurde von vielen als Schmach empfunden. Die Zone hatte gegen den Westen gesiegt. Hinzu kam eine weiterhin angespannte Sicherheitslage. Am 24. Juni traf der umstrittene jugoslawische Präsident Marschall Tito zu seinem ersten Staatsbesuch in der BRD ein. Und am 4. Juli trat der Bundesminister für wirtschaftliche Zusammenarbeit, Erhard Eppler, aus Protest gegen die Einsparungen der Regierung zurück.
Tito und Eppler waren kein Thema. Alles konzentrierte sich auf Sepp Maier.

Sepp Maier? Den Nationaltorwart? Warum?
Weil er den Ball durchgelassen hatte. Es gab eine kleine Gruppe militanter DDR-Gegner, die schon in Gelsenkirchen, beim Spiel DDR – Argentinien aufgefallen war. Dort waren während des Spiels zwei jugendliche Mitglieder auf den Rasen gelaufen und hatten versucht, eine rote Fahne mit DDR-Emblem anzuzünden. Wir haben sie festgenommen und tagelang verhört, aber sie wollten die Namen ihrer Hintermänner nicht preisgeben. Vor dem Spiel gegen die DDR gab es keine Anzeichen für irgendwelche Aktionen, erst danach verdichteten sich die Hinweise auf einen Anschlag.

Was waren das für Leute?
Das waren keine Linken, sondern ultrarechte Spinner, die der festen Überzeugung waren, Maier habe den Ball von Sparwasser absichtlich durchgelassen. Er sollte auf dem Weg zum Bus gekidnappt und erst nach der WM wieder freigelassen werden.

Und da sind Sie dazwischengetreten?
Unsinn. Die sind vom Sondereinsatzkommando geschnappt worden. Ich war nur derjenige, der ihnen auf die Spur gekommen ist. Alle anderen waren nach der ersten Finalrunde ziemlich entspannt und ausgelassen.

Warum hat die Öffentlichkeit nie davon erfahren?
Das ist doch propagandistisch nicht auszuschlachten, wenn ein paar deutschnationale Spinner den Nationaltorwart vorübergehend aus dem Verkehr ziehen wollen, weil sie ihn für einen Verräter halten. Dadurch ist ja nicht das Land in Gefahr, das hat eher was Lächerliches. So was behält man für sich. Nicht mal der Sepp Maier hat davon etwas mitbekommen. Aber wenn

man bedenkt, dass er im Endspiel gar nicht erst im Tor gestanden hätte – wenn wir ohne ihn überhaupt so weit gekommen wären! Er hatte übrigens noch bis 1977 Personenschutz. Im Deutschen Herbst änderte sich die Sicherheitslage dann dramatisch, alle Kräfte wurden zusammengezogen, und Maier wurde sich selbst überlassen. Deshalb konnten wir den Anschlag im Juli neunundsiebzig auch nicht verhindern.

Was für ein Anschlag?
Maier war im Sommer neunundsiebzig in einen Autounfall verwickelt. Sein Wagen war auf regennasser Fahrbahn ins Schleudern gekommen und mit einem entgegenkommenden Fahrzeug zusammengestoßen. Maier erlitt eine schwere Gehirnerschütterung und mehrere Rippenbrüche. Das war das Ende seiner Karriere. Er kann sich an den Unfallhergang nicht erinnern, und bis heute ist nicht klar, ob die Bremsen an seinem Wagen manipuliert waren oder nicht. Aber ich bin überzeugt, dass es ein später Racheakt war, auch wenn er im Endspiel vierundsiebzig alles wieder gutgemacht zu haben schien. Was mich allerdings etwas stutzig machte und mir auch im Nachhinein noch zu denken gibt, ist die Tatsache, dass Maier nur wenige Monate später in beiden Begegnungen um den Europapokal der Landesmeister, als Bayern München gegen den 1. FC Magdeburg spielte, wieder jeweils ein Tor von Sparwasser kassierte.

Das ist ja ein dolles Ding, wenn's stimmt.
Es stimmt. Das müssen Sie mir glauben. Die Aktenlage ist eindeutig. Ich darf Ihnen aber nicht mehr dazu sagen.

Beim Endspiel in München, am 7. Juli 1974, sollten die Sicherheitspannen, die bei den Olympischen Spielen 1972 aufgetreten waren, ver-

mieden werden. Hinzu kam, dass am Tag zuvor der US-amerikanische Außenminister, Henry Kissinger, mit einer Sondermaschine auf dem Militärflugplatz Fürstenfeldbruck gelandet war, an dem Ort, an dem zwei Jahre zuvor die Geiselnahme israelischer Sportler durch arabische Terroristen blutig zu Ende gegangen war. Als Zuschauer verfolgte auch Kissinger das Endspiel der WM. Auf der Tribüne war noch mehr Prominenz als beim Deutschlandspiel. Wo waren Sie?
Im Stadion natürlich. Alle waren nervös, weil es München war und man fürchtete, irgendwelche Gruppen würden an den Anschlag im Olympiadorf zweiundsiebzig anknüpfen. Aber wir waren gut vorbereitet, überall waren unsre Männer postiert, uns konnte praktisch nichts und niemand entgehen. Ich saß während des Endspiels übrigens nicht weit von Walter Scheel und Prinz Bernhard entfernt. Das war schon ein sehr spannendes Spiel. Ich hatte gleich ein komisches Gefühl, als die Holländer sofort einen Elfmeter kriegten. Ich dachte, das ist zu früh für die, das verkraften die nicht.

Ich höre da heraus, dass Sie lieber die Holländer als Weltmeister gesehen hätten?
Als westdeutscher Patriot war ich auf den westdeutschen Weltmeistertitel schon stolz, das dürfen Sie mir glauben. Aber als Liebhaber des schönen Fußballs meine ich noch heute, Johan Cruyff und seine Mitspieler hätten es verdient gehabt. Aber es ist eben anders gekommen.

Haben Sie sich über den Sieg nicht gefreut?
Nein, ich hatte gemischte Gefühle, nicht nur, weil ich es den Niederländern gegönnt hätte. Es war eben eine merkwürdige Zeit damals. Ich denke nicht gern daran zurück. Ich werde sogar jetzt ganz traurig, wenn ich an diese Siebzigerjahre denke. Damals ist vieles falsch gelaufen.

Was denn?
Ich meine die allgemeine Stimmungslage. Es gab völlig blödsinnige Polarisierungen zwischen Leuten, die sich vielleicht ganz gut verstanden hätten, wenn sie sich nur zugehört hätten. Ich will hier nicht auf allgemeine Harmonie hinaus. Aber bedenken Sie mal: Damals glaubte jeder, den anderen schon danach einordnen zu können, welche Zeitung er unterm Arm trug. Darüber lächeln wir doch heute nur noch. Es war alles ungeheuer provinziell, links wie rechts, und genauso provinziell und beschränkt war auch dieses Spiel BRD – DDR.

Herr Münks, wir hier im Studio sind auch beschränkt: Unsre Zeit ist leider um. Wir haben uns sehr gefreut, Theo Münks dabei zu haben, Theo Münks – Sicherheitsexperte und Zeitzeuge des legendären Sparwasser-Tores. Kommende Woche in der Reihe »Deutsche Niederlagen« ist bei uns Hans-Peter Wenninger zu Gast. Er erlebte als Dolmetscher des DFB *die Schande von Córdoba. Herr Münks, für heute vielen, vielen herzlichen Dank für das Gespräch und Ihnen draußen einen guten Abend.*

O-TON HEINZ-FLORIAN OERTEL: »Jetzt ist das Spiel aus, das war's, liebe Zuschauer, liebe Fußballfreunde! Ein großartiges Spiel all unserer Männer.«

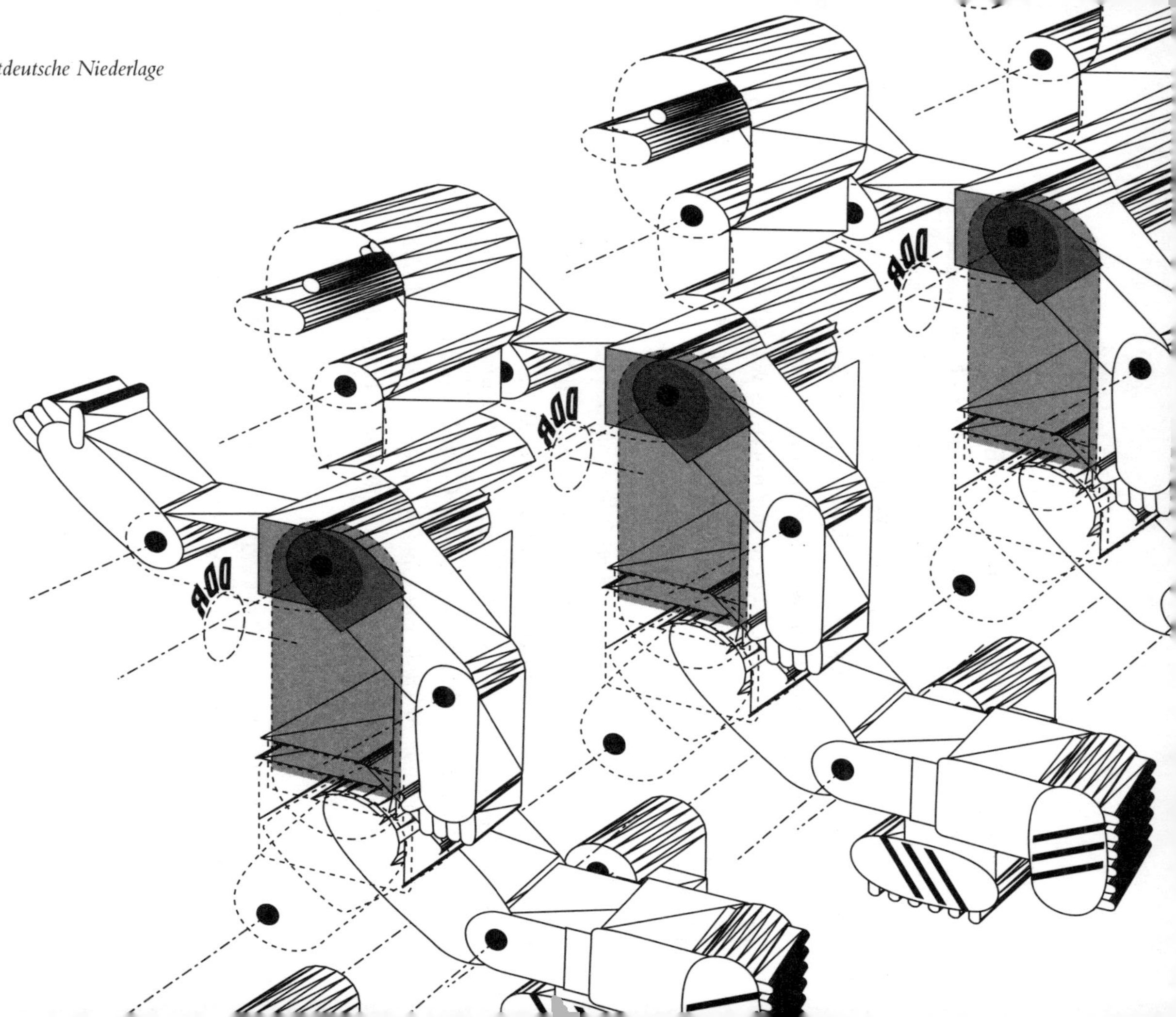
DDR
DDR
DDR

David Wagner

Westdeutsche Niederlage

Malzbier
1974 kenne ich nur aus Erzählungen und aus den alten, zerlesenen Micky-Maus-Heften meiner Schwester, in denen Beckenbauer und Vogts für Malzbier warben. Die erste, verschwommene Fußballerinnerung und die erste Fußballweltmeisterschaft, an die ich mich erinnere, war die WM 1978 in Argentinien und die Niederlage gegen Österreich, die Schmach von Córdoba. Das war die Niederlage, von der ich auf allen Fahrten nach Österreich immer wieder hörte, Österreich, das den Weltmeister, den Sieger von vierundsiebzig aus dem Turnier warf. Krankl schießt, der österreichische Moderator überschlägt sich und setzt sein *I werd narrisch* in die Welt.

Nicht in der DDR
Von der kleinen, unbedeutenden Vorrunden-Niederlage gegen die DDR hat hingegen nie einer erzählt. Wieso auch? Wurde ja alles vom Sieg im Finale gegen Nachbar Holland überstrahlt. Die DDR war das Land nebenan, das kein richtiger Nachbar war, nicht als Nachbarland zählte. Niemand konnte da einfach so über die Grenze fahren. Wozu auch? Urlaub machte man in Holland, Österreich, Italien oder Spanien, vielleicht noch in Dänemark oder Südfrankreich. Nicht in der DDR.

Hellblaue Hemdchen
Die Sportler der DDR hatten immer fiese hellblaue Hemdchen an. Noch heute, achtzehn Jahre Training waren nicht umsonst,

habe ich westdeutsche Reflexe. Wieso mich für Magdeburg interessieren? Für Frankfurt oder Schwedt an der Oder? Wieso gratuliert der *Kicker* obskuren, in der freien Welt völlig unbekannten DDR-Auswahlspielern zum Geburtstag?

Sportroboter

Ich habe mich nie für die DDR interessiert. Wer hat sich, solange es sie gab, überhaupt für die DDR interessiert? Irgendjemand außer den traurigen, freigekauften Figuren, die durch westdeutsche Schulen tingelten und Horrorgeschichten von drüben erzählten? Von nicht so schönen Aufenthalten in Bautzen berichteten? Ja, es existierte, es gab das Reich des Bösen, die Unterwelt nebenan, das Schattenreich der ahnungslosen Halbtoten, wo die Zombies der Geschichte wohnten. Die, für die der Krieg nicht so gut ausgegangen war. Die Eingesperrten, die nur als hellblau, DDR-blau verpackte, dressierte Leichtathletinnen und im Muskelaufbau absonderlich beschaffene Schwimmerinnen ihre Zone verlassen durften.

Dass in der DDR auch Fußball gespielt wurde, war mir nicht bekannt, das Fußballland DDR kam in der Sportschau nicht vor. Die DDR lieferte bloß ihre gefürchteten Sportroboter der Armee- und Stasisportclubs aus, Gold-Terminatoren aus der Gegenwelt, die es geben musste, um unser Westdeutschland zum Paradies erklären zu können. Und die DDR entwarf und baute in einem sozialistischen Labor in Karl-Marx-Stadt auch den Verführungs-Cyborg Katharina Witt, der sich als als Eisläuferin getarnter Bladerunner die Zuneigung des Westens erlief.

Das Land, das es nicht gab

Die Vorrunden-Niederlage gegen die DDR 1974 galt nicht als westdeutsches Alesia, nicht einmal als Córdoba. Die DDR war der

einzige Turnierteilnehmer, gegen den ungestraft verloren werden durfte, weil es diesen Gegner offiziell nicht gab. Die Bundesrepublik spielte gegen ein Land, das es nicht geben durfte. Und deshalb kein Gegner war. Und gegen keinen Gegner konnte selbst Gerd Müller kein Tor schießen. Die Bundesrepublik spielte gegen Gespenster.[1]

Schlechtes Gewissen

Solange es sie gab, gab es die DDR nicht. Es gibt sie erst, seit es sie nicht mehr gibt. Es gibt sie zur Befriedigung der »Zonensucht« (Jens Bisky), dieser speziellen Form der Nostalgie, es gibt sie aber auch zur Beruhigung des schlechten westdeutschen Gewissens, sich nie, nie, nie für sie interessiert zu haben. Deshalb durfte sie noch einmal in niedlich entstehen. Nachgebaut in Film, Fernsehen und süßen Büchern, »DDR« zum Ausschneiden und Nachbasteln. Stasiland ist Lummerland geworden, in dem auch die wahrscheinlich kollektiv amphetamingedopte Auswahlmannschaft noch einmal antreten darf.

Westdeutsche schauen die Filme, lesen die Bücher und leisten innere Abbitte dabei. *Wir haben es ja so viel besser gehabt,* muss dabei schon nicht mehr der vorherrschende Gedanke sein, irgendwo nagt auch schon ein *Ich bin nicht dabei gewesen.*

Wer will da noch daran erinnern, dass der größte Beitrag des Heimwerkerstaats zur Weltkultur nicht Christa Wolf, sondern die Selbstschussanlage war? Das ging mir, bis ich achtzehn war, im Kopf herum. Ich habe nicht verstanden, wie es ein Land geben konnte, das jeden Bewohner, auch wenn er oder sie sich nur mal Paris ansehen wollte, an seiner Grenze erschoss. Ich verstand das nicht, klang doch wie aus einem Märchen. Wieso sollten die Bewohner ihrem Staat gehören? Trugen sie in diesem verzauberten Land hinter der Mauer kleine Etiketten um den Hals? War ihnen *Eigentum des Volkes* auf die

Stirn gestempelt? Ich hatte – die Politik- und Sozialkundelehrer arbeiteten daran – Mitleid.

Die Guten und die Bösen

Folgerichtig, dass die Bundesrepublik, die Guten, das bessere Deutschland, der moderne, erfolgreichere, freundlichere, der kapitalistische Staat, der allen verdienten NS-Funktionären (zum Beispiel meiner Großmutter[2]) Renten zahlte, gewann und Weltmeister wurde. Und nur gerecht, dass der kleine, unfreundliche, von den verbissen Bösen, die sich selbst für Gute hielten, regierte Staat, der an seiner Grenze auf seine Bewohner schoss und politische Gefangene gegen Devisen verkaufte, ausschied. Die Weltmeisterschaft war die Belohnung für den Westen. Was interessierte die Niederlage auf dem Weg dorthin? Dieser kleine Sieg konnte der DDR ganz nonchalant überlassen werden.

Wutanfall

Meine Mutter, die Ausländerin, hat im Sommer 1989 immer Wutanfälle bekommen, wenn sie die Ostdeutschen in den Gärten der Botschaften mit ihren westdeutschen Pässen in die Kamera winken sah. Sie musste seit fünfundzwanzig Jahren immer wieder ihre Aufenthaltsgenehmigung verlängern lassen. *Wieso bekommen die einen westdeutschen Pass geschenkt?* Und wieso konnte man all den in Deutschland geborenen Kindern nichtdeutscher Staatsangehöriger dann nicht auch deutsche Pässe geben?[3] Die, die in meiner Schulklasse waren, hatten die nicht viel mehr mit mir, mit uns, mit Westdeutschland zu tun als die Zombies von drüben?

19. Jahrhundert-Gefühle

Der Sieg bei der Fußballweltmeisterschaft 1990 passte in die große deutsche Euphoriewolke dieses Jahres. Gefühle in

Schwarz-Rot-Gold, wie ich sie nur von Holzschnitten und Lithografien im Geschichtsbuch kannte, gab es nun im Fernsehen, live und auf der Straße. Tiefes 19. Jahrhundert. Und überall klapperten, ein völlig ungewohntes Geräusch, seine für mich schauerlich historischen Vokabeln »Volk«, »Nation«, »Vaterland«, »Einheit«. Jeden Tag. Und das am Ende des 20. Jahrhunderts. Ich kam mir vor wie in einem furchtbaren, nicht enden wollenden Historienschinken, eingesperrt in einem Kino, das eigentlich zum Abriss freigegeben war. Und in dem Saal, in dem ich eingesperrt war, waren eine Kaisergruft, der Kyffhäuser oder ein paar sehr alte Konservendosen geöffnet worden. Jedenfalls roch es so. 1990 roch überhaupt komisch, durch das ganze Jahr zog ein muffiger, modriger Duft. War das die Luft, die der DDR entwich? Oder die ersten Duftnoten westdeutscher Fäulnis?

Paradies, retrospektiv

Das Schöne am Westdeutschsein, im Nachhinein verklärt, war ja, nicht gesamtdeutsch, nie ganz deutsch sein zu müssen. In keiner gesamtdeutschen Mannschaft spielen zu müssen. Westdeutschsein war, trotz aller Muffeligkeit und Provinzialität, sicherlich ein unbeschwerteres Dasein als das reichsdeutsche Untertanempfinden meiner Großmutter. Westdeutschland hatte Amerika, moderne Kunst, Terroristen und eine Studentenbewegung – abgesehen von den Terroristen, Dinge, die auch mein Leben angenehmer gemacht haben. Und wer sagte, dass ihm etwas nicht gefiel, kam nicht gleich ins Gefängnis. Ich gebe zu, ich war sehr gerne Klassenfeind.

Illusion

Naiv war die Illusion, das alles könnte, würde, müsste dann, wie nach einer kleinen Eingemeindung, einfach immer so weitergehen. Weltmeisterschaft auf Weltmeisterschaft gewinnen, immer

Export- und Wachstumsweltmeister werden, allen alles versprechen. Und Versprechen halten können. Eine kleine Europameisterschaft wurde wiedervereint gewonnen, 1996. Seitdem: nichts.

Westdeutsche Niederlage

Wer den Besiegten zu sehr schont, sagt meine Großmutter, wird am Ende selbst besiegt. Nicht mehr so unwahrscheinlich, dass in zwei Jahren auch der Teil Deutschlands, der einmal Westdeutschland war, eine ostdeutsche Bundeskanzlerin haben wird. Vielleicht zu seinem Besten? Alleine weiß der Westen, schwer gelähmt, am Boden, ja auch nicht weiter. So wie's funktioniert hat, funktioniert's nicht mehr. Weiß er vielleicht noch nicht, dass es ihn gar nicht mehr gibt? Dass er sich zu Tode gesiegt hat? Nur noch ein Gespenst seiner selbst ist? Nichts als ein Gespenst?[4]

Warum wir (so bald) nicht mehr Weltmeister werden[5]

Sie haben sich ja leider in die westdeutsche Subventionsfalle begeben, sich fettfüttern lassen. Sie hängen jetzt mit drin. Wieso noch schnell laufen? Sich überhaupt bewegen? Allein, ohne den gelähmten Westen, könnten die ostdeutschen Länder vielleicht Weltmeister werden. Hätten sie, so wie Schottland, Wales und Nordirland im Vereinigten Königreich, ihre eigene Auswahlmannschaft behalten, sie könnten in ihren DDR-blauen Leibchen weiterspielen oder sich aber – warum nicht – ganz retroavantgarde Preußen nennen und in schwarz-weiß-rot auflaufen, alle Bayern und Rheinländer ärgern, einen schnellen, offensiven, hoch motivierten Fußball spielen und gewinnen. Die Preußen-DDR, Weltmeister 2006, ihr letzter, größter Triumph. Die westdeutsche Restmannschaft, die Gespenstertruppe ohne Stürmer, würde vielleicht ein Vorrundenspiel gewinnen. Kein so sonderlich wichtiges allerdings.

[1] Es gab Sozialkundelehrer, die mich in der Zeit zwischen der WM in Spanien und der in Mexiko unterrichteten, die bei der DDR auf Anführungszeichen bestanden und Wutanfälle bekamen, wenn jemand die Bundesrepublik »BRD« nannte. *Es gibt kein Land, das so heißt,* brüllte mein Sozialkundelehrer, *das Land, in dem wir wohnen, heißt* BUNDESREPUBLIK DEUTSCHLAND. Einer dieser Politik- und Sozialkundelehrer hatte einen Aufkleber auf seinem Auto, der dazu aufforderte, nur »BR Deutschland« zu sagen, die Bezeichnung »BRD« dagegen zu unterlassen, zur Illustration waren diese drei Großbuchstaben durchgestrichen. BR Deutschland klang aber, wie ich fand, nicht so schön, eher nach *Bayerischer Rundfunk Deutschland.* Mir gefiel FRG, die Abkürzung der internationalen Sportübertragungen. Es dauerte zwar sehr lange, bis ich mir merken konnte, wofür diese Abkürzung eigentlich stand, auf den ersten, noch nicht sonderlich rechtschreibsicheren Blick jedoch sah FRG immer wie eine Abkürzung für Frankreich aus.

[2] Meine österreichische Großmutter rechnete bei Olympischen Spielen immer die deutschen und österreichischen Medaillen zusammen, die der DDR hingegen zählte sie zu denen der Sowjetunion.

[3] Die könnten dann auch in der Nationalmannschaft spielen. Und müssten nicht erst aufwändig eingebürgert werden.

[4] Wie bezeichnend, dass der, der einmal als der beste westdeutsche Fußballer galt, der das Finale der WM 2006 in Berlin schon quasi vorab gewonnen hatte, kaum noch Fußballspielen kann, weil er an Depressionen leidet.

[5] O, wie gerne ich mit dieser Prophezeiung Unrecht hätte. Bitte, bitte, lass mich Unrecht haben.

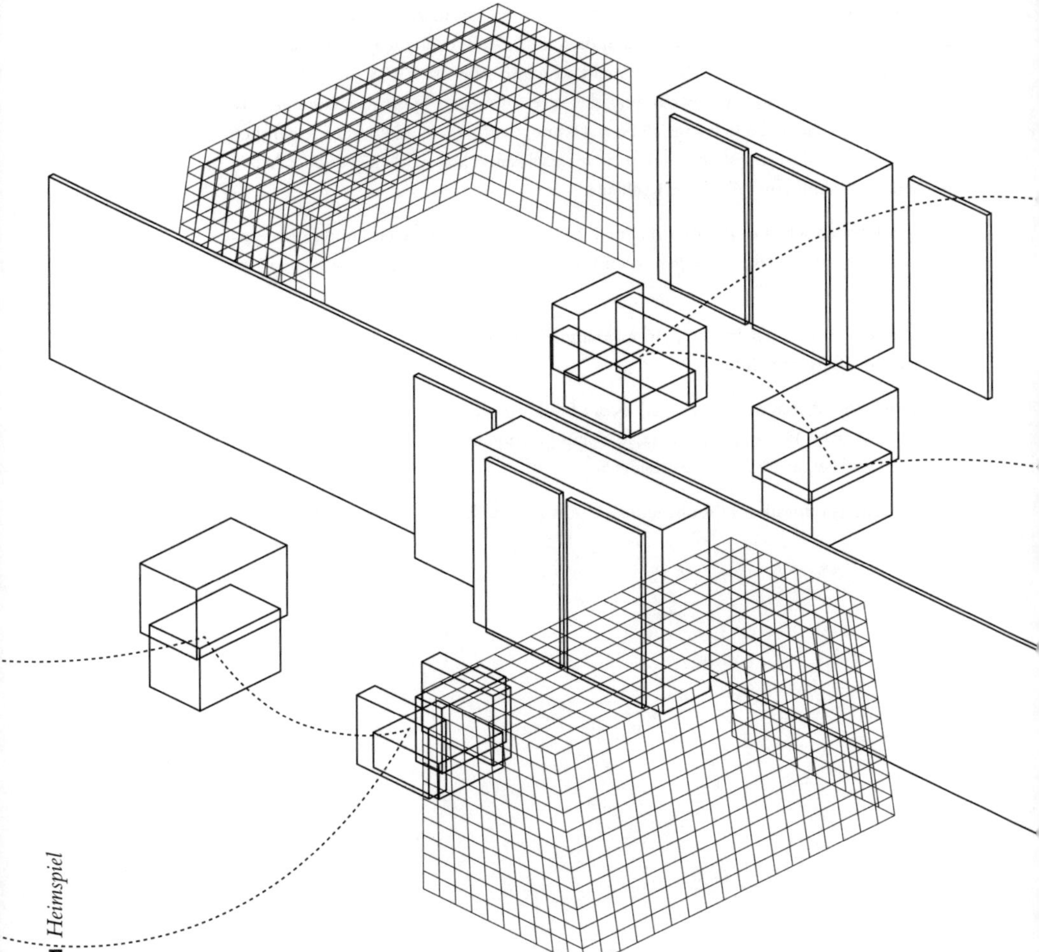

Georg M. Oswald

9

Heimspiel

Ich war bei meinem Freund G., der in der Nachbarschaft wohnte. Ich durfte mir bei ihm das Spiel anschauen, DDR gegen BR Deutschland, und anschließend bei G. über Nacht bleiben. G.s Vater *machte Karriere*, wie es damals hieß. Ich konnte mir darunter nichts vorstellen. Ich wusste, dass er bei einer Versicherung arbeitete, und ich wusste, dass meine Eltern Respekt vor ihm hatten, weil er es zu etwas gebracht hatte. Er hatte ein Haus gebaut, *aus eigener Kraft*, wie es hieß. Das bedeutete, er hatte das Geld für diesen Hausbau allein mit seiner Arbeit verdient. Das war eine Leistung, vor der man *nur den Hut ziehen* konnte, sagten meine Eltern.

In G.s Elternhaus gab es viele Annehmlichkeiten. G. hatte ein eigenes Zimmer, genauso wie seine Schwester U., die aber beim Spiel nicht dabei war. Ihr Zimmer war voller Pferdeposter, vermutlich hatte sie Besseres zu tun. Wir waren alle im Wohnzimmer, G., seine Eltern und ich. G.s Vater hatte vor der Weltmeisterschaft einen Farbfernseher gekauft. Der hatte ein weißes Gehäuse und war von Nordmende. Ich flüsterte diesen Namen vor mich hin wie eine Zauberformel, obwohl er mir nichts sagte. In Farbe sah es so aus, als säße der Ansager nicht im Fernseher, sondern im Wohnzimmer von G.s Familie.

G. und ich spielten damals in der gleichen Mannschaft Fußball. G. war besser als ich. Sein Vater kam als Zuschauer zu jedem Spiel und kannte die Erwachsenen, die zum Verein gehörten. Deshalb behandelte der Trainer G. besser als mich. Jedenfalls kam es mir so vor. G. und sein Vater waren für den

FC Bayern München. Ich deshalb auch. »Die Nationalmannschaft, das sind die Bayern – und ein bisschen Gemüse drumrum«, sagte G.s Vater. Wir lachten. Wir fanden ihn sehr geistreich und witzig.

Es läutete an der Tür. Ein Onkel von G. kam, ich kann mich nicht erinnern, wie er hieß. Von G. wusste ich, dass der Onkel den Krieg noch erlebt hatte. Nicht als Kind, wie alle Eltern, sondern als Soldat. Ich empfand deshalb Ehrfurcht vor diesem Onkel, genauso wie vor meinen Onkeln, die den Krieg noch erlebt hatten. Das waren Männer, die mit echten Waffen in echten Gefechten gekämpft hatten. Ich wäre nicht auf die Idee gekommen, das mit dem Karrieremachen in einer Versicherung zu vergleichen oder mit dem, was meine Eltern taten. Aber es machte mir entschieden größeren Eindruck, und ich glaube, G. auch.

Der Onkel war aufgekratzt und ging in die Küche, wo ihm G.s Mutter ein Weißbier einschenkte. G. und ich bekamen jeder einen Spezi mit Strohhalm. Der Onkel fragte, was wir denn da für ein amerikanisches Coca-Cola-Geraffel hätten, das sei doch sicher giftig. Er fragte es nicht zu streng, aber auch nicht scherzhaft. Er sagte, in einem Glas Coca-Cola löse sich ein Stück Fleisch über Nacht auf. So giftig sei Coca-Cola.

G.s Mutter erklärte, das sei Spezi. Im Spezi sei nichts Giftiges, außerdem sei es aus Deutschland. Na, wenigstens etwas, sagte der Onkel. Er trug sein Weißbierglas vorsichtig vor sich her wie der Pfarrer eine Monstranz, um nur ja nichts zu verschütten, und G., seine Mutter und ich folgten ihm wie bei einer Prozession ins Wohnzimmer.

»Deutschland!«, rief der Onkel zur Begrüßung von G.s Vater.

Der kniete vor dem Fernseher und stellte die Farben und die Bildschärfe ein. Als er damit zufrieden war, stand er auf und rief: »Es geht los!«

»Deutschland!«, wiederholte der Onkel.

Und G.s Vater antwortete: »Deutschland!«

G. und ich sahen uns nicht an. Wir sahen die ganze Zeit auf den Bildschirm. Ich glaube nicht, dass ich es seltsam fand, mit erwachsenen Menschen in einem Raum zu sitzen, die abwechselnd laut den Namen ihres Landes aussprachen. G.s Mutter sagte: »Deutschland. Da weiß man jetzt gar nicht, wer gemeint ist!«

Sie hatte das sicher nur gesagt, weil sie auch gerne eine geistreiche und witzige Bemerkung gemacht hätte, aber vom Fußball nichts verstand.

Ihr Mann fauchte: »Wieso? Wieso weiß man das nicht? Wir natürlich. Wir sind natürlich gemeint. Was kann man denn da falsch verstehen?«

»Deutschland!«, ächzte der Onkel.

»Aber die anderen sind doch auch Deutsche«, sagte G.s Mutter, und ich wunderte mich über ihre Beharrlichkeit. Die Spieler kamen auf den Platz und stellten sich in einer Reihe auf. Ihre Namen wurden eingeblendet. G. und ich lasen. Wir hatten noch nie etwas gehört von Croy, Kische, Weise, Bransch, Wätzlich, Lauck, Irmscher, Kreische, Kurbjuweit, Sparwasser, Hoffmann. Dagegen liebten wir wie unsere Väter Maier, Vogts, Schwarzenbeck, Beckenbauer, Breitner, Hoeneß, Cullmann, Overath, Grabowski, Müller, Flohe.

Die Nationalhymnen wurden gespielt. Es ist sehr peinlich, davon zu berichten, und ich würde es lieber nicht erzählen, aber G.s Vater und der Onkel standen auf, als das von ihnen so bezeichnete *Deutschlandlied* gespielt wurde. Sie sangen die erste Strophe, G. und ich waren auch aufgestanden und machten uns einen Spaß daraus, militärisch zu grüßen. Der Onkel griff beim Singen nach G.s Hand, damit er den Unsinn unterlasse.

Als alle wieder saßen, sagte G.s Vater: »Kommunisten sind das. Und keine Deutschen!«

Das Spiel begann. Der Onkel sagte: »Eigentlich sind das Russen.«

»Fünfnull«, sagte G.s Vater.

G. sagte: »Sechsnull!«

Und ich sagte: »Siebennull!«

Doch der Onkel sagte: »Siebennull ist Quatsch. Ich sage: viernull. Zwoundsiebzig dreinull gegen die Russen. Vierundsiebzig viernull gegen die DDRler. Ist doch logisch!«

G.s Vater fragte seine Frau: »Und was sagst *du*?«

Aber sie antwortete nur: »Ich sage gar nichts.«

G.s Vater sagte: »Auch egal. Wir gewinnen trotzdem!«

Alle Erwachsenen lachten. Sogar G.s Mutter lachte ein bisschen.

Dann begannen G.s Vater und der Onkel ein Fachgespräch. Das erkannte man am Tonfall, in dem der Onkel sagte: »Das war ein Spiel, gegen die Russen.«

G.s Vater sagte: »Ja, das war ein Spiel. Keinen Fuß haben die auf den Boden gebracht, die Russen. Gute Sportler, aber voller Angst.«

Der Onkel lachte: »Und jetzt alle in Sibirien.«

G.s Vater sagte: »Fußball hat was mit Spielfreude zu tun, mit Freiheit. Das ist wie eine Kunst. Das kann man nicht befehlen. Das kann man nicht erzwingen. So einer wie der Beckenbauer zum Beispiel.«

»So einen kann es im Sozialismus nicht geben.«

»Der würde da ganz schnell verrückt werden.«

»Oder erschossen.«

»Oder abhauen.«

»Auf der Flucht erschossen.«

Gerade waren die beiden Männer dabei, sich in eine ausgelassene und gute Stimmung zu bringen, da hatte es sich G.s Mutter offenbar doch anders überlegt und machte wieder eine

Bemerkung. Sie sagte: »Aber die DDRler haben die anständigeren Frisuren.«

Einen kurzen Augenblick lang schienen die Männer zu überlegen, dann sagte der Onkel: »Der Breitner schaut aus wie ein Affe.«

G.s Vater sagte: »Der Breitner ist auch ein Verkappter.«

G. fragte: »Was ist ein Verkappter?«

Sein Vater führte aus: »Ein verkappter Sozialist.«

Der Onkel sagte: »Genau wie der Netzer.«

Und G.s Vater ergänzte: »Und der Overath.«

Das Spiel lief. Es passierte nichts Besonderes, obwohl es doch etwas ganz Besonderes hätte sein sollen. Sehr bald spürten G. und ich, dass es nicht so lief, wie es sollte. Der Onkel führte das Fachgespräch mit G.s Vater fort: »Das liegt nur am Schön. Der kann sich nicht durchsetzen. Wenn bei uns einer mit solchen Haaren dahergekommen wäre. Undenkbar wäre das gewesen. Das Ende der Welt wäre das gewesen. Man kann sich gar nicht vorstellen, was dann passiert wäre. Aber heute lassen die das alles durchgehen. Kein Wunder, wenn da jeder glaubt, er kann machen, was er will.«

»Der Schön ist ein Beamter. Der hat keine Vorstellung davon, was Leistung bedeutet. Ein ganz schwacher Mensch ist das.«

»Möchte zu gern wissen, bei was für einer Einheit der war. Wahrscheinlich Stab.«

Die Männer verstummten und sahen zu. Gelegentlich sagten sie Dinge wie:

»Da muss der doch …«

»Ja sieht der denn nicht, dass …«

»Wer ist denn der Schiedsrichter? Wird der vom Osten bezahlt?«

»Mensch, beweg dich!«

Der Onkel, der auf dem Sofa saß, ließ öfter einmal den rechten Unterschenkel nach vorne schnellen, wenn wir am Ball waren.

Nach vierzig Minuten stand endgültig fest: Hier stimmt etwas nicht. Das hatten wir uns anders vorgestellt. Der Onkel spürte es, G. spürte es, ich spürte es – nur G.s Vater redete noch dagegen: »Die erste Hälfte brauchen wir doch nur zum Warmspielen. Wenn wir wollen, spielen wir mit denen Katz und Maus.«

Der Onkel: »Man darf sie nicht unterschätzen. Hinter jedem von ihnen steht praktisch einer mit gezogener Pistole. Die *müssen* kämpfen. Sonst ab nach Bautzen.«

In der Halbzeitpause brachte G.s Mutter ihrem Mann und dem Onkel frisches Bier. Der Onkel half immerhin beim Tragen. G.s Vater, jetzt doch etwas nachdenklich geworden, sagte: »Wir haben uns das zu leicht vorgestellt. Ich kann ja verstehen, dass unsere sich überlegen fühlen. Aber man darf sich keine Schwächen erlauben. Schon gar nicht gegen so einen Gegner.«

»Ein besonderes Merkmal des Russen war schon immer die Heimtücke«, warnte der Onkel.

»Wer sind denn jetzt die Deutschen?«, fragte G.s Mutter, als die zweite Halbzeit angepfiffen wurde.

Die Frage war unter der Würde der Männer. Sie schwiegen. G. antwortete nach einer Weile: »Die Schwarz-Weißen sind die Deutschen. Die Blau-Weißen sind die DDRler.«

G.s Mutter sagte: »Aber …«

G.s Vater fiel ihr ins Wort: »Schatz, fang jetzt bitte nicht wieder an, ja? Das sind keine Deutschen. Die Deutschen sind wir. Hier geht es nicht nur um Fußball. Hier geht es auch um Deutschland. Darüber kann man sich nicht streiten. Also bitte, lass das jetzt!«

G.s Vater war ein wenig erregt. Das war ja auch kein Wunder. Schließlich schossen wir das Tor nicht, das es gebraucht hätte, um endlich anfangen zu können mit dem Einsnull, dem Zweinull, dem Dreinull, dem Viernull. Schließlich war unser Sieg nur eine Frage der Höhe, und je früher man anfing, desto höher konnte es gehen.

Der Onkel sagte: »Sechzig Minuten und immer noch null-null. Jetzt sollten die Herren aber mal langsam –«

Er sagte nicht, was die Herren aber mal langsam sollten. Dann kamen die Auswechslungen. Höttges für Schwarzenbeck in der Achtundsechzigsten.

G.s Vater sagte: »Höttges für Schwarzenbeck! Mein Gott, dieser Schön!«

Netzer für Overath in der Neunundsechzigsten.

G.s Vater sagte: »Das darf doch nicht wahr sein! Ausgerechnet den Netzer! Diesen langhaarigen Sozialisten! Den kann er doch gleich bei den anderen mitspielen lassen!«

Manche sagten damals, Netzer sei ein besserer Fußballer als Beckenbauer. Aber darüber konnten wir nur lachen. Es passierte wieder nichts.

In der fünfundsiebzigsten Minute sagte G.s Vater: »Jetzt hab ich aber langsam genug! Das ist Arbeitsverweigerung! Da muss doch jetzt endlich mal –«

Der Onkel sagte: »Das hätte es bei uns nicht gegeben! Bei uns hätten die sich jeden Einzelnen von denen zur Brust genommen, das kann ich dir aber versichern! Eine Frechheit ist das!«

Er sagte nicht, wen er mit »uns« und »die« meinte.

In der achtundsiebzigsten Minute schoss Jürgen Sparwasser das Einsnull. Ich hatte das Gefühl, von einem Dolch ins Herz getroffen worden zu sein, und ich wusste gleich, dass es keine Rettung mehr gab.

G.s Vater und der Onkel tobten vor Wut. Ich verstand nicht genau, was sie durcheinander brüllten, nur einzelne Wörter, die immer wieder vorkamen, hörte ich heraus. Die Wörter lauteten: »Schön«, »Sozialisten«, »Faules Pack«, »viel zu gut« und »Lager«.

Als sich nach einigen Minuten die Aufregung etwas gelegt hatte, sagte der Onkel etwas von »Rückzugsgefecht« und »Sieg in letzter Minute«.

Dann sagte G.s Mutter: »Das ist doch toll! Das ist doch toll, dass wenigstens einer ein Tor schießt. Und der, der das Tor geschossen hat, ist doch ein Deutscher.«

Ich glaube, sie meinte es so, wie sie es sagte, nicht als Provokation. Ihr Mann pumpte stoßweise Luft in seine Lungen, und einen Moment lang fürchtete ich, er sei dabei zu ersticken. Dann schrie er mit sich überschlagender Stimme los: »Wenn einer aus der DDR gegen uns ein Tor schießt, dann kann man doch nicht sagen, der ist Deutscher! Dann ist das ein Kommunist! Diese Leute wollen uns alles wegnehmen, was wir uns aufgebaut haben, und uns umbringen, verstehst du das denn nicht? Wir müssen unser Land verteidigen, unser Eigentum, unser Hab und Gut. Denen ist nichts heilig, verstehst du denn gar nichts! Wenn die kommen, dann hört der Spaß auf!«

Beim Schreien wischte er mit der flachen rechten Hand vor seinem Gesicht herum, was seiner Frau signalisierte, dass sie wohl bescheuert sei. Deshalb und weil sie angeschrien worden war, brach sie in Tränen aus, stand auf und verließ das Wohnzimmer. Beim Hinausgehen schluchzte sie: »Man wird doch wohl noch mal was sagen dürfen, wenn es um euren Fußball geht. Euren Scheißfußball!«

Das war ein starkes Wort. G.s Vater starrte mit verkniffenem Gesicht auf den Bildschirm. Noch fünf Minuten bis zum Abpfiff.

G. sagte halblaut zu mir: »Gott sei Dank sind wir so oder so für die nächste Runde qualifiziert.«

G.s Vater wandte den Kopf nach ihm. Er zischte: »Fängst du jetzt auch noch an? Als ob es darum ginge – ›qualifiziert‹! Diese Fußballmillionäre, die für jedes Spiel Tausende von Mark kassieren. Die sollten sich was schämen.«

Der Onkel sagte: »Keine Zucht, keine Ordnung, keine Disziplin. Einen solchen Sauhaufen hätte es bei uns nicht gegeben.

Das muss man denen da drüben lassen. Ihre Leute haben sie im Griff.«

Es dauerte lange, bis sie sich wieder beruhigten. Bis zum Finale, um genau zu sein. Da feuerte G.s Vater bei jedem deutschen Tor eine Feuerwerksrakete ab und nach dem Spiel ein ganzes Feuerwerk.

»Wir Deutschen!«, schrie er zu uns über den Zaun, »wir Deutschen sind zu allem fähig – wenn wir nur wollen!«

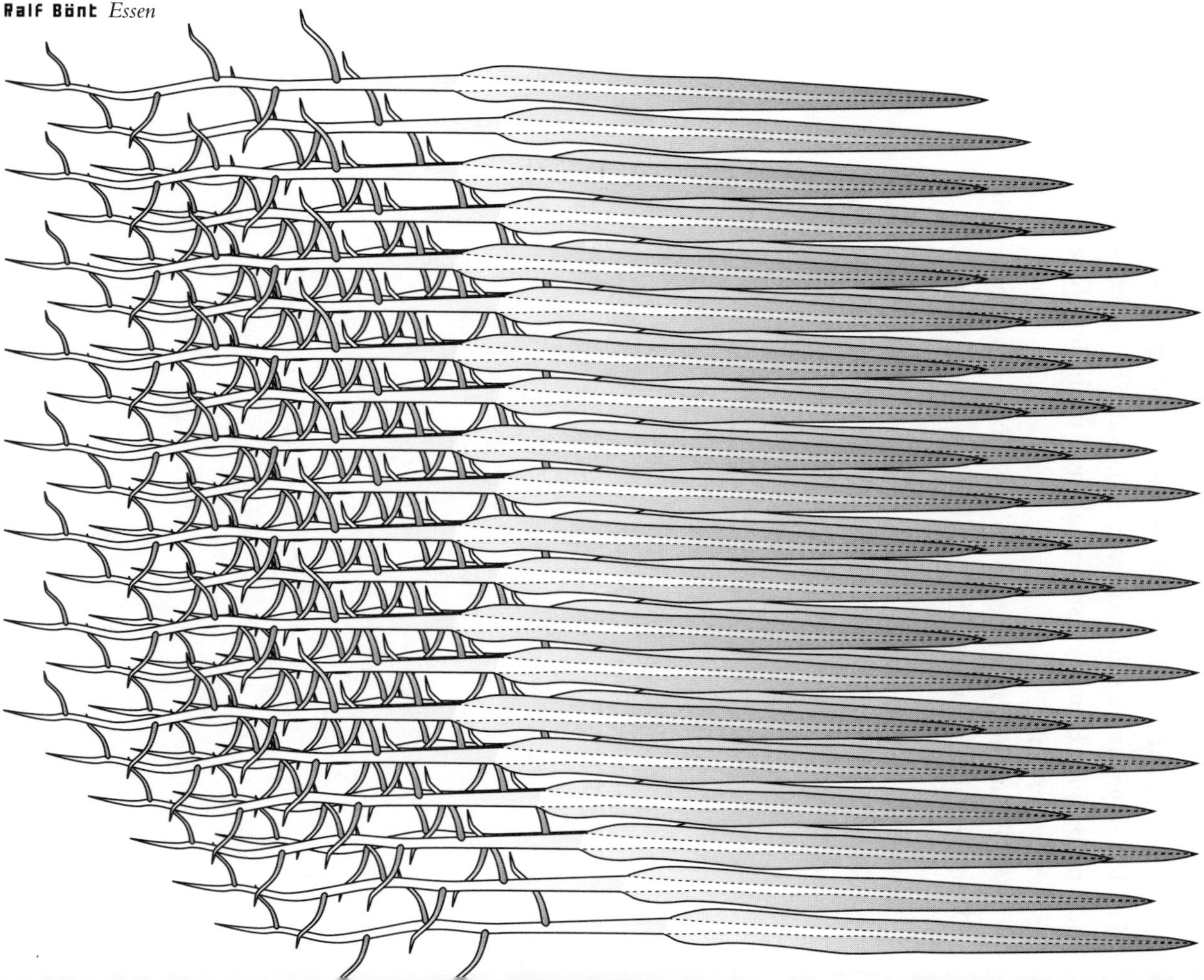

Ralf Bönt

10 *Essen*

Jeder wird glauben, dass ein Fernseher über dem Eingang hängend in den Raum zeigt. Wenn du hereinkommst, ist er über deinem Kopf, und du kommst direkt von der Kreuzung, wo es passiert ist. Eine Hauptstraße, Ecke Seitenstraße, mit Ampel, und der Lastwagen soll grün gehabt haben, aber das konnte nie geklärt werden. Eine Ecke wie die gibt es tausende in einer Großstadt, oder es gäbe tausende und wie viel tausende eigentlich, wäre nicht der Eingang zum Imbiss um fünfundvierzig Grad gegen beide Straßen gedreht, aber vielleicht gibt es auch solche abgeschrägte Hausecken an Straßenecken tausende oder zigtausende. Du kommst also direkt von der Kreuzung, gehst unter dem Fernseher durch, und gleich verdrehst du dir den Hals, weil deine Augen eigentlich Cem suchen, der irgendwo hinter dem längs durch den ganzen Raum verlaufenden Tresen sein muss, aber die laufenden Bilder behaupten sich auch ungesehen, durch unterlegten Ton, und du musst erst mal hinkucken: heute Fußball. Heute guter, türkischer Fußball, du starrst eine Minute: Athletisch ist er und technisch, gut.

Weiter hinten an der Theke Betrieb. Zigarettenqualm, laute Männer, arme Kerle. Da ist auch Cem mit dem unvermeidlichen Lappen in der Hand, und seine gute Laune ist da, wo bei anderen die politische Überzeugung wohnt: »Hallo Nachbar, komm gleich.«

Mit einem Handzeichen bedeutest du ihm: keine Panik.

Cem: »Aber setz dich, Herr Professor. Oder zum Gehen?«

Du verneinst, setzt dich, legst die Zeitung auf den Tisch, schlägst sie auf, drehst dich aber zum jetzt schräg halb hinter dir plärrenden Fernseher. Ein aufgezeichnetes Spiel, ohne Angabe der abgelaufenen Spielzeit, als ob in einem Spiel nicht alles davon abhinge, dass es genau neunzig Minuten dauerte und damit ganz anders als das Leben sei.

»Heute lecker Dönerteller, mein Freund?«

Das breite Gesicht von Cem, falls er so heißt wie der Imbiss, ist ein Anker in deinem Tag. Mit schnellen, so entschlossenen wie leichten Bewegungen putzt er sich von hinten nach vorne, rechts den Lappen, mit der Linken Aschenbecher, Ketschupflaschen, Teegläser anhebend und wieder hinstellend. »Heute sehr lecker Dönerteller.« Cem wartet auf eine Antwort.

Du drehst dich vom Fernseher weg zu ihm hin: »Wie immer doch.«

»Aber heute ganz besonders lecker für ganz besonderes Nachbar.«

Du blätterst in der Zeitung, im Wirtschaftsteil, ehrlich gesagt, lustlos.

»Mach ich Fernseher leise, warte.«

Er steht mit der Fernbedienung in der rechten Hand eine Sekunde, die linke Hand in den Rücken gestützt, noch eine Sekunde, du suchst in der Wirtschaft nach einem Artikel, aber keiner sieht nach Neuigkeiten aus, obwohl es erst seit kurzem ist, dass es so schöne Jahreszahlen gibt, 2000, 2002 oder, mit dieser lässigen Asymmetrie unschlagbar schön: 2003. Das muss ein Jahr geben, hast du am Anfang gedacht. Jetzt bist du durch die Wirtschaft schon wieder durch und beim Sportteil, also Fußball, wo ein rückwärts laufender, fett wirkender Brasilianer mit beiden Daumen über die Schultern weg auf seine Schulterblätter weist, wo über der Nummer sein Name steht, eine komische Szene.

»Hallo Nachbar«, Cem sieht einen Mann um die fünfzig an, der unter dem Fernseher durch den hellen Raum betritt: »Komm gleich.«

Der Mann geht am Tresen entlang, gibt Cem die Hand, der seine dazu auf dem Rücken am Hemd abputzt, ihm dann nur das Handgelenk anbietet, wie du es noch von früher kennst, als du auf dem Bau warst: »Wie geht?« Der Mann nickt. »Setz dich.« Der Mann sieht nacheinander die Tische an. »Oh, kannst du dich setzen zu Nachbar. Ist sähr nette Nachbar, kein Problem.«

Der Mann hebt mehr den Kopf, als er dir zunickt, kommt herüber, zieht seinen Schal unterm Mantelkragen hervor, den Mantel aus, den Schal in den linken Ärmel, er hängt alles an den Haken an der Wand neben dem Tisch. Ein Ungar habe, schreiben sie, nach dem Spiel gesagt, sein Tor sei gut für seinen Namen – Fußball: Vor ein paar Jahren erst hast du wieder damit angefangen, und es war eigentlich nur wegen deines Sohnes. Kinder lieben die Stille nicht, und wenn abends der Fernseher in einer mittleren Lautstärke lief, erleichterte es dem Kind das Einschlafen hinter der spaltbreit offenen Tür. Die ersten fünf Jahre ging das so, oder waren es die ersten sechs? Die letzten anderthalb hat er dann noch besser geschlafen, und Krimis kamen nicht infrage, schließe nur mal die Augen und höre einem zu. Beim Schalten durch die Programme bist du dann meistens an Fußball hängen geblieben, Fußball war besser, und Fußball erinnerte dich an die eigene Jugend, was zuerst lustig war oder exotisch, wie das lautlose Schieben des Kinderwagens am Sonntagmorgen im Stadtpark, wo alte Bilder quasi wie Steilpässe aus der Tiefe des Raumes kamen, und du plötzlich an Olaf gedacht hast. Also Olaf.

Olaf packte in der ersten Klasse verschimmelte Pausenbrote aus, aß sie zu eurem Ekel und war stolz darauf. Für die zweite Klasse musste er schon abgehen zur Sonderschule, wo man, so die ungefragten Mütter unisono, besser auf ihn eingehen könne.

Dein Freund war er. Dass er minderbemittelt war, daran hast du keine deutliche Erinnerung, nichts Genaues, aber an das Fußballspielen auf dem eingezäunten Platz neben dem nachmittags zugesperrten Schulhof erinnerst du dich genau. Hoch eingezäunt war er, und Olaf spielte überhaupt keinen Fußball.

Manchmal, wenn niemand zum Spielen da war, stricht ihr um die Häuser: Blumenstraße, Helmholtzstraße, Mühlenstraße, Mühlenweg. Ihr risst im Vorbeigehen Zweige aus Hecken, zum Spaß zertratet ihr Blumen in Vorgärten oder, wenn ihr weniger gelangweilt wart, kauertet ihr euch neben einen am Rinnstein geparkten Wagen und tatet mit zusammengepressten Kinderlippen so, als ließet ihr Luft aus den Reifen, bis der Nachmittag um war und ihr nach Hause konntet oder jemand euch erwischte und rumbrüllte und ihr das unverschämte Kinderlachen lachtet, das Unwissenheit ist, bis er mit Polizei drohte oder merkte, er war verarscht.

Oft habt ihr bei Olafs Mutter in der Küche auf der Couch gesessen und daumendicke Weißbrote ohne Butter mit daumendick Nutella gegessen, Nutella auf die Wangen schmierend und mit dem Finger von da in den Mund schiebend. Sie liebte euch so.

Einmal war sie aber genervt, als ihr klingeltet, ihr Haar wie von einer geheimnisvollen Krankheit zerzaust, sie ließ euch rein, machte wortlos die Brote, nachdem sie sich die Bluse zurechtgezupft hatte, und verschwand wieder im Wohnzimmer, zog die Tür hinter sich zu, dass es dich kränkte. »Ein Mann da«, beruhigte dich Olaf.

Dann seid ihr wieder rausgegangen, du den Ball unterm Arm, groß war der Ball so, und dann waren doch welche auf dem Platz, die keinen Ball hatten und spielen wollten. Olaf setzte sich an die Seite, und im Spiel schlug der Torwart aus der Hand ab, du vorne natürlich, der Abschlag aus zwei Metern dir ins Gesicht. Halbe Bewusstlosigkeit, auch dein Kopf plötzlich groß,

Filmriss, dann einzelne Bilder, Kinderköpfe vor Himmel mit Baumwipfeln, deine eigene Schuld. Olafs große, besorgte Augen zwischen denen, die um dich rumstanden, soweit du gesehen hast, und Nasenbluten natürlich, für dieses Mal aber ein beruhigender Grund, blutend nach Hause zu kommen.

Ein anderes Mal wieder war niemand da. Mit Olaf saßest du am Rand des Platzes, diagonal gegenüber dem Eingang und schlugst die Zeit tot, als die beiden Türken, jeder einen Kopf größer als jeder von euch, außen am Zaun auftauchten, sehr viel näher am Eingang als ihr. Die konnten grinsen! Und es war nicht Unwissenheit. »Scheiße«, sagte Olaf.

In den Fußballverein bist du erst viel später eingetreten, in dem Vorort, in den deine Eltern schon gezogen waren, als du aus dem Krankenhaus kamst. Olaf sei zu weit weg, den müsse man am besten vergessen, sagten sie dir, aber der Fußballverein, der war wichtig. Wenn du nicht im Fußballverein warst, gehörtest du nicht dazu. Dann gewöhntest du dich an den Fußballverein, und die Plätze neben der neuen Schule hatten Zäune immer mit zwei Eingängen.

Die Zeit begann zu vergehen. Erst langsam, dann immer schneller, dann noch schneller, dann so schnell, dass du es nicht mehr wahrnehmen konntest, den Verstand beinahe verloren hast, erst hier steht sie wieder still:

»Mit alles Salat, Döner?«

»Wie immer«, sagst du.

»Und Knoblauch?«

Du nickst: »Aber sag mal, was ist mit eurem Fußball los?«

»Oh, wollten wir Deutschland wird Europameister, weißt du.« Er grinst breit: »Ist Taktik.«

»Wofür?«

»2006. Geh ich mit Nachbar zum Endspiel«, er weist mit dem Kopf auf den Mann an deinem Tisch: »Deutschland – Türkei.«

Du siehst den Mann an. Er nickt.

»Machen wir Sparwasser im Endspiel«, Cem wieder, »mit deutsche Trainer machen wir.«

»Ach, warst du damals schon da?«

»Kreuzberg.«

Deine Hand macht eine Schaukel: »Kreuzberg nicht gut.«

»Zu viele Türken«, meint Cem grinsend.

»Hab ich bis zur Wende gewohnt. Für wen warst du?«

»Logisch für Deutschland«, er sieht dich vorsichtig an, als er um den Tresen rum ist und neben dir steht, den kleinen Dönerteller hinstellt, von klein keine Spur.

»Im Endspiel den Neeskens könnt ihr machen«, sagst du, Olaf im Kopf und die Bilder der neuen Wohnung, die Olaf nie gesehen hat, die ihm so egal gewesen wäre wie die alte, die er auch nie gesehen hat, wo es ihm egal gewesen wäre, ob dein Vater sich Sekt ins Bier kippt oder seine Füße auf den flachen Wohnzimmertisch legt und im Ohr bohrt, während Fußball läuft und seine Freunde die Luft verpesten und grölen und die Frauen Münder verziehen.

Du hast, bis dein Sohn am Ende besser schlief, die Namen wieder gekannt von den Spielern, den Trainern, den Managern, sogar den Vermittlern, kanntest wieder die entscheidenden Spiele der letzten Jahre, Meister der Herzen, die beiden Tore von Manchester United und so weiter, das Eigentor von Ballack in Unterhaching hast du immer als absichtlich hingestellt: Der Großkonzern wollte sich das Image des kleinen Verlierers geben. Du hast dich erinnert, dass das komischste Fußballspiel in deinem Leben das erste war, das du wirklich wahrgenommen hast: Deutschland gegen Deutschland, wahrscheinlich weil die Erwachsenen andere Gesichter bekamen an dem Tag, dein Kinderkopf hat damals, als du zwischen ihnen saßest und aufpasstest, keinen Ellbogen vor Aufregung abzukriegen, gefragt, wie blöde kann ein Land eigentlich sein?

Als dein Sohn in seinem letzten Jahr schlief, kucktest du ganze Spiele, statt ihn anzusehen; hast dich tagsüber schon auf die Spiele gefreut, dein Sohn, mittlerweile infiziert, angesteckt von dir, durfte die ersten Halbzeiten in der Woche sehen, im Schlafanzug neben dir auf dem Sofa, die Beine zu kurz, um an der Kante abgewinkelt zu sein. Im Herbst hast du alle paar Minuten kontrolliert, ob seine Füße warm waren, sie passten gut in deine Hand, im Winter hast du seine Decke geholt, und er hat die Hölle in Bewegung gesetzt, um nicht einzuschlafen, denn Einschlafen war Schwäche. Die Frau in deinem Leben war nicht für so langes Aufbleiben, liebte euch aber so. Und du hast streng wiederholt, dass die zweite Halbzeit nicht infrage käme, und er fragte morgens beim Wecken im Hochbett, dessen Brüstung dir fast bis ans Kinn ging, so dass du ihn ganz nah vor dir hattest: »Wie hammse gespielt?« In seinen Augen war dieses Leuchten, die Augen der Frau deines Lebens waren deswegen verdreht. Strenge Worte von ihr nun: »Los, raus aus dem Bett, im Kindergarten wartet das Frühstück.«

Einmal kam eine kommentarlose Aufzeichnung des Endspiels, Holland – Deutschland, das gegen das andere Deutschland verloren und die bessere Zwischengruppe erwischt hatte, alle glaubten an eine Wiederholung von Ungarn, Schweiz vierundfünfzig, absichtlich: Mythen bilden sich nirgendwo schneller als im Fußball. Und dann die torlose zweite Hälfte vierundsiebzig, dein Vater hatte aus Versehen ein oranges Hemd an, dass seine Freunde fünf Minuten vor dem Abpfiff grölend zerrissen, er saß im Unterhemd da, glücklich, besoffen, schütteres Haar, eine Zigarette im Mundwinkel, deine gleichaltrigen Freunde fuhren nach dem Abpfiff mit Fahnen an den Fahrrädern Ehrenrunden um den roten Ascheplatz, einer stürzte dabei und brach sich vor Freude die Hand. Du warst zum ersten Mal einsam.

Noch bevor dein Sohn weg war, hattest du angefangen, vor den Spielen die Interviews zu kucken, beiläufig, aber als dein Sohn weg war, sollst du zu verwunderten Freunden gesagt haben, ohne Interviews sei das kein Spiel: »Die Wahrheit liegt in den Interviews.« Deine Stimme war fest und entschlossen dabei, sieben ist dein Sohn nur geworden, trotz Fußball im Fernsehen, und du hattest nur noch eins im Kopf, Fußball: Spielpläne, Aufstellungen, Verletzungen, Anstoßzeiten, wenn Freunde anriefen, »Wir sind in der Lunabar, kommst du?«, sagtest du nein, es käme ein Spiel. Das Kinderzimmer habt ihr so gelassen, bis jetzt, das habt ihr nicht fertig gebracht, das Zimmer ausräumen, und eine Freundin musste kommen, es wenigstens aufräumen, weil es sonst überhaupt niemand mehr ausgehalten hat, wie du es nicht fertig bringst, in ein anderes Land zu ziehen, weg endlich, noch nicht.

Cem grinst, als du sagst: »In der Zwischenrunde gebt ihr höchstens die Ungarn.«

»Gehst du aber mit uns«, bestimmt Cem.

»Keine Frage.« Und wirklich: 2006 ist dein Ziel. Dann endlich abhauen, weg.

»War gute Zeit damals zu Sparwasser«, Cem, wenn er so heißt wie der Grill, reibt Daumen und Zeigefinger der rechten Hand aneinander.

»Alles auf Pump«, sagst du, und deine Frau ist schon gleich danach weg, zu ihrer Mutter, die sie pflegt, eine zu pflegende Mutter ist sicher noch besser als ein stummer Mann vor dem Fernseher. Was für ein Glück für sie jetzt, das Alter der Mutter.

»War gut gemacht Pump«, meint Cem, »hat Deutschland gute Land gemacht.«

Du siehst den Mann an: »Haben Sie es auch gesehen?«

»Vierundsiebzig?« Er verneint, interessiert sich gar nicht für Fußball.

»Das ist aber Geschichte.«

»Sicher nicht«, sagt er, mittlerweile auch den Teller vor sich, und dann esst ihr eine Weile zusammen, zehn Minuten vielleicht, bevor du die Serviette nimmst, zusammenfaltest, auf den Teller legst, ihm zunickst, aufstehst, die Jacke nimmst, vor an den Tresen, das Portmonee.

»Vier«, sagt Cem, weil du das letzte Mal drauf bestanden hast, dass du bezahlst: »Quatsch nicht.«

Die Kasse klingelt, einen Euro zurück, Cem lächelt: »Mein Freund, hat keiner Schuld, weißt du, kommst du rüber.« Über den Tresen weg schafft er es, dir seinen kurzen Arm halb um die Schulter zu legen, und als du wieder die Augen wischen musst: »Wir sind immer hier, mein Freund, kannst du immer hier kommen, bitte, kannst du dich hier immer an Theke setzen, Leben geht immer weiter hier, ist hier immer gute Platz für dich, ja?«

Dann drehst du dich weg, gehst unter dem stumm laufenden Fernseher durch nach draußen auf die Kreuzung, der Blick nach links in die Danziger Straße, die auf deinem Stadtplan immer noch Dimitroffstraße heißt, was du früher deinen Gästen immer wieder aufs Neue erklärt hast, und dann drehst du dich nach rechts, in deine Straße. Obwohl du gar nicht dabei warst, siehst du genau die Bilder, wie der Laster auf die Kreuzung rollt, er soll grün gehabt haben, auch wenn das nicht geklärt werden konnte, ein Geräusch hat niemand gehört, nur dann die Schreie des Fahrers, Cem hat das rote Fahrrad gesehen, halb war es nur eingeklemmt und sah gar nicht schlimm aus, aber es reicht wenig, und aus ist das Spiel, es ist aus, und dann kommen die Vorwürfe, ein Kind von sieben allein unterwegs, und so weiter.

Du siehst auf die Uhr, heute Abend ist Europapokal, da hast du mal echt wieder Glück gehabt, denn den Fußball, den liebst du, für seine Sinnlosigkeit.

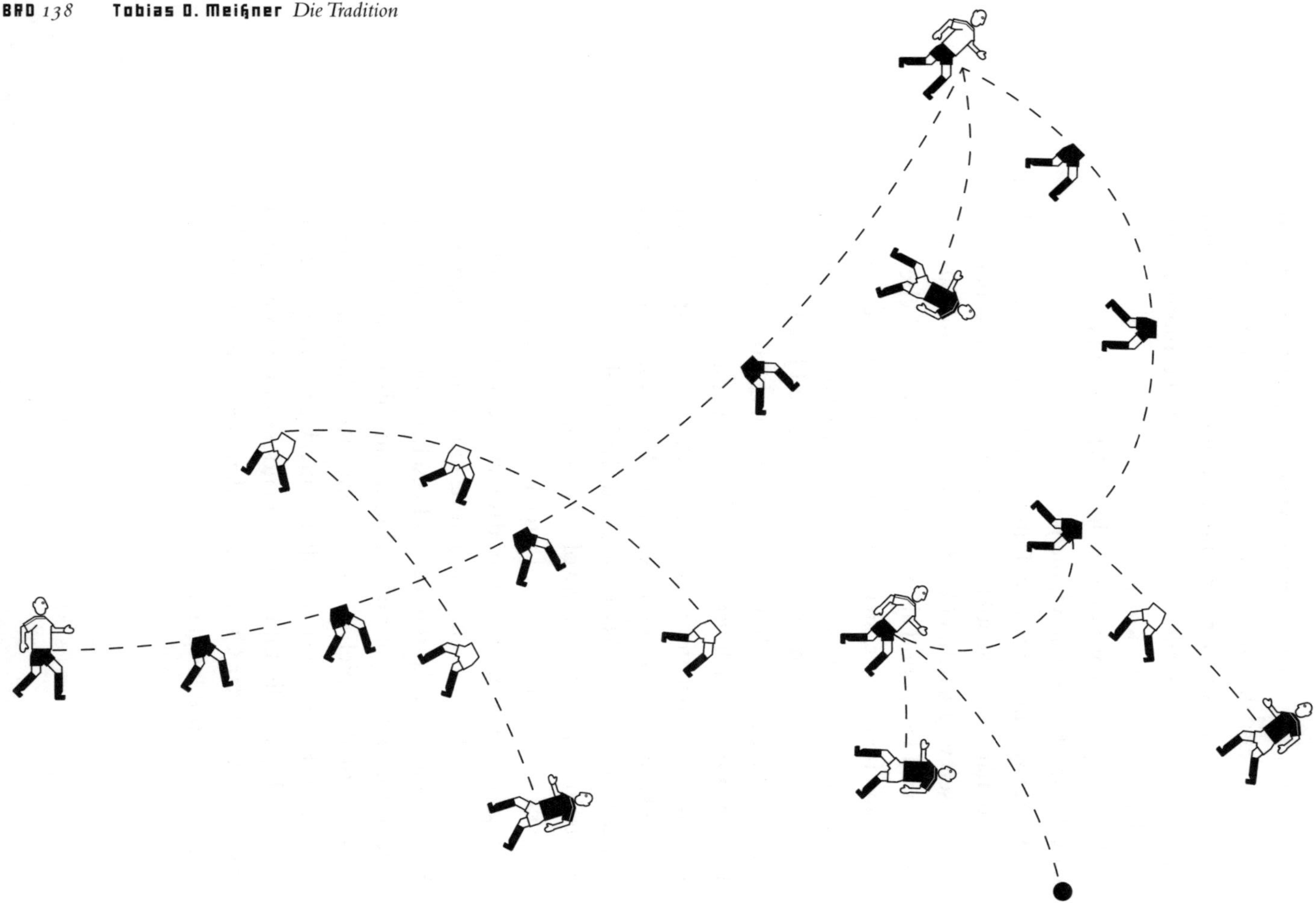

Tobias O. Meißner

11

Die Tradition

Die Lehrerin und ihre Schülerinnen nehmen ihre Plätze ein. Die Mädchen tragen Uniform, wie bei solchen Anlässen üblich, die Lehrerin ein schwarzes, bodenlanges Gewand mit goldenem Kragen.

Das Spielfeld ist ein ehemaliges Minenfeld, vor zwei Jahrzehnten noch Truppenübungsplatz für Strafgefangenenbataillone, heute mitsamt seiner aufragenden Tribünenumrandung zum Volksparkstadion deklariert. Auf den vier Betonwachtürmen patrouillieren Grenzposten mit tief in die Gesichter gezogenen Schirmmützen. Auch vor der gelben Tür, durch die das Publikum die durchnummerierten Sitzplatzbereiche betrat, nehmen zwei Wachschützer Aufstellung. Ihre Elektroschockstäbe glänzen poliert im Licht der Industrielampen.

Aus Lautsprechern dringt blechern Musik, authentische Klänge aus dem Jahrzehnt und Jahrhundert des ersten und einzigen Spieles. Eine Kastratenstimme singt zu stampfendem Rhythmus *Aha ha ha staying alive staying alive*, danach dröhnt ein schwerfälliger Männerchor *Fußball ist unser Leben denn König Fußball regiert die Welt* und abschließend zwei hauchende Frauen mit *Yes Sir I can Boogie Boogie Woogie all Night long.* Das Ganze klingt verhältnismäßig komisch und ungelenk, die Schülerinnen tuscheln und kichern. Die Lehrerin sieht sich um im Volksparkstadion.

Es ist noch leerer dieses Mal als vor vier Jahren.

Mittlerweile gibt es ohnehin nur noch zwei Veranstaltungen dieser Art. Einmal im Jahr, im Mai, am Tag der Europäischen

Einheit, der als mehrtägiges Fasten begangen wird. Und dann dies hier, in jedem durch vier teilbaren Jahr der neuen Zeitrechnung: das erste und einzige Spiel. Ein noch älteres Gedenken. Kulturhinterlassenschaft einer antiken Gesellschaftsordnung, die sich mit erfundenen Spielen von ihren real existierenden Problemen ablenkte.

Die Lehrerin ist der Meinung, dass es wichtig ist, aus der Vergangenheit zu lernen. Doch Papier wird von Säure zerfressen, die elektronischen Datenträger zeigen sich den Schwankungen im globalen Magnetfeld nicht gewachsen, und die Vergangenheit wird immer mehr zu einer mündlich überlieferten Legende, die sich so oder ähnlich nie ereignet haben mag. Vielleicht sind deshalb nur noch rund zweihundert Zuschauer im Stadion. Mehrere Schulklassen, ein Regiment Afrikasoldaten, ein bunt zusammengewürfelter Trupp von zweiundzwanzig Schriftstellern und ein paar Einzelne mit womöglich historischen Schals und Westen der beiden Mannschaften.

Es wird still ringsum, als die Nationalhymnen erklingen. Von den Spielern ist noch nichts zu sehen, die Hymnen wirken wie Totenchoräle, die hinwehen über ein stoppeliges Feld, um sich im unparteiischen Rauchgrau des Himmels zu verlieren.

Wie vor vier Jahren spürt die Lehrerin eine eigenartige Ergriffenheit beim Hören der DDR-Hymne, ein verhältnismäßig zartes Musikstück, das nur eine kurze Zeitspanne von Bedeutung war, weniger als ein halbes Jahrhundert, während die andere Melodie, die westgotische, auch heute noch in diversen Bearbeitungen Bildhintergründe aufhellt.

Die Schülerinnen knabbern an ihren Fingernägeln herum oder kauen Minzmilben. Exkursionen sind immer nur insofern interessant, als hinterher zufallsgenerierte Lernerfolgskontrollen durchgeführt werden und man sein Semesterpunktekonto dadurch aufstocken kann. Aber wenn das Spiel erst einmal los-

geht, wird dieser Jahrgang genauso fasziniert sein wie der vor vier Jahren, dessen ist sich die Lehrerin sicher.

Endlich ist es so weit. Der letzte Ton der Hymne ist verhallt, und am unteren Tribünenrand öffnet sich ein zweiflügeliges Holztor lautlos, elektrisch gesteuert.

Zuerst passiert gar nichts, dann wabert kalter, träger Nebel durch das Tor, dann sind Schemen zu sehen, verdichten sich zu Schatten mit abenteuerlichen Umrissen, formen sich zu Körpern. Die Spieler kommen im Laufschritt aus ihren Katakomben, zwei Reihen zu jeweils elf Mann, und sie alle sehen zum Fürchten aus.

Sie sind beinahe nackt, ihre dicken, braun gebrannten Schenkel, Knie und Unterarme sind deutlich zu sehen, und sie tragen groteske Frisuren, lang, lockig, mit buschigen Koteletten. Einige haben sogar borstige Haarwürste über den Oberlippen. Auch die Namen hinten auf ihren groben Trikots wirken wild und barbarisch: Kurbjuweit. Kreische. Cullmann. Wätzlich. Breitner. Overath. Grabowski. Bransch. Croy. Hölzenbein. Sparwasser. Beckenbauer. Schwarzenbeck.

Ein dreiundzwanzigster Mann kommt auf das Feld gelaufen. Seine Hautfarbe ist fast ebenso dunkel wie seine Kleidung: ein schwarzer Frack samt Zylinder. Unter dem Arm trägt er den Ball, der aus schwarzen und weißen Segmenten zusammengenäht ist, wie um ein Kräftemessen von Licht und Dunkelheit zu imitieren.

Der schwarze Mann bläst die Trillerpfeife, wirft den Ball von sich und bringt sich in Sicherheit. Zwanzig Spieler fallen fast unverzüglich übereinander her, nur einer pro Mannschaft bleibt in der Nähe seines Torrahmens stehen. Den Schülerinnen stockt der Atem, einige bekommen es sogar mit der Angst zu tun und müssen von ihrer Lehrerin erst beruhigt werden. »Wartet ab und seht«, rät sie ihnen. »Wartet ab und seht.«

Erst nach und nach werden Sinn und System in dem Gerangel erkennbar.

Der Ball besteht aus der Haut eines ermordeten Tieres. Die Männer treten ihn mit ihren Füßen und versuchen, ihn in den Umriss des gegnerischen Torkastens hineinzubewegen. Der Ball hat keinerlei implementierte Sensoren, keinerlei abstrakte Dimension, es geht einzig und allein um seine Position auf dem kreideumrahmten Gesamtfeld. Da es nur diesen einen Ball gibt, ist alle Aufmerksamkeit auf ihn gerichtet. Man keucht und rennt und kämpft. Man schliddert durch Gras und Schlamm. Man brüllt Kommandos und kracht schmerzhaft gegeneinander. Speichel und Schweiß spritzen im trüben Sonnenlicht.

Die Schülerinnen sitzen ganz starr.

Nach fünfundvierzig Minuten scheint der brutale Spuk zu enden, die Spieler ziehen sich in ihre Höhlen zurück. Die Lehrerin erklärt, dass jetzt erst »Halbwertszeit« ist und die zweite, entscheidende Spielhälfte noch aussteht.

Sie nutzt die Pause für das Abfragen von angepauktem Grundwissen.

»Weiß eine von euch schon, wie der Schütze des Tores hieß, das hier bald fallen wird?«

»Ich weiß es«, meldet sich eine. »Erich Honecker.«

»Weiß jemand von euch, was die Abkürzung DDR bedeutete?«

»Ja«, sagt eine. »Das Dritte Reich.«

»Und BRD?«

Hier müssen alle passen, obwohl eine vermutet, dass es etwas mit »Brutto« zu tun hat.

»Weiß denn eine von euch, der wievielte Weltkrieg es war, nach dem die beiden Staaten BRD und DDR entstanden sind?«

Einige der Schülerinnen sind zumindest auf der richtigen Fährte, nennen ganz niedrige, einstellige Zahlen, aber so weit nach unten wie bis zur Zwei wagt sich dann doch keine.

Die Pause endet nach fünfzehn Minuten. Die zweite Spielhälfte beginnt.

Erneut stürmen die hässlichen Spieler auf das Feld und balgen sich brüllend um die Tierhaut. Für die Schülerinnen ist es ein wildes Hin und Her, mal langsamer, dann wieder schneller, je näher der Ball einem der beiden Tore kommt. Wie von magnetischen Kräften gezogen und gedrängt zieht der Ball seine verschlungenen Bahnen zwischen den beiden Hauptanziehungspunkten, und die Spieler ziehen mit wie eine Karawane, wie Anbetende, aber ohne Respekt tretend und köpfend.

Eine halbe Stunde geht das so weiter, dann kommt die achtundsiebzigste Minute. Die Uhr, vorher blind, springt an und zeigt die Zahl 2103, womöglich eine Jahreszahl. Einer der beiden Unbeweglichen treibt den Ball weiter nach vorne, einer seiner Teamkameraden verlängert und ein dritter schlenzt den Ball ins gegnerische Tornetz. Weiter passiert nichts. Das Tor wechselt nicht die Farbe, das Netz geht nicht in Flammen auf, kein Feuerwerk tost Funken sprühend in den Himmel, keine Sirenen oder Musik. Doch sämtliche Zuschauer erheben sich – wie alle vier Jahre –, recken die Arme nach oben und rufen: »Tor! Tor! Tor!«, und einigen Schülerinnen ist nicht klar, ob sie damit einen Spielzug bejubeln oder einen Spieler beschimpfen.

Danach geht das Spiel weiter, aber die Lehrerin drängt ihre Schülerinnen zum Aufbruch. »Es könnte Ausschreitungen geben«, sagt sie sanft, »die Spieler können sich nicht leiden.«

»Ist die DDR jetzt Weltmeister?«, fragt eine Schülerin.

»Nein, die BRD ist Weltmeister«, antwortet die Lehrerin.

»Das verstehe ich nicht«, hakt die Schülerin nach. »Die DDR hat doch das Tor erzielt und gewonnen.«

Die Lehrerin erzählt ihr eine längere Geschichte darüber, dass es Systeme gibt, in denen die Gewinner und Verlierer von vornherein feststehen, und es für die einen keine Chance gibt,

egal, wie sehr sie sich auch abmühen. Sie erzählt auch, dass die BRD die DDR später geschluckt hat und die Menschen aus der DDR noch Jahrzehnte nach der Einheit für gleiche Arbeit schlechter bezahlt wurden als Menschen aus der BRD, als Rache für dieses unsinnige Tor. Und dass die BRD, nachdem sie Weltmeister war, noch einmal Weltmeister und zweimal Vizeweltmeister wurde, aber langsam immer schwächer und unbedeutender, bis nur noch Frauenfußball gespielt wurde und es für die Männer der BRD niemanden mehr gab, auf den sie noch herabsehen konnten – außer auf die Menschen der ehemaligen DDR.

Während sie all dies erzählt, durcheilt die Lehrerin mit ihren Schülerinnen den Kordon aus Wachtürmen und Stacheldrahtzäunen, der das Stadion umgibt, und dahinter weitere Türme und Zäune und Mauern und Schlagbäume, die zugleich Sicherheit und Unsicherheit verheißen und den gesamten Weg säumen bis hin zur Schule, die auch nichts anderes ist als eine große, von Maschinengewehr- und Fliegerabwehrstellungen umwucherte Festung.

Hier kommt der Lehrerin der Gedanke, der ihr vor vier Jahren noch nicht gekommen war. Über das Netz in den schlohweißen Toren. Über den einen einzigen Ball während der zwei mal fünfundvierzig Minuten, der es versucht hat, der hinauswollte in einen unbekannten Raum jenseits des Kreidefeldes, dessen Anspruch jedoch unterbunden wurde durch die Unerbittlichkeit des engmaschigen Netzes.

Dieses Spiel – das erkannte sie jetzt – bereitet vor.

Deshalb war es auch niemals verboten.

Zwei mal fünfundvierzig Minuten könnten auch zwei mal fünfundvierzig Jahre sein und zwei mal fünfundvierzig Jahre die gesamte Geschichte eines Menschenlebens.

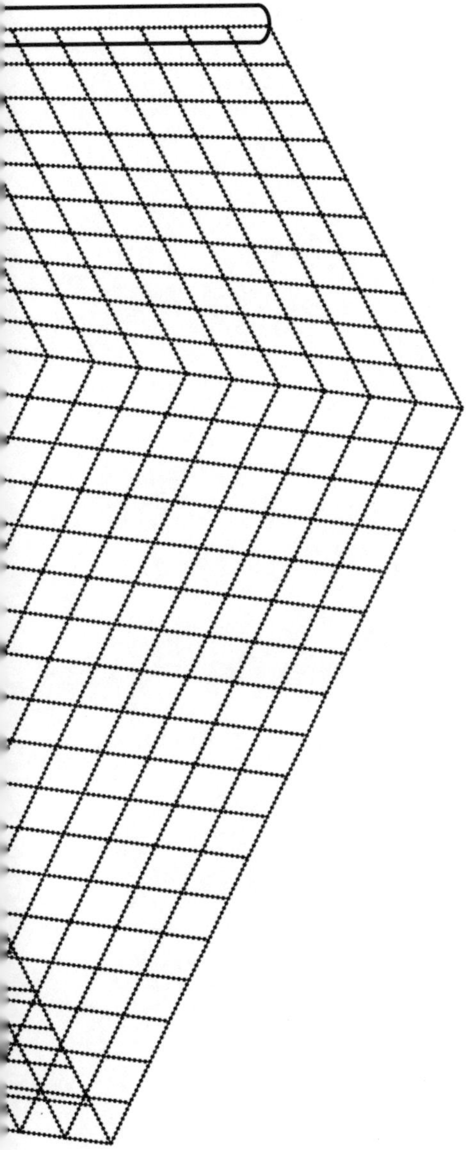